JN034371

陽炎の台地で（下）

郷原茂樹
Gohara Shigeki

南風図書館

——わが友
故・小林泰宏氏に

陽炎の台地で（下巻）

5

遠くからラッパの音や人々の叫び声が聞こえてきたが、日曜日で学校は休みだったので、介宏は朝寝したまま床の中にいた。するとそれは近づいて来て、すぐそこの国道を通過して行った。わざわざ見なくてもその様子はよく分かっていた。それは出征兵士を見送るパレードだった。赤紙を受け取った農村の男が着慣れない軍服を着て、興奮した顔を茹で蛸のように赤らめ、自分一人の孤独の深さを押し隠すために昂然と胸を張り、堂々と先頭を歩いて行く。その背後に親兄弟や親戚の者たちが正装し、日の丸の旗を高く掲げ、武運長久などと大書した幟をはためかせ、さらにその背後に白い割烹着に襷をかけた愛国婦人会や軍服姿の在郷軍人会などが小旗を振って列をなし、万歳万歳と叫びながらラッパの音とともに行進しているのだ。それは一日に何度となく、連日くり返されている。市民の日常と離反したものではなかった。

介宏は起床して便所に行き、洗面所で顔を洗い、壁にかかる鏡に自分の顔を写し、鼻髭を鋏で切りそろえた。日曜日で余裕があるため、いつもより念を入れて鼻髭を整えた。ある日には鼻髭をはやした自分の顔を助平まるだしと思ったこともあるが、鼻髭を剃り落とそうとは思わなかった。東条英機やヒットラーの鼻髭を意識したことはなく、ただ単に格好よく見せたいという理由で鼻髭をたくわえているのだった。けれど時に深く考えると、自分の弱さをカバーするため、男らしさや権威を誇示する手段として鼻髭が必要なのかも知れなかった。

このとき、房乃はすでに一人で朝食を取り、近くの神社の清掃に出かけていた。それは町内の子供会の行事だった。介宏もこれからその神社にちょっと顔を出して町内会長に挨拶し、それから学校に出かけ校長室で書類の整理をすることにしていた。明日の朝礼で訓示を述べるには、今日のうちに新聞切り抜き帳や官報つづり、それから自分のメモ帳をくまなくチェックし、文案を作り出さねばならなかった。そこでまず朝食をとらねばならず、芋を入れたご飯に熱いお茶をかけてさらさらと喉に流し込み、味噌汁を飲み、沢庵を噛んで、茶碗皿を洗って片付けた。寝巻きを事務服に着替え、再び洗面所に行き、髪をポマードでなでつけ、鏡に自分の顔を写して、こう自分に言い聞かせる。「よし。お前は苅茅介宏だな。今日という日は悠久の宇宙の流れがたどりついた、最高の日だぞ。この世にたった一日しか訪れないこの日に、お前は生きている。何という幸運だ。しっかりやれ。」

校長官舎を出て、自転車に乗り、川向こうの神社に向かおうとしたとき、タクシーが走って来て目の前で停まった。なかから海応寺夫妻が現れた。いつもの通り二人とも和服だった。

介宏は胸騒ぎがした。この夫婦がわざわざ訪ねてきたのは、よほどのことがあってに違いない。ひとまず校長官舎にあげ、表の間に通した。そしてお茶をいれた。

「実は他でもないが……」

海応寺がおもむろに言った。「あの二人が、結婚したいというのですな」

「はあ?」

介宏は聞き取れずに身を乗り出して耳を傾けた。

「宏之さんと貴ちゃんが結婚したいと言って相談に来たのです」と千代が言った。

「うちの息子はそんなことが言える状態ではないのに……。どうして」

介宏はすっかり動転した。

息子が貴子を自転車に乗せてきた日のことを思い出した。あの日、息子が貴子に妄想を抱く恐れを感じた。それが現実になったのだ。貴子はどうして息子に同調しているのか、それが分からなかった。あの日、彼女はこれまでは行き当たりばったりで生きてきたと言ったが、この結婚話しも行き当たりばったりで決めたのかも知れない。が、どうであれ、破局するのはあまりにもはっきりしているではないか。

「いろいろ心配はあるだろうが」

海応寺が言った。「縁というのは不思議なもの。わしも二まわり下の千代にほれられるなんて、思ってもいなかったからね」

「何を言うのですか。私のほうこそ、言い寄られて困ったのですよ。色紙に和歌なんか書いてきて」と千代が言った。

「まぁ、それはそれとして」

海応寺は含み笑いをして、介宏にタバコをすすめた。「ありえないような、ほんのちょっとしたことで、縁は生まれるし、これを逃すともうずっと何の縁もなくなってしまう。そんなものではないですかね」

「うちの息子は大丈夫でしょうか」

「大丈夫と信ずる以外ないでしょうが」と海応寺が言った。

介宏はいくぶん落ち着いた。

「苅茅校長が同意なさるなら、私たち夫婦が仲人を引き受けるしかありません」

千代は真顔で言った。

海応寺が身を乗り出した。

「どうしてこの話を急いでいるのかといえば、実は、わしはいま、転勤願いを出しておるんです。ずっと遠い内之浦が在所なんだが、昔は廻船問屋で儲け上がっていたということで、今もかなりの家屋敷や土地がある。けれどこの時勢だからね。わしが引き継がぬわけにいかなくなった。それで内之浦国民学校に転勤し、かたわら家のことにも対処しようという魂胆さ」

「千代さんはどうなさるので？」と介宏は尋ねた。

「私も内之浦に引っ越します」

千代は言った。「塾が終生の仕事ではありませんから」

介宏は目をしばたたいた。塾がなくなれば、息子の行き場がないと思った。

「それは心配ありません。貴ちゃんだったら、宏之さんを何とかささえますよ。例え塾がなくたって」と千代は言った。

「タイピストとしてですか?」

「それもふくめて」

千代は本当に何も心配していない風に、例の幼児が甘えているような声で言った。「ですから息子さんは結婚したほうがいいと思いますよ」

「有難い話ですが……」

介宏はまだ不安だった。

すると海応寺がタバコの煙をくゆらせながら、あらかじめ考えてきたことを話した。「どうだろう。莉芽さん、ひとつ、貴子さんの家を訪ね、母親に会ってみませんか。いや、今の段階で嫁にもらいたいという話をするのではなく、わしら夫婦がぶらっと寄ったということにして、あんたとたまたま町で鉢合わせたので同行させたとか、そんな風に口車を合わせて、様子を見るのは悪くはないと思うのだがね」

千代が貴子の家系についてこう語った。

そこで介宏はメモをとった。

貴子の実家は鹿児島市の上町にある。

そこは藩制時代に藩主・島津家の重臣たちが集住していた街区で、今も石垣を積んだ豪壮をきわめる屋敷が堂々と連なっている。貴子の実家はその中の一つなのだが、もともと貴子の家系は島津家とは何のつながりもなく、貴子の祖父が税務官僚として鹿児島に赴任したとき、落ちぶれた華族に懇願されてその屋敷を買い取ったのだった。

貴子の家系は福岡の伊都島で遥かにも遠い昔は原田城の城主だったのだが、藩制時代には立花藩の家老職を代々つとめていたとされる。その家系図はいまなお大切に守られており、貴子の父親は桜島の活火山が大爆発したとき、家族を先導して避難するどころか、自分ひとりで家系図の入った箱をもって真っ先に逃げたという逸話が残っている。


介宏は初めて上町を訪ねた。

海応寺夫妻について行き、由緒深い豪勢な屋敷群を見たとき、いっきにタイムスリップした気がした。高い石垣に囲まれた正面には貴子の実家の瓦葺きの山門があり、そこをくぐるときには、膝がふるえた。

貴子の母はそこに一人で住んでいた。四十代なかばだろう。貴子とはだいぶ雰囲気が違った。朗らかでおしゃべり好きで、茶目っ気のある貴子のようではなかった。京人形のように白くひきしまった顔をしており、楚々としてもの静かで、しかし凛として作法を守っていた。海応寺夫妻が介宏を紹介すると、玄関の間に正座していた彼女は、両手を畳の面に重ねて深々と頭をさげた。何と美しいのだろう、と介宏は息を飲んだ。表の間に海応寺と介宏を案内するとき、彼女は部屋には入らず、裾を払って正座し、襖に両手を添えて頭をさげたまま襖を開いた。そして二人が部屋に入ると、襖をしめた。

大きな紫檀の座卓に向かって海応寺が腰を下ろした。その真向かいに介宏は座り、部屋の中を見回した。深緑のなかに数条の栗色の帯があり、内側に真珠さながらの光沢がある模様の螺鈿を施した黒檀の文殿が目をひいた。介宏は苅茅の鉄太郎の家で見せつけられている家具類と、ここのそれを比較し、重々しい奥ゆかしさが違うと感じた。部屋から庭が見えた。錦鯉の群れ泳ぐ池の中に築山があり、百年も二百年も前から枝を仕立ててきたと思える梅や松の古木が、真夏の午後の眩しすぎる陽光をあびて、濃い影を揺らしていた。

「貴子さんの父親はこの部屋から一歩も出ないで、食事は上げ膳据え膳、妻などに用事があるときは、ぱんぱんと手を鳴らして呼んでいたそうです。しかし、幼い貴子さんが入ってきたときだけは、相好を崩して、ひざに抱いたりしていたというのですな」と海応寺が語った。

貴子の母がお茶をいれてきた。薩摩焼の茶碗に、お茶請けは城下菓子の軽羹で、切子ガラスの皿に盛られていた。彼女は二人の背後から静かにそれを置いて、すぐに部屋から去った。

表の間は男だけのもので、千代も顔を見せなかった。その間に別部屋で、貴子の母と千代はこんな話をしていたと、帰途についてから、千代が話してくれた。

介宏は千代の話をメモした。


千代は貴子の母の姉の子である。

千代の父は政府の外交官だったのだが、亡命ロシア人と深い関係ができ、外交官を辞して鹿児島市の高見馬場に亡命ロシア人を雇用して「ロシアパン屋」という店を開いた。それが大いに栄えたころ、貴子はまだ幼かったが、いつもその店に入り浸っていて、千代と姉妹さながらに過ごしていた。一方で千代は貴子の母のもとに通って、茶道や着付などを教わっていた。しかしロシアパン屋は日本とロシアとのいろいろな事件をめぐり、糸の切れた凧のように翻弄された。そして廃業に追い込まれた。その後、千代は貴子の家に預けられた。ここから女子師範学校に通学し、教職の免許をとったのだった。

貴子の父は豪壮な屋敷とともに、士族としての威厳に満ちた誇りと厳格な作法を引き継ぎ、若いころは税務官僚として朝鮮半島などでも勤務していた。しかし官僚としての才覚はそれほど発揮できず、民間を巻き込んで自分の懐を肥やすような芸当はできなかった。そして四十代になると、現在の妻に心を奪われ、前妻と強引に離婚した。このため前妻の息子二人は父親を見限り、完全に決別した。その挙げ句、彼は官僚としての立場も脇役に押しやられ、定年前に自ら辞めた。晩年は鹿児島市の屋敷で、骨董品などを売ってそこそこの収益を上げ、暮らしには困らなかった。

二番目の妻、つまり貴子の母とは、一男一女をもうけ、その家族の範囲だけで過ごし、四年前に逝いた。

貴子の兄は三郎という名で、鹿児島の第七高校に受かった秀才だったが、本人の希望で神戸商大に進んだ。

「私は三郎が大学をでて帰ってくるまで、この屋敷を守らねばならないと思っていたけれど、実はほんのこの前、三郎は結核を患って帰ってきたのよ」

貴子の母は千代にそう言った。

結核は不治の病といわれ、患うとほぼ間違いなく死ぬというのが社会の通念となっている。それでも養生の仕方次第では健康を回復できる場合もないわけではない。

「あちこち当たってみたら、県北の伊佐郡に湯之尾という温泉町があり、そこに小さいけれどとても充実したサナトリウムが開業していると聞いたの」

貴子の母は話し続けた。「先日、三郎をつれて、そこの様子を見に行ったのよ。川のほとりのひなびた温泉町だったわ。川内川の上流で目の前に渡し船の船着き場があり、霧島連山を遠望できる環境でね、空気がとても澄み切っていて、それだけでも、いいところだなあ、と感嘆したの。三郎はさっそく、そこのサナトリウムに入院したので、私はひとまず帰宅し、これから三郎の看病にでかけなおすことにしているところなのよ。きっと健康になると信じているけど、入院は一年になるか、二年になるか、あるいは五、六年かかるかも知れないでしょう。私は三郎のもとを離れずに看病しなくてはならない。そうなると、この屋敷は誰も住まず、放置されたままになるわけだから、それが心配で心配でね」

ちょうどそういうところに、千代夫妻が訪ねてきたので、貴子の母は救い主が現れたように喜んで迎えたのだった。

しかし千代にしてもそんなことに対しては何の知恵も浮かばなかった。夫に相談するにしても何か力になれるとは思えなかった。誰かに屋敷を貸すか、あるいは売るか、そうすべきかも知れない。が、この時世だ。相手は容易に見つからないだろう。

「その心配もだけど、もう一つ、貴子のことがあるの」

母親は言った。「まだ若い貴子を兄の看病につき合わすのはかわいそうだし、この屋敷を一人で守らせるのも酷だしね」

「貴ちゃんだったら、今のところ、私が引き受けますから」と千代は言った。

けれど夫が転勤し内之浦に引きこもると、そうはいかないだろう。船で栄えた時代と違って、今は大隅半島の山また山を越えた先にある、太平洋に面する一つの僻地に過ぎない。そんな内之浦には貴子を連れていけない。千代は内心でそう思いながら、貴子の母親には黙っていた。

そんな風に千代が夫と介宏に伝えたのは、その屋敷を辞して、錦江湾を渡る客船に乗ったときだった。夕日を正面から浴びる桜島山を眺めながら、千代は幼女のような声で、言葉を一つ一つ抱きしめるように話した。

「それだったら、貴子さんの結婚話、先に進めようではないか」と海応寺が言った。


宏之と貴子は結婚した。

ごく簡単な祝いの宴を花岡の奥地にある養魚場で行った。標高一千メートルを超える高隈山の裾にある渓谷に、清らかな水が湧いている。その水を引いた池で、鯉や鮎などを養殖しており、それを活かした手料理を提供する山荘があった。隠れ里のような環境に建つ山荘は、こじんまりとした規模で、庭園の奥に小宴を開ける別棟の座敷もあった。介宏があえてここを選んだのは、新郎新婦を含めてたった六人の宴だったからである。

新郎新婦は着飾ることはせず、仲人の海応寺夫妻もいつものとおりの和服で、介宏もまたラフな服装をしていた。そこに古谷も招いていた。結婚式というより、単なる顔合わせという感じだった。

こんなかたちになったのは、ひとえに介宏の思惑によるものであった。苅茅一族の本家筋で、外から嫁を迎えた例は今までなかったからだ。介宏はオヤッサァの鉄太郎に貴子を引き合わせた上で、その同意を得るべきだと分かっていた。けれど同意を得るまでの過程を推察すると、身を削るような事態に陥ることは間違いなかった。本来であれば、宏之の結婚は一族の集落全体で祝福してもらえるのだが、鉄太郎の同意を得られず、その上に四十五連隊での宏之の噂が集落全体に行き渡っているので、本心で祝福してくれるものは一人もいないであろう。介宏はそう思い、隠れて息子の結婚式を行うことにした。すると思いはいっそうかたくなになり、兄の惣一夫妻にも伏せておくことにした。さらに黙りぐせのある妻を説得するのもわずらわしかった。妻を除くとしたら娘の文代や房乃も除かねばならず、ましてハマなどは招く気になれなかった。

貴子のほうも誰も参加しなかった。貴子の兄を看病している母親は、その兄の容体が芳しくないという理由で、心を残して参加を見合わせた。サナトリウムのある湯之尾温泉から大隅半島に通うには、交通手段が容易につながらず、宿泊日を入れると少なくとも往復三日を費やす。こちらに着いてからあれこれとりはからうと、それに数日が加算される。

「正式に式を挙げるとき、母を呼びましょうか」と貴子は言った。

隠れ里の山荘で行うそれは、寂しいものになりそうだった。でも、貴子が全然、意に介していないことが、大きな救いになった。彼女はまるで花見に来ているみたいに楽しげにふるまった。

淡水魚や山菜の料理に舌鼓をうち、地酒を酌み交わすとき、貴子は神戸にいるときに一ファンとして通いつめた宝塚少女歌劇の演目だったという「すみれの花咲く頃」をうたった。それからロシアパン屋で習ったという「コサックの歌」を千代がロシア語でうたい、貴子が踊った。腕を組んで、中腰になり、貴子はヘイヘイと叫びながら左右の脚を交互に突き出した。その後、海応寺が杜甫の詩を「国破れて山河あり〜」と吟じた。それから、古谷がギターを持ってきており、何かジプシーの祝祭の曲を奏でた。介宏は古谷とつき合い出して二十年余りになるが、古谷がギターを弾くとは今の今まで知らなかった。古谷が別の人物に見えた。「今日は特別にうれしい日だから」と古谷は言った。

宏之は父親ゆずりで何の芸事もできなかった。それで例の「ヒョイ」という宮沢賢治の真似をするのかと思っていたら、幼い頃におぼえた佐多辺塚尋常小学校の校歌をうたった。介宏はそれを聞くと、思わず目が潤んだ。

山に三方を囲まれた村に
東風(こち)が海からそよ吹けば
辺塚蘭の花が咲く

微笑み交わす村人の
心にとよむ潮鳴りよ
はてなき夢をいま歌え
ああ我らの我らの
佐多辺塚尋常小学校

「さあ、今度はお父さん」と貴子が拍手した。

介宏は立ち上がったが、棒立ちのまま、しばらく考え込んだ。無趣味無芸のわが身をさらしながら、えーと、えーと、とため息を漏らした。昨年の教職員との忘年会で、ちょっとばかし受けたことがあった。車や人の行き来する国道を猫が横切る真似をした。それを今日もくり返した。貴子が大笑いした。そして子猫の真似をして、ニャオニャオと介宏のもとに駆け込んできた。

最後に海応寺が仲人として結婚式をしめた。「こんな風に出発した今日という日を、新郎新婦は心に深く刻んで、新しい人生を築いてほしい」

貴子はふいに泣きだした。

宏之はしゃがんで貴子の肩を抱いた。

その後、二人は花岡に家を借りて住み、宏之は塾に講師として勤め、貴子は海軍のタイピストを続けた。

海応寺の転勤願いはまだ受理されていなかった。このため塾は継続されていた。宏之のことを介宏は何の心配もしなくてよかった。

ときおり介宏のもとに宏之から絵手紙が届いた。「庭に鶏小屋を作ってチャボを飼っている」とか、「二人で錦江湾の浜田海岸に行って泳いだ」とか、介宏の心を和ませる内容だった。

貴子も手紙をよこした。形式どおりのきちんとした書状で、続け字があまりに上手だから、何と書いてあるのか判読に悩む箇所が多かった。こういう教育を厳しく受けたのだろうと、推察できた。

秋が過ぎるなかで、介宏たちの暮らしはこんな風だったが、外の世界は激動していた。

十二月になって間もなく、太平洋戦争が勃発した。日本軍はイギリスの植民地であった東南アジアのマレー半島と、アメリカ海軍が拠点をおくハワイの真珠湾を奇襲攻撃した。いずれにも多大な痛手を与えたことを、新聞やラジオが怒濤の勢いで報じた。たちまち日本人は「勝った、勝った」と熱狂した。

介宏もそれに巻き込まれた。それまでの日常の暮らしは吹き飛んだ。鹿屋国民学校の校長として、やるべきことが竜巻のように襲ってきた。

学校を挙げて戦勝祝賀祭を挙行し、また市長に指示されて市内各学校をとりまとめ、生徒や教職員、さらに父兄も動員しての市中パレードを実行した。鹿児島市から招聘した海軍軍楽隊が『軍艦マーチ』を演奏しながらパレードを先導し、市長は海軍の幌を外したジープに立ち上がって手を振り、沿道には市民が押しかけて日の丸の小旗を千切れるほどに振っている。自分たちはいま、何という時代に生きているのだ、介宏は歓喜極まって胸がいっぱいになった。

日常の暮らしは何の価値もなくなってしまった。宏之や貴子のことは気にならず、海応寺夫妻や古谷などと親しく会うこともなくなった。こうしてその年は暮れて、昭和十七年が始まった。

肝属川は大隅半島最大の川で、高隈山を源に鹿屋市街地を流れる。それから隣の肝属郡を横切り、志布志湾へと注ぎ込んでいく。遠い昔からその大自然の中で人々が暮らしていたことを物語るように、湾岸にはいくつもの古墳群がある。

介宏は古墳群などに特別な興味を抱くこともなかった。もしも波野国民学校の校長、西園博史に出会わなければ、古代史に覚醒する機会はなかったであろう。

西園に出会ったのは最近だが、それより二年も前から西園は若き郷土史家としてにわかに脚光を浴びていたので、介宏は彼の名前だけは知っていた。激動する時代が二人を結びつけたのだ。

★

二年前、日本政府は日中戦争を進める中で、国威を高めるべく、初代天皇の神武が即位した紀元元年から二千六百年となることを祝う大祭典を行った。その記念事業の一環として「神武天皇聖蹟の調査保存顕彰」を推進した。鹿児島県の教育機関では、古事記や日本書紀によって神武の故郷が鹿児島県であることを立証する大々的な活動を企てた。とりわけ大隅半島の東部には多くの古墳群がある。そして明治政府が神武の父に当たるウガヤフキアエズノミコトを祭る山陵をこの地に指定していたため、ここそが神武の生まれ育った地と比定できる条件があった。調査団には古代史に関する錚々たるメンバーが抜てきされたが、西園は地元で生まれ育ち、師範学校を出た後、ずっと地元の小学校に奉職し、その上、郷土史の研究活動を熱心に行っていたので、メンバーに加えられた。

実績を積んだ専門家は新説を立てるのに慎重だが、西園はそうではなかった。地元にいる強みを活かし、手堅くこまめに調査を行い、自由に独創的な見解を打ち出した。例えば肝属川河口の左岸に、「柏原」という地名の漁村がある。地名の由来は何も分からないのだったが、彼はここから神武が東征の船出をしたという新説を打ち出した。その理由は、神武に関わる奈良の「橿原」という地名はここからとったというのであった。

鹿児島県はこの新説を大いに喜び、白砂青松の柏原の海岸に「神武天皇船出の地」という巨大な石碑を建立し、盛大な除幕式を開いた。新聞などが一斉に報道して、その地を見に来る人たちが激増し、それは既定の事実となった。それにとどまらず、神武がこの地で生まれ育った事実を具体的に指摘するため、西園は古い神社や神秘的な自然を対象に、さまざまな新説を提唱した。例えば肝属川のほとりに建つ神社は、鳥居が父君の吾平山陵に向いているので、神武の育ったところだというのだった。それも鹿児島県は採用し、一般向けに告知する分厚い本を出版した。政府の紀元節の壮大な祝祭行事ともあいまって、西園は若き郷土史家として一躍、時代の寵児となった。

このとき、西園は波野国民学校の校長に抜てきされた。古墳群があり、柏原にも近い位置にあるので、西園が校長として勤めるのには最もふさわしい学校であった。

そして翌年の年末に日本軍がマレー半島と真珠湾を奇襲攻撃し、国民は熱狂的に興奮したままに、新年を迎えた。そんな正月早々、鹿児島県の教育機関が発動し、「郷土神話活学之講座」が組織化された。大隅半島東部にも一つの組織ができて、座長に西園博史が指名された。それと同時に介宏は鹿屋市ブロックの実行委員長に選ばれた。

介宏はその活動の打ち合わせのため、初めて西園に会った。

噂で予想していたのと、まったく違った。介宏は驚いた。物静かな人物だった。背が高く、がっちりした体格で、黒縁の眼鏡をかけたやや四角の顔は感情を拭い去ったように落ち着いた印象を与えた。口数は少なく、低い声で淡々と自分の内面と照らし合わせているような口調で語った。介宏よりひとまわり年下だった。

「西園さん。ともかく、あなたの話を聞くところから始めましょう」

介宏は言った。「私が鹿屋市内の各学校の教職員、父兄、あるいは市役所にも頼んで一般市民を集めますから、西園さん、市の公会堂でちょっと大規模な勉強会を開こうではないですか」

鹿屋市での「郷土神話活学之講座」は大盛況だった。市長も出かけてきて、冒頭に挨拶した。公会堂に聴講者があふれたということが教育庁でも噂になった。

こうして介宏は西園博史と特別な親交を結ぶ仲になった。

★

海応寺は内之浦国民学校への転勤願いを教育庁に出していたが、それを取り下げて、退職願いを出し直した。

「内之浦に帰って、兼好法師を真似ようという魂胆さ」

介宏は海応寺からそう聞いたとき、マレー半島とか真珠湾とかでひどい戦争が始まったため、すっかりこの世をはかなんだのだろう、と推察した。

海応寺は退職することが決まり、千代はその時点で塾を閉鎖することになった。ということは、いよいよ宏之は職を失うことになる。介宏は手を打たねばならなかった。

夫妻がそれを介宏に伝えに来たのは、二月初めだった。まだ一月ほど余裕があった。

「本人や貴子さんにはまだはっきりと伝えていない」

海応寺が言った。「あんたからそう伝えてくれないか」

「宏之さんのことは申しわけありませんが、了解してください」と千代が言った。

「いや、何も心配いりません」

介宏は胸を張って笑った。

実は宏之のことなら、西園博史が波野国民学校の臨時教員で採用してくれることが決定していた。教育庁当局もすでにそれを認めていた。「郷土神話活学之講座」を成功させたおかげだった。

三月末に海応寺夫妻は内之浦に去り、宏之と貴子は花岡を片付けて波野に移住した。貴子は海軍のタイピストをやめて、専業主婦となった。

介宏のもとに、宏之から絵手紙がとどいた。「ふたりで肝属川のほとりの高い土手の上を散策すると、山や平野の風景に心が清められます」とか、「今日は古墳群の見物に出かけ、前方後円墳の頂に登り、風の音に耳を澄ましました」とか、平安な幸せに満ちた様子を伝えてきた。介宏は二人の新生活に何の心配もしなくてよかった。

五月のある日、校長の西園が電話をかけてきた。

「大変な事件が起きましたので、お耳に入れておこうと思いましたもので」

西園はいつもの落ち着き払った低い声で、ゆっくりと静かに語った。「息子さんが配属軍人と問題を起こしたのです」

「問題を?」

介宏は胸が押し潰されそうな思いで、その話を聞いた。そしてそれをメモした。

国民学校では低学年でもかまわず、全校生徒を集めて軍事教練が行われている。その学校でそれを行っているとき、列を乱した生徒がいた。配属軍人がそれを咎めて散々に罵り、何度も竹刀で殴った。すると宏之がその前に立ちはだかり、「子供を叱り、殴ってはいけない。こんな仕打ちを受けた心の傷は一生癒えない」と抗議した。配属軍人は血相をかえて、宏之を殴りつけた。それでも宏之は立ち直り、生徒を背後にかばおうとした。配属軍人は続けざまに宏之を殴った。よろめきながら踏み止まり、宏之は薄く笑っていた。というより、殴られている痛さを意識に置き換えられないふうに、意味のない薄笑いを浮かべているところだった。配属軍人は野獣のように叫び、宏之の胸ぐらをつかんで投げ飛ばした。地面に転がった宏之を配属軍人は馬乗りになって殴った。

このとき、貴子は地域の婦人たちと、校庭の隅で竹槍訓練を受けていた。夫が痛めつけられているのを遠望していたが、ついに竹槍を持ったまま走り出した。白い割烹着にモンペで、襷をかけ、鉢巻を結んでいた。その場に走り込むと貴子は叫んだ。「やあやあ。南無八幡大菩薩。我こそは鎮西八郎為朝の子孫なり。狼藉者、そこになおれ」。貴子は竹槍を横に構えて配属軍人に体当たりし、配属軍人が立ち直ってこちらを向くと、腰を落として竹槍を構えた。全校生徒と全教職員、地域の婦人たちがその場を取り囲んだ。しかも婦人たちは全員が竹槍を持っていた。配属軍人は目を見張ったまま立ちすくんだ。

「学校の近くに陸軍の輜重隊が駐屯しておりまして、そこの隊長がその様子を遠くから見ていたらしく、すぐさま現場にかけつけて、事態を治めてくれました」

西園は電話でそう告げた。「貴子さんは夫を担ぎ、竹槍を杖にして、家に帰りました」

「いや、何と言いようもありません」

介宏は西園に謝った。「それで今後、息子はあなたの学校でやっていけるでしょうか」

「大丈夫です。あの夫人がいる限り、私が責任を持って引き受けます。安心してください」

介宏は目をかたく閉じた。受話器を耳に当てたまま、深く頭をたれ、ずっと動けなかった。


介宏は西園とさらに親密になった。

市長の地元の永野田に伝承されている火祭りが、実は日本武尊（やまとたけるのみこと）の熊襲征伐の神話に因むものだという新説を、西園が打ち出したためであった。火祭りをいつどんな理由で誰が考案したのかは何も分からなかったのだが、西園は古事記や日本書紀に掲載されている神話を取り込んで、独自の説を唱えた。彼の生まれ育った高山村と太平洋岸の内之浦村との間には一千メートルを超える山があり、その山奥に、「川上」という地名がある。彼は神話に登場する川上建（かわかみたける）という二人の熊襲は、ここに本拠地を置いていたことに決めたのだ。
介宏は西園の新説をメモした。

熊襲とは縄文時代のままに勢力を誇る部族で、全国平定をめざす天皇の勢力にとっては滅ぼすべき宿敵であった。そこで天皇の息子で、天皇さえも恐れる凄まじい暴れん坊の小碓命（オオウスノミコト）を送り込んだ。熊襲は天皇の領域の平野が秋の収穫期になると、稲を略奪するために山奥から攻めてくる。その秋には永野田に襲来した。そして目的を果たすと、夜は酒宴を催した。小碓命はその酒宴に女装して潜入し、色仕掛けで熊襲の首領二人を油断させ、だまし討ちにした。殺されるとき、川上建は小碓命に「あなたほど強い人はいない。あなたは『日本武尊』と名乗られよ」と言った。永野田の住民たちは熊襲が征伐されたことを喜び、その夜は松明をかかげて、その英雄に感謝し、褒めたたえた。

これが永野田の火祭りの起こりである、というのだった。
新説を聞くと、市長は大変に喜び、西園を自邸に招いてご馳走した。その席に介宏も招かれた。地元の主だった人々も同席した。それから日をあらためて、介宏は永野田で「郷土神話活学之講座」の開催を企画した。市長の梃入れで、それは地元では前例のない盛況を極めた。市長は地元にその新説による石碑を建立した。除幕式には介宏も西園も主賓として招かれた。

ときあたかも日本は戦時色がますます濃厚になっていた。国益を拡大する政策が打ち出され、東南アジア一帯から白人の勢力を追い出し、そこを日本の領域とする目論見で、軍事作戦が強硬に展開されていた。シンガポールや香港などを陥落させ、オランダ領の東インド（インドネシア）を落下傘部隊で急襲し、大油田を奪取したほか、地図を広げてみると信じられぬほどにはるか遠くの、ニューギニア東岸のラバウルを制圧した。それを新聞やラジオが大々的に報じると、国民は「また勝った、また勝った」と熱烈に興奮し、全国各地で提灯行列などを繰り広げた。そして戦争に夫や息子たちが駆り出されるときもまた、大挙して集まり、軍歌をうたい、「万歳、万歳」と日の丸の小旗を打ち振った。

西園の新説はこのような時勢の波に乗り、天皇を自分たちの山河で身近に神聖化させる役割を果たし、天皇による聖戦を戦おうという地元の気運を高揚させた。

介宏は頻繁に西園と連絡をとりあい、もろもろの企画をたて、成果を喜び合った。二人の親近感はよりいっそう強まった。

そんなさなか、介宏は新たな不安に襲われた。西園が預かっているかたちの宏之のことで、市街地に一つの噂が広まったのだ。噂をたてたのは裏通りで文具店を営む渡辺富造だった。介宏はその本人からそれを聞かされた。

渡辺はすでに息子に店を譲っていたのだが、息子に赤紙が来て突然出征したため、また店を切り盛りしなければならなくなっている、七十代の人物だった。経営規模は小さく、市内の商圏には入り込めず、近隣の町村の各学校の購買部に文具を卸すのを主な業務としていた。西園が校長の波野国民学校にも、渡辺はよく通っていた。西園に会うことなどは全然なく、もっぱら購買部を預かる婦人たちと商談し、そして世間の噂を仕入れていた。

「校長先生の息子さんは、本当に仏の心をもった人だという噂ですよ」

渡辺は介宏に教えた。「息子さんが担任のクラスの生徒のほとんどは、父親が出征して家に主力の働き手がいなくなり、母親が苦労する中で暮らしています。みんな貧しく、文具も買えない、弁当も持ってこれない、そんなみじめな状態なんです。このためあなたの息子さんは、教師が生徒をそんな状況に放置したままでは教壇に立つ資格がない、ということで、月給のまるごと入った財布を、教室の自分の机の上に置いているそうなんです。

お金の必要な生徒は、何のことわりもなしに、その財布から取るように、と……」

介宏は渡辺の顔を見た。

悪意はなさそうだが、息子を称賛しているというよりも、どこかからかっておもしろがっている風に見えた。そしてあっちこっちでそれを言い触らしているのに違いない。人の口に戸は立てられない、というではないか。

渡辺が暗に言いたいのは、生徒に月給を与えているが、では、自分の暮らしはどうするのか、ということであった。介宏もそれが問題だと思った。貴子はどうしているのだろう。西園に電話し、それを尋ねてみた。

「大丈夫です。ちゃんとやっています」と西園は言った。

貴子はタイプライターを持っていた。

波野国民学校に近い平後園には陸軍が輜重隊を駐屯させている。その役割はどんな作戦によるものか厳しい機密のために分からないようにされているが、肝属川の河口から内之浦にかけて、太平洋になだれ込む山々では、トーチカを築いたり、塹壕を掘ったりする作業が進められている。おそらくアメリカ軍を迎え撃つための作戦によるものであろう。

輜重隊は各作業現場に、食料や作業道具、武器などをトラックや馬で供給していた。一方ではそれらを本隊から受け入れる業務も進めている。

「そこの隊長が貴子さんがタイピストなのだと知り、書類整理の仕事を頼みだしたのです。すると村の役場や農会などからも仕事が舞い込むようになって、今はタイプライターを抱えて車であっちこっちに送り迎えしてもらっています。とても忙しくしています。何しろタイピストなんて、こんな田舎には一人もいませんからね。大丈夫です。生活費はそちらで十分に賄っています」

貴子が長男を出産した。

このときも、西園が親身になり、夫人とともにひとかたならぬ世話をしてくれた。西園夫妻なしに、貴子は出産できなかった。

介宏は妻のキサに息子が結婚したことは伏せたままにしていた。このため貴子を苅茅で出産させるのははばかられた。妻もしくはハマを波野に送り込んで、貴子の出産の介添えをさせるのも、やはり躊躇した。貴子の母親は結核患者の息子の看病を、娘の出産のために中断できなかった。それを謝罪する連絡が何度も介宏に届いた。

出産は西園の夫人が産婆を呼び、地域の婦人たちも手伝って無事に終わった。それにもう一人、千代が加わった。千代は貴子に内之浦で出産するようにしきりに勧めたのだが、貴子は自分の思いを固持した。自分が夫の許を離れた場合の、夫のことを心配しているのだった。このため千代は出産前後の半月間、貴子のもとに泊まり込んだ。

とりわけ、全体的に言えば、貴子が夫の許を離れずに出産したいという思いが、すべてを決めたのだった。介宏は出産前後に何度か波野に通った。初の内孫は男の子だった。宏之は父から続いている「宏」という文字を使って、それに妻の名を活かし、宏貴と命名することを提案した。介宏は賛成した。そして宏貴を抱いた。何となく自分に似ていなかった。苅茅一族とも違う顔立ちをしている。貴子やその母親とも違う。

「これは伊都島家の顔ですよ」

千代が言った。「貴子のお父さんがこうでした。ほら、平べったい顔で、頭の後ろがぺったんこ、絶壁ではないですか」

「どうしてこうなるのかしら」

貴子は笑った。

介宏はどこか頼りなげな宏之を見て、こいつほど幸せな奴はいない、と感じた。

西園夫妻にはいくらお礼を言っても言い足りない気持ちだった。

「いや。これしきのこと、これからも一緒に活動することを思えば、何ほどのことがありましょうか」と西園は言った。西園との絆がさらに強まった。

★

突如、思いがけないことが起きた。

宏之に転勤命令が下されたのだ。

「私の力ではどうにもなりませんでした」

西園は電話口で言った。「深い理由は聞かないでください」

転勤先は垂水国民学校だという。

垂水町には鹿児島市との連絡船の港があり、大隅半島中の交通網が一点集中している。大勢の人が通過する、いわば大隅半島で最も鹿児島市に近い場所であった。そして商店街は賑わっており、その分、学校も大きかった。波野のようなのんびりした田舎と垂水町とでは、比較対象にならないほど、学校には大きな差がある。それ故にすぐさま思った。息子は転勤先でうまくやっていけないだろう、と。……あまつさえ西園のように配慮してくれる校長ではないのだから。

「実は垂水に転勤を望んだのは貴子さんなんです」と西園が言った。

「貴子が?」

「私は垂水でなら暮らしていけますと言いましてね、夫が垂水の学校に勤められるようにしてもらえないでしょうか、と」

どうして垂水なら暮らしていけるのか、介宏は理由が分からなかった。そもそも、夫婦は波野で暮らしてゆけない何かがあったのだろうか。宏之がまた不都合なことをやらかしたのかも知れない。西園はそれについては何も言わなかった。ともかく貴子の希望するとおり、宏之が垂水国民学校に転勤できるように、西園は教育庁に精一杯にかけ合ってくれたのだった。

「貴子さんの毅然とした姿が、不憫でならなかったのです」と西園は言った。

宏之と貴子は三輪トラックを貸し切りにし、家具や寝具類を垂水に運んだ。

その日、介宏は垂水に出かけた。二人の暮らす借家を確認した。町の中心をなす十字路の一本を、高隈山に向かう方向におよそ数十メートルほど歩くと、石垣を積んだ十数軒の屋敷が群がっていた。その一番奥で一軒だけ離れて建っているのが二人の新居だった。

後の日に不動産屋に聞いたところによると、この家は地元選出の国会議員が妾を住まわせるために建てたもので、妾ののぞむどおりにというより、どれほど妾を喜ばせようとしているか妾自身に分からすためにかなりの資金を注ぎ込んだ、一般とは異なる趣向の代物だという。介宏はその建物を見て、世間を遮断する意向が反映されている印象を受けた。さらに聞くところによると、国会議員は何年か後に落選し、金回りが悪くなると妾との間にいろいろあって、ある不吉なでき事のためにこの家には誰も住まなくなった。そしてまた何年かが過ぎると、若手の不動産屋が買収し、古くて傷んだところを改修した。庭も手入れして芝を張ったりした。

「日当たりがよいのがうれしいですね」

貴子は肩をすくめた。「ちょっと贅沢な家ですけど」

独身時代は都会的な装いをしていたが、今の貴子は割烹着にモンペだった。髪は後ろに束ねている。白い顔の頬骨のあたりに薄い影のような染みが浮いていた。疲れているのだな、と介宏は感じた。けれど貴子には気品があった。生まれて間もない宏貴を貴子は抱いていた。その背後で宏之はひょろりと高い背を曲げて、何にも興味を失ってしまっているかのようにぼんやりと佇んでいた。

「しっかりしろよ」と介宏は言った。

「ここでどうすればいいのかな」

宏之が貴子に言った。「波野で飼っていたニワトリ、連れてきたらよかったのに」

「庭が広いから、あなた、また小屋を造ってよ」と貴子が笑った。

住宅のなかは、雨戸を開け広げて、陽の光が射し込んでいた。部屋が五つもあり、それを間仕切る襖や障子は華やいだものだったらしいが、絵柄の輪郭が分からないほど色あせて、ところどころ添え紙で補修されていた。けれど畳表は新しく、座敷はきれいに掃除されていた。玄関の間には波野から運んできた家具や寝具などが山積みされていた。

「さあ、ここからまたやりなおしよ」と貴子が宏之に語りかけた。

宏之は黙っていた。貴子だけがいろいろ話した。二人の会話はそれでなりたっているのだった。二人の話す合間をみて、介宏はそれとなく装って貴子に訊いた。

「暮らしていけるのか?」

「まあ、うまくやりとげますから」

貴子はなんでもない風に言った。

それを確かめるために、介宏はわざわざここまで来たのだった、貴子の一言で、ほっと、肩の力が抜けた気がした。しかし息子が垂水国民学校でうまくやっていけるのか、胸苦しいほどの不安は晴れなかった。……船の汽笛が聞こえた。ここから後戻り、十字路をまっすぐに横切っていくと、鹿児島市とつながる港があるのだ。

介宏は二人の家を出て、小雨に濡れながら港に歩いていった。港からは桜島山が見えた。噴煙をあげる南岳の上空は雲が切れて、夕日に染まっていた。彼は船のともづなをつなぐ石柱に片足を乗せて、その膝に頬杖をつき、タバコをふかしながら景色を眺めた。

鹿児島市から連絡船が入ってきた。多くの客は船を降り、大隅半島の各方面に向かう各社の乗合バスに散らばった。介宏は鹿屋市行きの三州バスに乗った。客が多くて吊り革につかまって立っていなければならなかった。

バスが町の中央の十字路を右折するとき、十字路の向こうに貴子が立っているのが見えた。赤ん坊を背負った貴子は、こまやかな驟雨の中で、バスに向かって手を振っていた。一瞬で貴子の前をバスは走り過ぎた。介宏は貴子に気づいていたが、貴子は介宏に気づいていない風だった。貴子の手を振る姿が、介宏の心に残った。するとまた不安が押し寄せてきた。息子は垂水国民学校でうまく勤まるだろうか。何か大きな問題を起こしはしないだろうか。不安が的中する可能性は百パーセントだ。何も起きないとは考えられない。もし問題が起きたら、息子や貴子だけではなく、俺だって世の中に居場所がなくなる。校長という立場で、息子のことを恥じ、責任をとらねばならない。そして今は、どうすることもできず、その時が来るのをじっと待っている状態だと言える。

実際、一ヵ月もたたぬうちに、彼は人生のどん底に突き落とされた。

★

一週間ほど便秘していた。

その朝、便所にかがんで、何とか排泄しようと頑張ってみた。いつものとおり、徒労に終わった。それでも便所にかがんで、すっきりした状態になりたいという願いをつないだ。このとき、不意に、糞というのは自分が食べた物の滓（かす）だと思った。何かを体内に入れて糞として体外に出す。こうするから俺は生きている。こうしなければ死んでしまう。口から入れて尻から出す。この間の一本の管が、俺の命の原形だ。

一本の管に手足ができ、頭ができて目や耳ができ、頭脳ができた。そして人間と呼ぶ生命体になった。俺は自分の意思ではなく、気づいたら人間としてこの世に出現していた。

そして、自分は他と個別していると気づき、特定の自己として存在してきたのだが、他に存在している数限りない特定の自己と折り合いをつけないと存在できなかった。いわば人間社会のなかでしか生きておれず、そのなかで息子を自己の一部と認識している。それ故に息子が社会に適応できないことを、自己の責任として悩まなくてはならない。しかも自己が校長であるために、その悩みはいっそう深刻になっている。

俺は何なのだ。……そんな考えがやってきて、心にとどまった。

このとき、目の前の板壁の下からゴキブリが現れた。手にしていた新聞をまるめてゴキブリを叩いた。ゴキブリはひしゃげて床にへばりついた。手足や鬚はぴくぴく動いている。それを見ていると、こいつも俺といっしょで何かを食べて糞をつくって外に出す、その一本の管が命の原形なのだと気づいた。一本の管に手足ができ、頭に目や耳ができ、頭脳ができた。そして羽ができたり、触角ができたりして、すばやく動き回る、小さなゴキブリが形作られた。

こいつは俺と同じ一本の管を原形としてこの世に生きて存在している。けれど俺とは違う。姿形は違い、大きさも違う。その上、俺のように息子のことを心配したり、校長ゆえに思い煩ったりすることもない。ということは俺よりはるかに生きやすい生き方をしているのだ。

俺はゴキブリがゴキブリと争っているところを見た例がない。もしもゴキブリがゴキブリを殺すのが当然という社会を作ったら、ゴキブリはゴキブリを殺すために殺虫剤や駆除剤、毒餌剤を開発し、固形とか、スプレーとか、くん煙とか、くん蒸とか、ホウ酸ダンゴとか、はては「ゴキブリほいほい」の類まで、ありとあらゆる手段を編み出すだろう。そしてゴキブリの巣を破壊するため、若いゴキブリに爆弾性殺虫剤を抱かせて特攻もさせるに違いない。その場合、特攻隊は飛行機に乗る必要はないのである。しかしゴキブリは決してそういうことはしない。何故ならそういうことができるほど進化していないからだ。

いや。そんなアホな話ではなくて、もっと切実な問題として、ゴキブリは俺のように便秘するのだろうか。考えてみると、おそらく、俺の便秘は息子のことを悩んだり、校長であることを自責したりするのと無関係ではあるまい。ゴキブリにはこんな生きる辛さがないとしたら、便秘などしないのかも知れない。

房乃の大声が聞こえた。

「お父さん、早く出てよ。私、ずっと我慢しているのだから」

介宏はあわてて立ち上がった。今日も便秘を解消できなかった。便器に思いを残して便所を出ると、入れ替わりに房乃がなかに飛び込んだ。やれやれ、人間という奴は、糞をするのに人目につかない匿った場所を一ヵ所定めることを、幸せに生きて存在するために必要としてしまったのだな。介宏は廊下の外にある石造りの手水鉢で手を洗った。

便所で考えたことはすぐ忘れる。便所を出たところに、いま生きて存在している現実が待っているからだ。

★

梅雨に入った。戦争はやまなかった。

時は昭和十八年である。遠い南の島々で日本とアメリカが戦っていることが、熱烈に昂揚した新聞やラジオの報道で分かった。転進とか玉砕という言葉が、敗走とか全滅という意味ではなく、勝ち戦のきざしとして報じられた。介宏は校長としてかたくなに日本は勝つと信じ、そして生徒もそれを信ずるように教育せねばならなかった。自らの気分を沸点の限界を超えて過熱させ、周りのすべてに自分のそれを感化させねばならないと自覚していた。誰よりも一番すぐれた軍国的な人物を演じるのが、自分の役割だった。

しかしそうすればそうするほど戦争の時代に適合できない息子のことが、重たくのしかかってきた。校長としていくら立派であろうとしても、それは息子によって反転してしまう。連綿と続いてきた血の定めとして、彼は息子から逃れられなかった。

そんな時期に、息子のことを知った。一ヵ月ほど前、垂水を離れるバスの中で抱いた暗い予感が、ずっと尾を引いて心をわななかせつづけていた。それが今、何もたがうことない現実となった。

息子は垂水国民学校に転勤になったが、そこに一日も勤務していないというのだ。ある教職の知人からそれを聞いたとき、介宏は校長の立場上、それを息ができないほどに恥じた。落莫とした怒りが止めようもなくこみあげてきた。怒りを抑え切れなくて、垂水にでかけた。

今にも雨が降りそうな昼下がりだった。周りの住宅から離れた場所にある宏之の家の門前には、赤い小さな旗が揚げてあった。

「結核患者の家だと知らせるために、そうするように言われたのです」と貴子が言った。

「宏之が結核なのか?」

介宏は鳳仙花の実の殻が割れてなかから種子の珠がいっせいに飛び散ったときの、そのかすかな音を聞いた気がしたが、実際は自分の恐怖の凄まじい叫びを聞いたのだった。息子は死んでしまう。ここに抱えてきた怒りが一気にさめた。彼は何の必要もないのに、赤い旗を支える竹竿を掴んで力任せに揺すった。

「大丈夫ですよ」

貴子は片目を細めて笑った。「結核というのは嘘なんです。うちの人は結核ということにして、学校に勤めなくてもいいようにしただけのことですから」

垂水に引っ越してきた直後、貴子は鹿児島市に出かけ、軽羹を買ってきた。それを持って、宏之と一緒に、垂水国民学校の校長に挨拶に出かけた。しかし挨拶せずに、引き返した。

「そのとき、学校では軍事教練が行われていました。波野とは違って、生徒数が圧倒的に多く、配属軍人もバリバリの将校で、砂煙をあげながら模擬戦を繰り広げていたのです。……だから、私たちはそのまま帰ってきました」

介宏はそう聞かされて、息子が垂水国民学校に一日も勤務していない理由と、勤務しないのは結核を患っているためという理由をつくりだしたことを知った。介宏はそれを、まっとうなことと納得した。学校側は生徒や教員に感染させないため、勤務しないことを認めたという。

「隣組の人たちに赤旗をあげるように言われましたが、本当はこっちの側もそのほうがいいのです。結核だからということで、となり近所の人が寄りつかないようにするために」貴子はあっけらかんとして言った。「うちの人は誰にも会いたがりませんから……。二人きりで生きてゆきたいのです」

介宏は遠くを見た。青い高隈山が見えた。おびただしい金属を叩くようなヒグラシの鳴き声が聞こえてきた。ここが山奥にひそむたった一軒の庵のように思えた。

息子は父親に向き合うことができなかった。家の中には入らず、庭をおろおろと歩き回っていた。ひょろりと背の高い息子のうなだれた姿は、いつの間にか降りだした小雨に濡れて、はかなく溶けてしまいそうだった。

「おい、中に入れ」と介宏は声をかけた。息子はその声が聞こえない遠いところにいた。貴子がお茶をいれてきた。座敷に貴子と向き合って座り、介宏は胸にたまっている思いをため息とともにもらした。

「あいつが学校に行かねば、給料をもらえないじゃないか。家計はどうなるんだ？」

貴子は唇をきっと結び、何も言わなかった。気品のある顔を真っ直ぐ介宏に向けているが、透明に潤む瞳の視線は横にそらし、じっと何かを見つめた。

「私に余裕があれば、援助もできるのだが」と介宏は言った。

「ご心配なさらなくても」

貴子は微笑んで顔を左右に振った。「うちの人が小屋を造ったので、鶏や山羊を飼うことにしました。宏貴に卵や乳を与えられるようにと」

「そんなことでやっていけるのか？」

「はい」

貴子は急に話題を変えた。「私たちの結婚披露宴で、ギターを弾いてくださったのは、どんな方なんです？」

「私の親友というか、盟友というか、西原国民学校の校長ではあるが、実家は鹿児島市で代々続く呉服屋で、縫製工場も経営しているのだよ」

介宏は貴子がそんなことを尋ねた理由が解せなかった。

「それで？」

「ちょっと思い出したものですから……。あのとき、楽しかったですね」

なんでもない話題にしてしまったが、貴子にとってこれは重大なことだったと、介宏は一月ほどたって知った。


「貴子さんには内緒だが……」

古谷がそれを介宏に話した。「隠れた相談ということで、この前、貴子さんから手紙が来たんだ」

介宏はその話をメモした。


貴子の実家はいま、誰も住んでいない。

鹿児島市の上町にある武家屋敷には、彼女の父や祖父の時代の家具や調度品、そして宝飾品、骨董品などが眠っている。彼女の母たちのさまざまな季節の着物も桐の箪笥に蔵ったままであった。

「それを売りなさい」と彼女に母が勧めた。彼女はそうしようと決めた。そうするのに垂水なら鹿児島市にすぐ通える。彼女が夫の勤務先を垂水にこだわったのはそのためだった。

「貴子さんの相談というのは、俺の親父などが、何か買ってくれないか、ということだったんだ」

古谷は磊落（らいらく）な笑みをたたえた。「これはお前の息子のためだし、ひいてはお前のためだものな。俺は相談に乗ったんだ。親父へすぐ連絡し、貴子さんが訪れる日時を決めた。そしてそれを貴子さんに伝えた。実は、俺の叔父に骨董の目利きがいるんだよ」

しかし今は贅沢は敵だと喧伝されている時代である。彼女の願いがどれほどかなえられるかは分からない、と古谷は付け加えた。

介宏はそう聞かされ、胸に詰まっていた心配がいくぶん霧散した。息子の暮らしを貴子がこうして支えてくれると分かり、ほっとした。けれど自分がそれを知っていることは、貴子に隠し通した。

古谷の父親たちの好意で、貴子の願いはかなえられた風であった。その他にも、貴子は着物などを垂水に持ってきて、地元の農家や漁家をまわり、穀物や野菜、魚介類と交換しているらしい。介宏は二人の様子を確かめに行かねばならぬ、という思いをもう抱かなかった。

空に鰯雲が広がる頃になり、介宏は息子から絵手紙をもらった。貴子が宏貴を両腕で高く抱き上げている絵が描いてあり、横にこう書いてあった。

十月二十日午後一時、よろしかったら鹿屋バスセンターにお出で下さい。ぼくと妻子で垂水からバスを乗り継ぎ、波野に行きます。それから内之浦まで足を延ばすつもりです。帰りはバスを使いません。行きにバスを使います。お会いできるのを楽しみにしています。

介宏はバスの時刻表をひろげ、彼らに会えるのは十五分しかないことを確かめた。垂水からバスが着く時間に、介宏は自転車でバスセンターに走った。大勢の客が下車する中に、ひょろっと背の高い宏之が見えた。その背後で貴子が背伸びし、こちらを指さしていた。抱いている宏貴にこちらを気づかせ、あやしながら手を振らせようとしていた。夫婦が降りて来た姿を見て、介宏は声を出して驚いた。宏之は大きな風呂敷包みを担ぎ、はちきれんばかりのリュックを背負い、片手に大きなカバンを提げていた。学生時代のように髪をきちんと七三に分けて、顔は日に焼けていた。気分もしゃきっとしている風に見えた。そして貴子も自分の背中より大きなリュックを背負い、宏貴を抱いて、何か左手に引っ提げていた。唐草模様の絹と思える布の、長い筒状の袋に入れているのは、日本刀ではないかと推察できた。

「お父さん。お元気なんですか？」

貴子はしげしげと介宏を見つめた。

相手をこんなに真っ直ぐ見つめる者は他にいないだろう、と介宏は感じた。その眼差しに誘われて介宏は言った。

「いや、少し疲れてな」

「ご多忙でしょうから」

貴子は心を重ねるようにうなずいた。そして肩から吊っている風呂敷状のカバンをひろげ、箱を取り出した。「これ、昨日、鹿児島市まで行って買ってきたんです」

「明石屋じゃないか」

包装紙を見て、介宏は言った。

「軽羹です。母が大好物で、うちのお遣い物はいつもこればっかりだったんです。つい、私もそうなって」

貴子は一箱を介宏に渡した。「お父さん、古谷校長に会われることってありますか？」

「いつでも会おうと思うと会えるよ」

「あ、よかった。この一箱、古谷校長に。……本当は直接にお礼を言わないといけないのですけど」

「私からそう伝えるよ」

介宏はそれを受け取った。カバンの中をちらりと見ると、まだ幾箱かが残っていた。宏之の葉書によると、これから波野や内之浦に行くということだから、西園や海応寺にも軽羹を渡すつもりだろうと推測できた。

「行商に来たんですよ」

貴子が笑った。「こうして商品を運んでいるところです」

千代がそう勧めたのだった。高級な着物ではなく、使い古しの衣類だったら田舎では売れる、と千代が知恵をつけた。貴子の実家には両親の古着もあれば、貴子や兄の成長の段階に合わせて買い求めた服も、補修するところは補修し、すべてを洗濯して、きちんとアイロンをかけて保管されていた。貴子はそれを持ってきた。かなりの量になったが、すぐ売れなくても、千代が預かっておいて、ぼつぼつ売ってくれるというのだった。

「お前が担いでいるのも古着か?」と介宏は息子に話しかけた。

「ぼくが担いでいるのは古着ではなくて、古い毛布が七枚、古い蚊帳が二つ、それから古い水枕とか、古い湯タンポとかいろいろ一つずつ、それから他にもまだ……」と息子は胸ポケットから手帳を取り出そうとした。

「いいんだ、いいんだ。そんなにちゃんと答えなくても」

「ちゃんと答えなくてもいいのですか」

「ただ聞いただけだから」

「リュックに詰めているのは古着です」

息子は眼鏡を外して汗をふいた。俺に対してどうしてそんなに緊張するんだ。介宏は目を伏せて言葉にならない声でつぶやき、少しむなしくなった。

「今度の一番の売りはこれなんです」

貴子が声を落として言った。「名刀『村正』なんですよ」

左手に引っ提げている長い布袋を手にとって貴子は説明した。「室町時代のものであるという鑑定書があるんですが、先ほど、古谷校長の叔父さんにも見てもらって、間違いない、と言われました」

「それを売るのか?」

「はい。ようやく買い手が決まりました」

貴子は唇の端を吊り上げて笑った。「西園校長のおかげなんです」

西園が地元の農村産業組合長に話を付けて、その名刀と米を交換することになった。脱穀した米十俵と交換するのが条件だという。しかし政府が米の供出を厳命している時世であるから、これは相当にあぶない取引といえる。介宏はこう推察した。そこはこの時世に神武天皇を背負っている西園の威光が効いたのかも知れない、と。

「ありがたいな、西園さんは」と介宏は言った。

「本当に。それもお父さんあってのことですものね」

「いやいや」

介宏はふと思った。茒茅でも古着は売れるかも知れないない。「私のところに送ってくれたら、何とかできるだろう」

「あ、それ、うれしいです。けど、それは最後の最後にしますね」

貴子は抱いていた宏貴を両手でさしあげ、介宏に見せた。「もう歩くんです」

「いつの間にか一年たったのだね」と介宏は言った。

赤子を抱くと、思っていたより重かった。赤子を揺すってあやした。赤子はすぐに泣き出した。貴子が赤子を受け取った。先ほどから介宏はそれとなく気になっていた。貴子は二人目を孕んでいるようだった。

バスセンターにベルが鳴り、スピーカーから「波野方面へのバスが出発します」とアナウンスが聞こえた。貴子が赤子を抱いてバスに向かうと、宏之は少しその場をうろうろし、介宏に何か言おうとした。けれど何も言わず、うつむきながら離れた。介宏は息子のそばに寄って、小声で尋ねた。

「貴子さん、おめでたなのか?」

「貴子がおめでたって、何ですか?」

息子は立ち止まり、介宏を見た。このときに息子は初めて視線を合わせた。

バスは行ってしまった。

介宏は手を振り終えて、自転車に乗り、学校に戻る道を走った。あれでいい、あれでいい、とつぶやいた。あれであの夫婦は当面は安泰だ、と思った。

川沿いの私道に曲がり、柳の並木の下を走っていると、いきなり、背後で自転車のベルの音が聞こえた。振り向くと正太が舌を出して笑っていた。

「何だ、お前か」

「バスセンターで会っていた、あれ、誰なんだ?」

「ちょっと知っている人さ」

「若い担ぎ屋なんかと親しいのだね」

正太は自転車を並べて走った。「今度、苅茅にはいつ帰るの?」

「まだ決めていないよ」

「決めたら教えて。俺、ちゃんと送っていかないといけないからね」

「分かった分かった」

「俺、何でも手伝うから。何かあったら言いつけていいよ」

学校の門前にくると、正太はいつの間にかいなくなった。

夕方になると、西原国民学校に出かけ、古谷真行に会い、貴子から預かった軽羹を届けた。

「俺の親父は貴子さんが持ってきた品に、いろいろ興味を誘われたそうだ。工芸品とか宝飾品とか、それはすごい品があったというけど、結局、薩摩焼や切子ガラスの器しか手が出せなかったということだった」

古谷の実家は鹿児島市でも甲突川より西側の広大な地域で、縫製工場を営んでいた。従業員が五百人にもおよぶ南九州きっての規模を誇っていた。しかし最近になり政府の強い要請でそれを売却させせられた。工場は軍の飛行機製造のためのものとなり、五百人の従業員は横滑りにそこに雇用された（これより一年後には学徒動員で何百人という中学生や女学生も働く場になるのだ）。

「二束三文の捨て売りだったから、親父の手元に残る金は少なく、新たに敷地を求めて工場を復興しようとしても、このご時世だ。贅沢は敵という政府の方針のもと、縫製工場なんてもってのほか、売国奴にもされかねないという按配なんだ。もっとも親父がこんな状況に陥るずっと前に、俺は家を出ていたわけだが」

古谷はいま銃を突きつけられているようにせせら笑って言った。「親父は俺に言って聞かせたよ。軍が工場を撤収させるとき、『何とでもしやがれ。さあ、殺すなら殺してみろ』と啖呵を切ったことをさ」

「そんな父君に、貴子はお世話になったわけだな」と介宏はあらためてお礼を言った。「いや。だからさ、俺が言いたいのは、貴子さんの品を買ってあげられなかったと、親父は悔いていということなんだ」

古谷は咳払いをして、ふいに鎖に繋いだ丸い時計を内ポケットから引き出した。「これを見ろ。時計も鎖も『純金』なんだぜ。正真正銘のゴールドだ。貴子さんから親父はこれを買って、あろうことか、俺にくれたんだ。……いや、親父の奴、俺と貴子さんの関係を疑ったのだろうよな」

「そうか」

介宏は平然としてみせたが、目の前で小さな火花がぱちぱち爆ぜた。

古谷にウイスキーを勧められ、ちょっと飲んだところで、介宏は用事にかこつけて早々と退散した。

官舎に戻ると、房乃が待っていた。珍しく眉間に縦皺をよせ、むっつりしていた。

「お父さん。軽羹を半分、もう食べたわよ」

房乃はつっけんどんに言った。「そのうちの半分は正太君にあげたわ」

「正太に？」

「お父さんがバスセンターで誰かに会っていたって、正太君が話したの。私はすぐ思ったわよ。お父さんに軽羹を進物にする人といえば、貴子姉さんしかいないって」

「正太が何を言った？」

「よく話を聞いてみたら、それは確かに貴子姉さんだし、それに兄さんもいて、それから赤ちゃんもいたって」

房乃は眠れぬ夜をもんもんと過ごし、明くる朝も父親にその話をした。「兄さんと貴子姉さんが結婚したのなら、私だってお祝いにかけつけたかったわ。どうして、お父さん、それ、隠さなきゃならなかったのよ」

「私も知らなかったのだ」

「嘘。そんなの嘘に決まっている」

房乃は泣きながら言った。「赤ちゃんがいるということは一年も前に結婚したのでしょう？　お父さん、一年も隠していたのね」

介宏は言葉を飲んだ。黙りこくったまま、あのとき自分はどうして二人が結婚するのを隠さねばならなかったのか、その理由をしきりに思い出そうとした。けれど房乃に語るべきことを思い出せなかった。

「私、お母さんに、この話するわ」と房乃は言った。

房乃は登校した。介宏はひとり残り、孤独の底に沈んだ。すると、自分は宏之のためと信じながら、またも取り返しのつかない間違いを犯したのだ、と気づいた。妻や文代、兄夫妻、そしてハマたち、それから鉄太郎にどう言い繕うことができるだろう。それを思うと息ができないほど苦しかった。このとき頭に浮かんできたのは、どうしてか分からないが、古谷の父親のうそぶいた言葉だった。「何とでもしやがれ。さあ、殺すなら殺してみろ」。

彼は昂然と胸を張り、学校に向かった。

次の日曜日、房乃は苅茅に帰った。けれど介宏はそうしなかった。房乃が母親に例のことを話したのか、介宏は確かめもしなかった。

しばらくたって宏之から絵手紙が届いた。房乃がそれを盗み見ないように、校長室に持っていって読んだ。貴子が赤ん坊と一緒に握り飯を食べている絵が描かれ、横に文字が添えてあった。「お父さん、新米を食べに来てください」。新米は日本刀と引き換えに手に入れたのに違いない。介宏はぱっと陽が射したような気がした。早速でかけることにした。

そんな矢先に教頭が来て、教育庁の印鑑をついた文書を届けた。それは「傘を三本受け取りに来るように」という指示書だった。

「三本の傘を、わざわざ教育庁まで取りに行くのですか」と教頭が言った。

物品が足りない時世であれば、これは仕方のないことである。教育庁は品の多い少ないは別にして、規定どおりに受け渡ししたいところに違いない。

「それは私が受け取りに行こう。ちょうど他の公用もあるので、ついでにだ」

介宏は笑って言った。


明くる日、鹿屋市の古江港から九州商船で錦江湾を渡り、教育庁で傘を受け取った。帰りは垂水汽船を利用して垂水に上陸した。あらかじめ速達郵便で連絡しておいたので、宏之も貴子も待ち構えていた。

「お父さん。新米のホカホカを召し上がってください」

貴子は張り切っていた。「卵があります。うちの人の鶏が今朝産みましたの」

介宏は卵かけご飯を食べた。

庭で栽培した野菜の味噌汁、漬け物、それから地元の漁船が獲ってきたばかりというタイやサバの刺身、アラカブの煮付け、町の加工場で直売している深海の小エビをすりつぶした薩摩揚げなど、食卓に載り切れないほどの料理が並んだ。

「垂水は海が近い分、新鮮な魚が手軽に手に入るのですよ」と貴子が言った。

宏之も同じ食卓についた。宏之はひざに赤ん坊を座らせていた。そして赤ん坊の口に料理を少しずつ運んで食べさせた。

貴子は食卓につかず、かいがいしくまめに賄いをした。介宏はふと目にとめた。貴子は妊娠しているのに違いない。お腹がこころもち膨らんでいた。

貴子が徳利とちょこをお盆に載せて持ってきた。

「お父さん。焼酎はどう?」

宏之がいつになく打ち解けた風に手を振りながら言った。

「お前も飲むか?」

介宏は徳利を宏之に差し出した。

「いや、ぼくは……」

宏之は咳をした。

一瞬、介宏はぎくっとした。その咳が普通のものに思えなかった。本当に結核を患っているのではないかと疑った。しかし不吉な予感を抱いたと、周りに思わせたくはなかった。何でもない風にして、少し焼酎も飲んだ。「まあ、昼間から酔っぱらうわけにいかないからね。帰ればまだ勤めがあるので」

このとき、誰かが呼ぶ大声が聞こえた。女性の声で、あの赤旗の立つ門前にいるところらしかった。貴子が出ていった。二人の話す声がとぎれとぎれに聞こえた。

「回覧板を届けに来ました」

女が言った。「どなたか来客なの？」

「義父が来てくれたんです」

「何をなさっている方？」

「ええ。鹿屋国民学校の校長ですけど」

「頼もしいこと。噂の名校長が来てくださるなんて」

「そうなんです」

「で、ご主人は？」

「もう完治に近い状態です」

「お大事にね。あまり出歩かないほうがいいと思うわよ」

「はい」

「夕方に国防婦人会で防火訓練があること、あなた、忘れていないでしょう？」

「もちろん。真っ先に参加しますよ」

貴子が帰ってきて、回覧板を台所の隅に置いた。少しその頬が赤くなっていた。

「こんなところ見られなくてよかったね」と介宏は言った。

昼間からご馳走を食べているところを見られたら、非国民などという噂を流されるおそれがある。赤旗がそんな隣組の監視の目をふさいでいるのが分かった。

介宏は多くの料理を食べるのに、二時間もかかった。もう陽はだいぶ西に傾いた。湾の向こうの半島の上空で、浮き雲が赤く染まっている。

「お父さん。垂水は温泉が湧くってご存じですか?」と貴子が聞いた。

「知ってはいるがね」

「今度、温泉を楽しみにお出かけください。桜島山がすぐそこに見える海潟温泉は、松林があって、白浜があって、銭湯みたいな温泉がいくつもあるんです。私たちは歩いてよく出かけるんですよ。宏貴も温泉が大好きなんです。ここの温泉は玉が肌の上を転がるような、そんな感触なんです」

貴子は見るからに幸せそうだった。「お父さん。たまには、うちの人といっしょに、温泉でゆったりと過ごしませんか?」

「それはいいな」

「ね。そうしましょうよ」

「それはいいな」と宏之が言った。

次の週末に出かけ直すことにした。房乃を誘っていくべきか悩んだ。結局、房乃に隠れて単身、垂水に出かけた。

海潟温泉に行くとき、人々と会うことをさけて、浜辺の松林を歩いた。宏之は赤ん坊を肩車に乗せ、「雨ニモ負ケズ、風ニモ負ケズ」と節をつけて歌いながら、ヒョイヒョイと小さくはねた。赤ん坊の柔らかい髪が風になびいた。赤ん坊は大きな声で笑った。介宏は貴子と並んで歩いた。行く手に桜島山が見えた。南岳が深く澄んだ秋空にひときわ鮮やかな噴煙をたな引かせていた。

「平穏ないい景色だな」と介宏は言った。

自分の人生の中で、こんなひとときを過ごしたことはなかったような気がした。

「貴子さん」

介宏は微笑んで尋ねた。「あんた、おめでたではないのかい？」

「あら、分かります？」

貴子は肩をすくめた。「身体の中に何か温かいものがうごめいていて、ときどきお腹を蹴るんですよ」

二人は顔を見合わせて笑った。

温泉の銭湯は古民家のような風情で、裏道から小さな川にかかる木の橋を下駄の音を響かせて渡った先に、温泉の香りを漂わせながら親しげにつつましく建っていた。入口の大きな暖簾が松の風音とともに揺れている。浜に沿って別棟の長屋もあり、炊飯をしているのか、その一隅から細い煙がたっていた。

「ここは遠い農村からの湯治客が多いのですよ」と貴子が言った。

湯屋に入ると、番台に老婆が座り、貴子夫妻を見ると親戚でも迎えたように何度もうなずいた。貴子は全員の銭湯代金を支払い、それとは別に新聞紙に包んだ丼一杯ほどの米を渡した。老婆はそれを受け取り、「今はちょうどいいよ。地元の者は誰もいないから」と言った。

宏之を知っている地元の者がいると、結核を忌み嫌って、何かとうるさいことが起きかねないのだろう。介宏はそう感じた。

湯船は大きく、湯がざあざあふれ流れていた。年寄りたちが数人、物静かに湯船につかっていた。湯船の縁にのんびりと横たわっている者もいる。

「お父さん。幼い頃、いつも一緒に風呂に入っていたけど、あれ、いつ頃までだっただろうね」

宏之は湯船に顎までつかり、傍らの介宏に語りかけた。

「あの頃はよかったな」

介宏は目を閉じた。思い出とともに温泉の感触を味わった。天国だ天国だ、とつぶやいた。たったこれだけの幸せで十分だった。

このとき、宏之が咳をした。

いきなり不安が心に影を落とした。

「お前、その咳は何なんだ?」

「心配いらないよ」

「貴子さん、心配してないのか?」

「貴子は毎朝、ぼくに生卵や山羊の乳を飲ませてくれるし、それにいつも温泉に入っているから」

ひょろりと背の高い宏之は子供の頃から痩せてはいたが、裸の姿を見るのは久方ぶりで、今は肋骨がすけて見えている。やはり何となく心配だった。

その日から介宏の心配はだんだん増幅していった。息子は大丈夫だろうか。貴子が妊娠していることもしきりに気になった。戦争がいつ終わる目処もなくただ状況が激化するのに合わせて、校長としての任務を業にも似た自尊心にかられて頑なに貫いていかねばならなかったが、日陰のような心の奥でうごめく宏之と貴子に寄せる思いはひとりでに消え去らなかった。

介宏は何度も垂水に出かけた。

一月ほど前、介宏が訪れたとき、貴子が懇ろに歓待してくれたのは、いつもはありえない特別なことだったのだと、彼はあらためて知った。

貴子の本当の日常は家を留守にしていることが多かった。地元の国防婦人会はバケツリレーの防火訓練や竹槍を振りかざした戦闘訓練を毎日くり返しており、町内に出征兵士がいると日の丸の旗を振って「万歳、万歳」と見送りに行き、また日本軍が南方のどこかの戦場で勝利したというニュースが届くと軍歌をうたって歓喜に満ちあふれたパレードに参加せねばならなかった。そんなことばかりでなく、秋雨前線の豪雨で集落と集落を結ぶ山中の道路が土砂崩れで不通になると、昔なら馬を酷使して男たちがなさねばならなかった復旧作業を今は国防婦人会の彼女たちだけが鍬などの人力で行った。どんなときも貴子は厚手の布のマスクをするように言われた。夫の結核が感染する恐れから誰もが免れようと企んでいた。そして彼女のお腹はしだいに大きくなり続けていたが、それを話の種にする者はいても、体を休めるように勧める者はいなかった。貴子はいつも長男の宏貴をおぶっていた。

介宏は垂水を訪れると、貴子が帰宅するのを待たねばならなかった。その間、宏之と二人きりで過ごしたが、それぞれに別の部屋にいて、顔を合わせて話すこともなかった。宏之は別の部屋でしきりに咳をした。どんな具合なのか、問いかけてもむなしくなるばかりだった。宏之のほうも自分でどうすることもできない理屈抜きの畏れを言葉に変えることができない風だった。その視線は父親に向けられているが、どこか別の遠くを見ていた。そんな様子から見て、息子の病状は悪化していると介宏は判断できた。彼はそれを客観的に確かめるのに、貴子の判断を求めねばならなかった。

貴子が帰宅するまでの間、何もすることがなく、庭の菜園の雑草を抜いたり、草を山羊の餌として与えたりして過ごした。そんなことに倦むと部屋に戻り、陽光が障子の紙を透かして淡く射し込んでくるなかで、身を横たえた。ちょっとしたうたた寝のあわいにも夢を見た。初任地の佐多辺塚で、彼は家にいるときはいつも机に向かって教員として出世する夢を追いかけて学習していた。幼い息子はその横で父の真似をして本を広げたり、文字を書いたりしていた。そしてやや大きくなると、隣の部屋に机を移し、自分一人で学習する真似ごとをするようになった。この間は親子として対話することもなかったが、介宏には静かで充実した至福の境地であった。目が醒めたとき、今の現実を遠い昔の境地にいるところのように錯覚している自分に気づいた。自分はこちらの部屋にいて、息子は隣の部屋にいる。夢の中の幸せに現実の自分が満たされていた。あれから二十年が過ぎているのだ。息子と一緒に生きてきた。俺は息子がいたおかげでどれほど救われたことか。息子がいなかったらどんな風に日々を暮らせただろう。考えてみると、俺は苅茅の実家でこんな風に昼寝をしたことはない。他人の家でも昼寝などは一切しなかった。いまここで昼寝をしている。息子のいるここそ、俺の安息の場だ。帰るべきところに帰っている気がした。

しかしそれが淡い夢の続きだったことを、彼はすぐに苛酷な現実を突きつけられて知った。襖をしめた隣の部屋で息子が咳き込んでいる。激しい咳き込み方だった。それが聞こえたとき、介宏の夢は完全に醒めた。

息子はどうして死の病にかかったのか。あまりにも不条理な現実だった。

校長としてではなく、一人の父親として、彼はここに至る道筋を振り返った。「ことの発端はあれだ」と彼は自分に怒鳴った。思い返すのが辛かった。息子は師範学校の学生だったとき、赤紙が届き、軍隊に入らねばならなかった。そこでは穏やかな性格を鍛え直すという名目で、顔が変形するほど殴られ、体が吹き飛ばされるほど蹴られた。「軍隊精神注入棒」と名づけた太い棒で毎夜殴られた。息子の臀部や大腿部、下腹部などは黒い紫色に腫れ上がった。明らかに撲殺寸前だった。息子がその現場から逃げると、おびただしい追っ手によって連れ戻され、脱走兵として重営倉にぶち込まれ、食料も与えられなかった。そして軍隊を追い出されて帰ってきたとき、息子は無様に痩せて、身体もだが、精神もぼろぼろになっていた。もしもそうされなかったとしたら、息子は精神を病むことも結核を患うこともなかったのだ。介宏は今まで抱いたことのない、獰猛な薩摩犬が牙を剥いたような思いを抱いた。

しかし心の一方ではそれに勝るとも劣らない力で、自分への慚愧（ざんき）がうごめいていた。息子が軍隊から帰ってきたときは、校長として、息子の姿を他者の目にさらすのを恥じ、一刻も早く息子を隠すことに必死になった。その挙げ句、息子からそこに至るまでの話を聞こうともしなかったのだ。聞いてやることが息子には救いだったのかも知れない。……俺は父親失格だ。

隣の部屋で激しく咳き込む息子に、彼は声をかけようとしたが、金縛りにあってできなかった。身の置き所のない切なさに唇をかんだ。

彼が帰り支度をしているとき、貴子が戻ってきた。細い帯のついた絣のうわっぱりにモンペ姿で、びっしょり汗をかいていた。後れ毛の張りついたこめかみの辺りに、疲労の影が滲んでいた。しかし気品があった。

「お父さん。ずいぶん待っておられたのではありませんか?」

貴子は挨拶しながら背負っていた赤ん坊をおろし、そして赤ん坊が泣き出したので、そそくさと別の部屋に行きながら、「ちょっとすみません」と介宏に頭をさげた。赤ん坊に乳を飲ませているのだろう。そこに宏之も出てきた。

「ぼくが面倒をみよう」

宏之は貴子のいる部屋に入った。ちょっとした時間をかけて、貴子は授乳を終え、服を整えながら出てきた。その後から宏之が赤ん坊を抱いて現れ、笑顔を赤ん坊の顔に近づけてあやしながら、庭におりていった。結核患者があんなことをしていいのか、介宏は不安になった。貴子がお茶をいれてくれた。

「夕ご飯、食べて帰られませんか?」

「いや。ありがとう。もう帰るよ」

「何やかや、ご心配で来られたのでしょう?」

「うん」

介宏は尋ねた。「宏之の病状がちょっと心配でね」

貴子はうつむいて黙り込んだ。前髪が顔を隠した。しばらくして頬を涙が伝って流れ落ちた。

「正直に言います」

貴子はあえぐように言った。「あの人、血を吐くのです。今朝も両の手のひらで受け止めて、私に見せに来ました。血と痰があふれていました」

もう覚悟はできていたので、介宏はそんなに打撃は受けなかった。しかし頭の髄は限りなく深い海底に沈んだようにしんとなった。浮き上がる水泡を見つめた。

「病院につれていくべきだろうな」と介宏は言った。

「そう思うのですけど……。私、一度、母に会いに行き、どうすればいいのか相談してみたいのです」

貴子の兄も結核を患っており、貴子の母はその看病のため、県北のサナトリウムに住み込んでいる。それを介宏は知っていた。

「そこは遠いのだろう?」

「私、そこに行くのに、うちの人を連れて行くべきか、あるいは一人おいて行くべきか、悩んでいるのです。どっちであろうとも、そうはできない気がして」

「貴子さんが一人で行くのが一番いいだろうね。もしそうなったら、私が休みをとって、この家に来て、宏之の世話をしてもいい」

介宏はそう言った。しかし現実としてそれができるかは分からなかった。

「何の因果か、母も私も同じ宿命に名指しされたんです。母が頑張っているから、私も頑張れるんです」

貴子は唇をぎゅっと結んだ。まるで宿命の悪意やあやまちなどから縁遠く、貴子はすべてに対して猜疑心や怨念を抱くことを知らぬげに見えた。

介宏は彼女に息子を預けていることの偶然を、人間の意識の及ばないとてつもなくはるかなところから射し込む善意によるものに思えた。

「貴子さん。あなたが妊娠していることも心配なんだ。大事をとらなければいけない時期だものな」

「ありがとうございます」

貴子は顔をあげて眩しげに目を細めた。「お父さん。ありがとうございます」

★

精杉医師は眼科医だが、医療に関する情報は持っていると思い、介宏は相談に出かけた。

介宏の顔を見ると、「どうしましたか」と言って、精杉はすぐに院長室に通した。

「息子のことで。結核にかかったものですから」

「そりゃいかん」

精杉は慰め励ますために、結核の根源について怒りをあらわにしてみせた。「いまや『国民病』とか『亡国病』とか呼ばれるほど、結核が爆発的に蔓延しておる。しかしあんたの息子は自分で望んで結核を患ったのではない。これははっきりそうだと言える。誰もが口を閉ざして言わないけれど、本当はその根源が何なのか知っておるだろう。つまり、国民は鉄でできていると思い込んで、生身の人間扱いにしていない、それだ」

そんなことを聞いてもどうしようもなかった。けれど喉の奥に押し込んできた数限りない言葉がどうやっても抑え切れなくなりそうに突き上げてきた。

精杉は介宏の顔の前で手を振った。他者の言うことを聞くよりも、その前に自分の言いたいことのありったけを言わないと、どうしても気がすまない性格であった。精杉は恐れげもなくまくしたてた。

「ただ軍備を拡大する資金を確保するため、国民に倹約、節約を強制する。人として当たり前の暮らしを営むのを罪悪と決めつけ、食べるものを奪い、働く場を破壊し、苛酷な行為を強いる。この忍従を美徳と喧伝しておるが、国民は疲労し、痩せ衰え、多くの人々が死の病を患っておるんだ」

「いや。ご高見、ありがたいことです」

介宏は頭を下げた。精杉ならではのやりかたで精一杯に励まされているところだと思った。

看護婦が来て、コーヒーを淹れてくれた。雰囲気が和んだ。

「先生。この地元にサナトリウムはありますか?」と介宏は質問した。

「鹿屋にしても、どこにしても、この大隅半島には結核の専門医はないね。もちろんその看板をあげている医院もあるにはある。が、こんな時世であれば、薬なんて手に入らないから、何の手も打てないだろうよ」

「結核は死を免れないが、まれに回復する例もあると聞いていますがね」

「一か八か、回復するほうに賭けるとしたら、身体的にもだが、精神的にも、人間としての暮らしに戻ることしかないよ」

介宏は息子の様子を説明した。「よろしい。何も教えることはない。あんたの息子は、マイペースで暮らせる環境に恵まれ、毎日欠かさず生卵や山羊の乳、新鮮な刺身などを食している。しかも温泉に入るなんて、まさにサナトリウムそのものではないか。大丈夫だ。死にはしない」

精杉にそう教えられたことを、介宏はすぐさま貴子に伝えた。

「では、心配しなくていいのですね」と貴子はぱっと顔を輝かせた。これまでに心配なことを、母親に手紙を書いて教えを請うたという。母親からはこまごまと返信があり、その医師から入手した結核の新薬を送ってきたそうだ。介宏は息子を貴子に委ねておけばよいと思った。


こうしているうちに昭和十九年になった。不思議に宏之は小康を保つようになったと、貴子から手紙が来た。介宏は息子の結核のことをひとまず心配しなくてもよくなった。

その一方で戦争は続いていた。南方の島々での戦争は新聞やラジオなどとは違う悲観的な情報がどこからともなく巷に漏れ伝わってきた。すると今までとは違う緊迫感が高まった。

苅茅の台地も様相が一変した。一万人あるいは二万人が動員されて、掩体壕の造成がはじまった。来年早々には海軍の航空基地に特攻隊が進出することが、町の噂になった。基地の工廠で働く者たちが目に見えて急増し、市街地はにわかに賑わいだした。

介宏は傍観しておれなかった。息子をめぐって鬱々としていた気分が、自分でもあきれるほどごく簡単に、校長という公的な気分に切り替わった。全校朝礼では拳を振りかざし、「今こそ『滅私奉公』、『尽忠報国』の精神を忘れず、必勝の信念に燃え、一丸となって前進すべきだ」と力説した。

配属将校はこれを聞いて「あなたは教育者の鑑だ」と賛辞をおしまなかった。

★

この年は異常に月日のたつのが速かった。たちまち初夏になり、貴子の出産する時期を迎えた。介宏は男の出る幕ではない気がして、その件で垂水を訪ねることはしなかった。いよいよ出産という時になったら、貴子の従姉の千代が介添えに出かける手はずが整っていた。近所に産婆もいるので、その点も安心できた。

宏之が、こんな話をした。

ある日、貴子のお腹の中から声がしたという。私は宮沢賢治だ。これから生まれ変わって生きることになった、と。

「だから生まれてくる子の名は『賢治』と決めました」と宏之は言った。女の子が生まれるとはまったく思っていない風だった。その現実ばなれした様子が、介宏にあらたな不安を抱かせた。

名前が決まったためかどうか、貴子の出産は一週間も早まった。それも初めての台風が大隅半島に上陸したさなかだった。

「この子は嵐の中で一人で生まれたのです」と貴子は言った。

産気づいたのは押し渡る台風の「目」が垂水に差しかかったときだった。吹き荒れていた風と雨がそのとき、ぴたりとやんで、通常とは異なる重々しい静寂が天地を支配した。

貴子は布団の中に伏せたままで、夫の宏之に頼んだ。産婆さんを呼んできてください、と。しかし彼は廊下にぼーっと放心したように腰をおろし、貴子が何度声をかけても、それが届かない遠い世界をさまよっていた。貴子は枕許にいる宏貴にそれを頼んだ。何とか通じるように噛んで含めるように伝えた。でも、相手は一歳半で、ようやく幾つかの言葉を理解できるようになったばかり、歩くのさえよちよちの状態だった。それでも宏貴は立ち上がり、貴子の指さすほうに歩き出した。けれどすぐに引き返してきた。あっちに行き、こっちに来て、ついに尻もちをついた。

「賢治」と名づけられた次男は、こうして貴子が一人で産んだのだった。

台風は夕暮れから再び吹き荒れて、停電のため真っ暗な家を激しく叩き揺さぶった。夜が明けると産婆がやってきて、それから午後の遅くに、千代が乗合バスでかけつけた。介宏がそこを訪ねたのは、そのまた翌日だった。

「よく一人で産めたものだ」

介宏は驚きを隠せなかった。

千代もその話になると興奮した。

貴子は別人のように見えた。眉尻がきりっとはね、身体が二倍も大きく見えた。出産時のことはあまり話さなかったが、暴風がどんなに凄まじかったかということは夢中になって話した。

ずいぶんと小さな赤ん坊だった。泣きもしないで、今にも命が消えてしまいそうにか弱かった。介宏は抱いてみて、ふいに涙がこぼれそうな熱い感慨にとらわれた。赤ん坊の後頭部はぺしゃんこではなく、まろやかに突き出している。しかもその中央に小さな瘤があった。それは介宏とまったく同じだった。幼い頃に彼はそれとなく苅茅の者たちを見て、誰一人として自分の頭と同じ形をしていないことに気づいた。彼の息子の宏之も、二人の娘も同じではなかった。そして宏之と貴子の長男の宏貴もそんな形ではない。

「この子は違う」と介宏は思わず言った。

「何が違います?」

千代がオウム返しに尋ねたとき、介宏はあいまいに笑って答えなかった。そんな理由を口に出して言うのは、何か大人気ない気がした。けれど彼は賢治に言いようもなく深い愛着を抱いた。

二ヵ月後、貴子は鹿児島の実家に出かけることにした。出産にともなう費用を捻出するため、実家から金に換えられる品を持ってこなければならなかったからだ。そのときのことを貴子は介宏にこう語った。

介宏は話を聞くと、これこそメモしておこうと思った。

私はうちの人を自宅に残し、宏貴の手を引いて、賢治を抱き、連絡船の港に歩いていきました。その日はいつもよりも極端に乗船客が多い日でした。四十五連隊から五千人が出陣するというので、それを見送りに行く人々が港に押しかけていたのです。私は長い行列に加わり、切符を買い求めると、肩から斜めに吊った鞄から帯をとり出し、宏貴を背負って、賢治は胸に抱きました。

船はご承知のとおり、沖に百メートルほど延びている一本の桟橋の向こう端に停泊していますよね。私は人波に揉まれながら船をめざして急ぎに急ぎました。少しでも早くたどり着き、子供たちのために席を取りたかったのです。船の舳先に立って船長が叫んでいました。「これ以上は無理だ。次の便を待ってください」。すると軍人たちが船長に怒鳴り返しました。「何を言うか。次の便だと出陣式に間に合わなくなるんだ。乗れるだけ乗せろ」。船の前で私はもみくちゃになりました。風が強く、潮を吹き上げて、小雨のように降ってくるんです。

するとと、抱いている賢治が泣き出したのです。声を出して泣いたことはないのに、小さな拳骨を握りしめて泣きじゃくりました。私はしきりにあやしたのですが、賢治はそうすればするほど身をよじり、跳ね上がるようにして泣きつづけました。か弱い賢治がこんなに泣くのは異常でしたし、超満員の船上で泣かれるのを思うと、乗船をあきらめました。

「この子には神が宿っているのです」

貴子は介宏に教えてくれた。「この子が泣くので乗らなかった船が、桜島山を迂回する沖で、沈没しました。何百人が水死する事故が起きたのですよ」

「賢治は宝子だ」と介宏は言った。

垂水丸が沈没したことは大隅半島の人々に大きな衝撃を与えた。いたるところで人が集まりさえすればいつも過熱するほどにその話がくり返された。介宏はその場に居合わせると、自分を制止できなくなり、神がかった孫の話をしては聞く者たちが興味を掻き立てられているのを見て悦に入った。

ある朝、全校朝礼で天皇皇后両陛下の御真影に拝礼する儀式を終えた後、壇上に立って講話を行った。いつもは新聞記事や政府の刊行物などを参考に、戦争をめぐる時局の解説をして、「滅私奉公」や「尽忠報国」などの心構えを説くのが決まりきったやり方だった。しかしその日は全校朝礼の壇上に立ち、垂水汽船の沈没事件の際に起きた奇跡としか言い様のない孫の話をした。

すると配属将校が朝礼後に校長室に押しかけてきた。「あんな個人的な寓話なんかすべきではない」と噛みついた。介宏は聞き流して終わるつもりだったが、配属将校は思いもよらぬほうに話を持ち込んだ。

「その孫の両親のことを俺は知っておる。父親は波野国民学校でふぬけた役立たずで、母親は配属軍人に盾突いた不逞の国賊だというではないか。それなのにそんな夫婦の子を神だなんて、実にふざけた話だ」

「黙れ」

介宏は怒鳴った。いつも配属将校には平身低頭して機嫌をとるばかりだったので、自分が怒鳴ったことに介宏は驚いた。配属将校はその数倍の声で怒鳴り返した。

「出ていけ」と介宏は炸裂した勢いで机を叩いた。「いいか、よく聞け。俺は天下の鹿屋国民学校の校長だ。お前を処断して他に移籍させる権限が、この俺にあるのだぞ」

配属将校が去ると、教職員たちが校長室に集まってきた。介宏は彼らから陰で「よかろう校長」と呼ばれるのを知っていた。何事につけても判断を求められると、自分の意見は言わず、相手の意見にしたがって「それでよかろう」と答えるからであった。しかし今朝の介宏はそのあだ名を吹き飛ばしてしまった。

「何でもない。さあ、みんな、仕事に就いてくれ」と介宏は言った。

その日から彼は今までよりも堂々として威厳をもち、校長としての采配を振った。しかし一方ではその逆の心理に触まれていた。あのとき配属将校にあげつらわれた事柄が、思いのほか深く心に突き刺さり、時が過ぎても高い崖から底知れぬ谷につき落とされた気分のままだった。息子のことは自分の致命傷だと痛感した。これから何が起こるか不安だった。

ひそかに恐れていたことが突然、思いがけない形で現れたのは、秋になってからだった。それは雨の多い秋で、その日は滝のような集中豪雨になった。真夜中に学校の小使いが緊急電話が入ったと告げに来た。介宏は雨合羽を着て、官舎から学校に走った。校長室で電話を取ると、垂水の警察署からであった。

雨の降りしきる港の桟橋の先端で、宏之がずぶ濡れになってわめいていたという。警官が行くと宏之は逃げ出し、桟橋を後戻って戸を閉め切った商店街を悲鳴をあげて走りまわった。警官たちに追い詰められると、牙を剥いた狂犬のように暴れた。宏之は取り押さえられ、縄で縛り上げられ、警察署に留置された。

「尋常の状態ではない。すぐ来てくれ」

警官に命じられ、介宏は垂水に向かった。豪雨を突っ切って三輪タクシーは疾走した。警察署につくと、奥のほうからわめきたてる宏之の声が聞こえた。留置場の鉄格子のなかで、宏之はがんじがらめにされていた。鉄格子に頭をぶち当てたり、爪や歯で自分の体を傷つけないように縛っているというのであった。宏之の雨に濡れたシャツは喀血で真っ赤に染まっていた。結核患者だと分かり、警官たちは誰も寄りつくまいとしていた。

介宏は鉄格子の囲いの中に入り、宏之を縛り上げている縄を解いた。宏之の手首や踵にいくつものすり傷ができていた。眼鏡は床に転がり、レンズがちりぢりに割れていた。宏之はひざをついてしゃがむと、左の腕で目をこすりながら泣き出した。「お父さん。あのね、ぼくはね、ぼくは」。まるで幼児そのものに見えた。おいおいと声をあげて泣いた。介宏はしっかりと息子を抱きしめた。息子が幼児の頃、こんな風に強く抱きしめたことがあったのを思い出した。

息子は異常に体が火照っていた。「何故、お前ひとりで出歩いている?」 貴子はどうしているのか、と介宏は尋ねた。「一昨日から鹿児島に出かけているんだよ」と宏之は答えた。何も連絡をしてこないまま、貴子は一昨日から帰ってこないという。今までの例から言うと、とてもありえないことであり、よほどの何かが起きた可能性がある。

「それは心配だな」と介宏は言った。

宏之は何も罪を犯したわけではない。警察署は簡単な調書をとり、すぐに釈放した。傘も役立たぬほどの大雨の中を、介宏は息子の肩を抱きながら夜明け前のもっとも暗い時の町を横切り、家に戻った。

貴子は二人の子供をつれて留守にしており、居間だけに電灯がともった家は、雨音の中に沈んでいた。そして襖や障子は無残に破られ、どういう手段でそうしたのか板壁もさんざんに割れて欠落していた。

家の中に入ろうとして一瞬、宏之は悲鳴を上げて身を翻し、雨の中に走り去った。しかしすぐに引き返してきた。家の中に入ったが、ぶるぶると激しく震えて、ただぼんやりと佇んでいた。介宏は濡れた衣類を脱がせ、タンスに収納した衣類をとりだして着替えさせた。そして自分も着替えるのに、宏之の衣類を着た。ずいぶんとサイズが大きかった。

宏之の体は火の塊のように熱をおびていた。布団を敷き、宏之を寝かせた。震え続けるので掛け布団を何枚も重ね、山のようになったが、宏之は「寒い寒い」とうなされた。夜が明けると、洗面器いっぱいの血を吐いた。貴子とは何の連絡も取れなかった。両方とも電話を引いていないからである。

朝陽が射して世間が動きだすと、介宏は港の公衆電話から鹿屋国民学校に電話を入れ、緊急の用事ができたので休みをとると伝えた。ついでに貴子から何か連絡が来ていないかと確かめた。それはなかった。

雨がやんで午後になると、郵便配達人が猛スピードで自転車を漕いで現れ、急ブレーキをかけて生け垣の外に止まった。介宏はその鋭い音を聞いて郵便配達人に気づいた。いつもは風に揺れている赤い旗の下にある郵便受けに、何かを差し込むやいなや、来るときよりもさらに猛スピードで走り去った。

貴子は夫に速達郵便で事情を知らせてきていた。

介宏はそれを読み、事態をこう理解した。

鹿児島市の上町の実家に彼女が戻ると、西側のほぼ半分が焼け落ちていた。

警察の調べによると、火災が発生する日に西側の裏通りに面した裏木戸に大型のトラックが停まり、家の中の物品を運び出していたことを、近所の数少ない人が目撃したというのだ。いつも人通りのない通りで、まして強い雨の降る午後だったので目撃者の数は限られている上に、はっきり記憶するほど注意深く見た者はいなかった。その裏通りにトラックが停まっているのは珍しいことだったが、トラックは雨を避けるため荷台に幌を張り、家から盛んに物品を運び出しては積み込んでいる数人の人夫を、軍服と見まごう服を来た男が動かしていた。それを目撃した一人は、軍が供出作業を行っているところだろうと思ったという。それというのも軍服の男に指図された男たちがあまりにも当たり前のように作業していたからだった。他の目撃者も彼らを盗人とは疑わなかった。

しかしトラックが去った後、家が炎と黒煙を噴きあげ、雨の中の風を煽り立ててバリバリと燃え盛ったとき、近隣の人たちは恐怖とともに野次馬となり、その家を遠巻きにした。消防署や警察署が現場検証する一環として人々から情報を収集して回ると、それは逆に消防署や警察署が調べた情報をばらまくことになり、その家が盗賊に襲われ、犯行の証拠隠滅をはかるために火を放たれたという事件のあらましが、広く知れわたった。

貴子が二人の子供を連れて実家に戻ったのは、そこに保管されている物品のなかで金に換えられるものを選んで持ち帰るためだった。そうするのは日帰りで十分可能だったのだが、彼女が実家に戻ったのは、事件の翌日だったので、雨がそぼ降る中で焼け落ちた西側の建物からはまだ白い煙が立ちのぼっていた。彼女はそこを放り捨てたままでは帰れなかった。

消防署や警察署は書類の上でこの家の代々の持ち主が誰であるかを知っていたが、現在の持ち主がどこに住んでいるかは知らなかった。貴子の母は誇りを高く掲げていたので、結核患者の息子に付き添って県北の田舎に移住することを恥じ、隣近所には秘したままにしていた。人々はそこが空き家になっているとは知っていたが、家主の連絡先は誰も知らなかった。まして貴子の連絡先を知っている人は皆無だった。貴子は何も知らされないままに帰宅したのだったが、ちょうどこういう日に帰宅したのは、偶然によるものではなく、またしても賢治の霊力によるのだとかたくなに信じた。

焼け残った家の東側には父親がいつも使っていた表の間があり、そこの家財道具も持ち去られ、そのあとには投げ出されて蹴り散らされた書物や書類などが部屋を埋め、さらによく見ると、散り散りになった伊都島家の家系図も無残に打ち捨てられていた。貴子は拾い集める気力がなかった。

隣の部屋はもともと書斎だったのだが、幼い頃にいつの間にか貴子が独り占めして、学習机やベッドなどの他に人形や装身具を飾り、雑誌などの棚をおいて自ら「貴子の部屋」と呼んでいた。その部屋だけはほとんど被害を受けていなかった。

貴子はそこで一夜を過ごし、母と夫とそれから夫の父、そして海応寺夫妻に、速達郵便で上町の邸宅の実状を知らせた。

介宏はそれを垂水の家で読んだ。それには垂水にいつ帰れるかまだ分からないと書いてあった。焼け跡を片付けることもあるが、母が来るのを待って、今後の実家をどうするのか、緊急に話し合わなければならないというのである。貴子がそんな状態であれば、宏之の状態を知らせることを躊躇した。

学校を三日も休み、介宏は息子の看病をした。息子は熱がさがらず、絶え間なく血を吐き続けた。ほとんど朦朧としており、ただうなされるばかりで会話はできなかった。介宏はひとりだけ食事をするのがいたたまれなくて、鶏の卵と山羊の乳をむりやり宏之に飲ませた後、その余りを自分の口に流し込んだ。

貴子からは毎日、夫の宏之に速達郵便が届いた。

「母が来てくれました。私の兄・三郎が引き継ぐためにと、母は上町の家を守る決意をしていたのですが、こんなことになってどれほど無念なことでしょう。でも、母は毅然としています。私もそうありたいと思っています。宏之さん、私たちはどんなことがあろうと、乗り切っていけると信じなくてはいけません。子供を見ると、私たちの未来には希望があります。これからが本当の人生だと思います」

宏之の枕許で介宏は読んで聞かせた。宏之は手紙を懐に入れた。目を閉じてあえぐように息をつなぐ宏之にとって、その手紙が唯一の生命の源のようだった。宏之はますます衰弱した。このまま息絶えてしまうのではないか、と介宏は恐れた。すると疑問が生じた。このままここで死なせてよいのか、と……。今すぐ死ぬ場を決めねばならぬ気がしだした。彼がその考えを決めるのにすがりついたのは、貴子の手紙だった。貴子の母は息子に引き継ぐ意志で代々の家屋敷を守ってきたという、そのことが手紙に書いてあった。彼は自分のことをその手紙を通して考えた。

《俺が苅茅の家屋敷、そして広大な畑を曲がりなりにも守ろうとして来たのは、意識していなかったにしても、結論的に言うと、宏之に引き継ぐためだったのだ。そうだ、息子よ、苅茅はお前のものだ。お前の死ぬところは、苅茅の他にない。お前をこんな人里の借家で死なせてなるものか》。介宏は立ち上がった。

息子を苅茅に連れて戻ることにした。しかし乗合バスの人込みのなかに乗せることはできないと判断した。三輪タクシーを呼んだが、宏之の容態を見て、運転手はしり込みした。介宏はかなりの金をつかませた。そしてタクシーに乗せ、高熱で震える宏之のために山のように布団をかけた。宏之は絶えず咳をして、血を吐いた。介宏はタクシーに乗り込む前、鶏と山羊を庭に放した。あとは自分の力で生きてもらうしかなかった。

タクシーで二時間後、苅茅についた。何の前ぶれもなく起こったでき事に、妻のキサは曲がった腰を伸ばし、大きく後ずさりした。ハマは湯を浴びせられたゴキブリのように走り回った。黙りぐせのあるキサは、喉に魚の骨が詰まったような声をあげて、介宏から顔をそむけていた。いつものように介宏は怒鳴った。

「お前は息子が死にかけているのに、何だ、その態度は。俺は三日もひとりで看病し、もうどうにもならないと思って、ここに連れ帰ったんだ」

キサは言葉にならない声を何度も発し、やがてこう言った。

「宏之には嫁がいるはずだが、嫁はこういうときに、どこにおるのや」

「うるさい」

いろいろ話さねばならないが、それは耐え難いほどしんどいことに思えた。しかし心の中ではやはり妻を信頼していた。長い歳月に渡って、彼は茢茅の外で生きてきたが、結局は茢茅から完全に切れることはできず、たえず茢茅に戻ってきた。それは妻を頼りにしてなりたっていた。いま息子のことでも、妻が心のすべてを注ぎ込んで看病することを疑わなかった。その点は完全に信頼していた。実際、妻に息子を委ねるしかなかった。

隣家の兄夫妻にはいくら隠しても隠し通せぬと分かっていた。息子が半死の状態で帰ってきたことを知らせなくてはならなかった。しかし兄夫婦は留守にしていた。妻とハマの話によると、稲の収穫のために出かけているというのだった。兄の惣一は長男なので、本家の定めどおり特別に水田を相続していた。それは台地の切れる湾岸にあり、浜田という地名で、広大な台地に降った雨を台地が吸収し、地下に形成された川が台地の途切れるところで湧水を作り出している、その湧水を引いて水田がひらけている場所だった。兄は五町ほどの水田を所有しており、毎年植え付け時期と収穫時期には、泊まり込んで大勢の小作人の作業を見守っている。泊まり込むための別荘もあり、そこは夏場に親戚の子供たちが海水浴をするための宿泊所にもなった。

「今は小作人たちが出征していますから、稲の収穫もままならない状態ですね」

ハマは説明した。「私も昨日まで手伝いに行っていて、これから奥様も行く予定だったのです」

介宏は苅茅の外で暮らしていたので、兄の作業を手伝ったことは一度もなかったが、妻やハマは毎年のそれはもとより、一年を通してさまざまな農作業を手伝っており、また兄夫妻からもこちらの農作業を手伝ってもらっていた。両家は二輪の車のように一体となって農業を営んでいるのだった。この時世には、ますますそうしなければ農業は成り立たなくなっている。介宏はそういう苅茅の現実に引き戻され、半死の息子を連れ帰ったことが苅茅の秩序を破壊するとてつもなく背徳的な行為なのだとあらためて強く実感した。しかしこうする以外にどうすることもできなかったし、こうすることが一番妥当だと信じていた。そして「俺は苅茅に負けた」と認めた。苅茅に懺悔して、息子を預けさせてもらうしかない、とあきらめた。

彼は息子を妻に委ね、苅茅を離れた。四日ぶりに学校に出勤したが、休んだ理由は誰にも告げなかった。夕方になって官舎にいったん戻った。房乃がいた。

「わしは今日から毎日、苅茅から通勤する」

房乃にはそれを明らかにしないわけにいかなかった。「お前の兄さんが死にかけているからだ」

「だったら、私もそうするわ」。

彼は房乃と苅茅に帰るため、自転車で並びながら走った。そうしていると、房乃と過ごしてきた日々が無性にしみじみと思い返された。

「あのな、房乃。お前がお父さんと一緒に暮らしてくれているのは、とてもうれしいことだがね、苅茅で暮らすのも大切なんだよ」

介宏は言った。「兄さんのようになってほしくないのだ」

「でも、お父さん。文代姉さんはもう結婚したけど、昔からいつも言っていたわよ。私も苅茅の外で暮らしてみたい、と」

「文代は長女だから苅茅にいるべきだったんだ」

「どうして?」

「まあ、いい。世の中のことは、お前も大人になればよく分かるだろうからね」

二人の横を猛然と自転車が追い越し、二人の前で半円を描いて急ブレーキの音とともに止まった。正太が舌を出して笑っていた。

「危ないじゃないか、正太」と介宏は叱った。

「校長先生。どこに行っていたんだ。フーちゃんは行方不明と心配していたよ」

正太も並んで自転車を走らせながらべらべらまくしたてた。「今日だって苅茅に帰るのなら教えてくれたらよいのに。俺、ちゃんと校長先生を送りたいからね。苅茅だってどこだって、俺は毎日、校長先生を送り迎えする気なんだ。それ、分かってほしいんだ。送り迎えするだけでなく、俺、何でも手伝うからさ。何でも言ってくれよ」

「分かった分かった。でも、そんなこと、別にしなくてもいいのだよ。正太には正太のしなくてはならないことがあるだろう」

「しなくてはならないことは、最優先で、校長先生の送り迎えなんだ」

「正太君。何でそうなの?」と房乃が笑い出した。

やがて苅茅にたどり着いた。正太は門前まで来ると、自転車をUターンさせて走り去った。

介宏は屋敷に入った。

一瞬、冷たく引き締まった空気の波動が家のほうから伝わってきた。押し返されるような衝撃に立ちすくんで、ぶるっと震えた。

あ、宏之は死んだ、と感じた。

叫びながら家に駆け込むと、眼を真っ赤に泣き腫らした妻が、四つんばいでこっちを振り向いた。ハマは宏之の枕許にうずくまり、全身をわななかせて泣いていた。

自分がどうしていたのか分からない時間が過ぎて、介宏の視界に目の前で死んでいる息子が映った。手を合わせて拝んだ。なんてきれいな顔をしているのだ。彼はその死に顔に見惚れた。生きていた時のすべてが消え去り、静かに微笑んでいる。あ、お前はそんなにこの世で生きるのが辛かったのか。今ようやくそのすべてから解放されたのだな。

「宏之、本当にお前は辛かったんだな。許してくれよ。この愚かな父を……」。彼は息子に語りかけた。息子が生きて存在したことのすべてを知った気がした。涙が流れているが泣いている意識はなかった。房乃が宏之の胸元にとりすがり、顔を埋めて泣き叫んでいた。

間もなく近くの嫁ぎ先から文代が娘を抱いてきた。せからしい鉄也は家において、メロに預けたのだろう。文代は声もなくさめざめと泣いた。

介宏はこの家族だけで宏之を弔うことにした。ほかには誰にも知らせるなと命じた。それに異論ある者もいたが、彼は一切耳に入れなかった。

遺体のもとを離れ、悲しみに浸りながら庭に出ると、丸い大きな月が台地の東側にかかる群雲を染めてぽっかりと浮いていた。明日は満月だと彼は知っていた。中秋の名月の日だった。

「旦那さん、差し出がましいことですが、棺桶はどうなさいます?」

ハマが来て、そう尋ねた。「提灯や幟なら手配すれば準備できますけど、棺桶は今から発注しないと手に入りません」

「お前が発注してくれ。それは明日にはできるのか?」

「はい」。ハマはなおしばらく去らずに、その場に佇んでいた。何かを言いたいところだと介宏は勘づいた。

「どうした?」

「宏之さんのお嫁様には……」

「あ、分かっている。その件は」

介宏は今まで迷っていたのだ。貴子に知らせて、苅茅に呼ぶべきかどうか、と。ハマにそう言われて反射的に決意した。彼は自転車を引き出し、月光のさえ渡る台地を走り、郊外の郵便局に行った。そして電報を打った。

……宏之死す。すぐ来い。

貴子が茒茅にたどり着いたのは翌日の午後だった。連絡船で錦江湾を渡り、垂水に着いたが住み慣れた借家には寄らず、乗合バスで鹿屋市街地のバスセンターに来て、そこからタクシーを利用したという。介宏の妻のキサはそういう行程を詳しく知らないので、貴子がひどく遅れてきたと不満を抱いた。

貴子は長男の手を引き、次男を胸に抱いて現れた。喪服はまだ着ていなかった。濃い紫のハーフコートを着ていた。この家を訪れるのは初めてで、ここにいる夫の母や妹、そして家政婦の全員と初対面であった。ただし房乃だけは彼女と面識があったのだが、このときは葬儀用の花を摘みに、隣家の花畑に出かけていた。そこでは見知らぬ者どうしが顔を合わせた。

迎えた三人はすでに喪服を着ていた。介宏はあらかじめ貴子が来ることを彼女たちに伝えていたのだが、彼女たちにしてみると、目の前に初めて現れた貴子は、これまで知りもしなかった別種の生物も同然で、その姿や容貌や所作や服装に自ずから好奇心を掻き立てられはしても、あまりにも違っているため、容易になじめないどころか、反発をおぼえていた。

貴子が手を引いている宏貴は彼女たちの視線にさらされて、金縛りになり、悲鳴をあげるように泣き出した。貴子はその長男の頬を平手で叩いた。「男でしょう。威厳をもちなさい」と小声で言った。

介宏は近づいていき、貴子が胸に抱いている賢治を受け取り、自分の胸に抱いた。小さくて弱々しくて身動きもしないが、賢治はじっと介宏の眼の芯を見つめた。介宏はそれとなくその孫の後頭部に手のひらを添えた。鉄が磁石に吸いついたような感触を受けた。

苅茅独特の家の中は入口が広い土間になっており、左手に低い土間の炊事場があり、そして一段高い畳敷きの居間になっている。居間に上がるにはいったん炊事場に上がらねば、直接に上がろうとすると脚を大きくあげなくてはならない。貴子は靴を脱ぐ場をためらって、しばらく眺めてから炊事場の前で靴を脱いだ。長男にもそこで靴を脱がせた。その様子をキサと文代はそれぞれにじっと見ていた。ハマは居間の隣の部屋に行き、遺体にかぶせた布団の乱れを整えていた。

貴子は居間に上がると正座し、手をついて頭をさげた後、恭しく名乗った。母に教え込まれたとおりの茶道の作法に従っていた。黙りぐせのあるキサは何も言わず、喉につかえている硬くて鋭いものを無理やり吐き出そうとしているような声を続けざまに上げた。その心の中には貴子に対する怒りや猜疑や恨みを頑なに抱いていた。「息子が血を吐いて狂うほど苦しんでいたのに、この女は逃げ出したまま帰ってこなかった」「息子が死んだのに立ち会わず、今頃ぬけぬけとやってくるとは……」。その思いはいくら事情を説明してもくつがえりはしないと確信させる大岩のような重みがあり、言葉で表さなくても、貴子に原始時代からの暗号のように伝わってきた。

キサの横に座っている文代は夫が直前に出征したことによる悲しみに打ちひしがれたままの状態だった。そして兄の死に直面し、さらに悲しみが募ったため、普通に挨拶することができず、あたかもつき落とされた猫さながらにその心は背中の毛を逆立てて反撃の身構えをしていた。

貴子には目の前にいるたった二人が、数千人、あるいは数万人にも見えた。しかし怖じけてはいなかった。貴子は分かっていた。彼女たちの背後で私の夫は守られていて、彼女たちはただひたむきに私の夫の死を悼み、そして弔ってくれようとしているのだと。

介宏は孫を抱いたままで佇み、この様子を見ていた。こうなることは予想していた。妻や娘がこうするのはただ苅茅に帰属しているからであり、たとえ狭窄的であろうとも、苅茅の長い歴史がつくりだしたしがらみを壊さずに、守り継いでゆかねばならないのが彼女たちの宿命だったからだ。介宏はここに貴子を招けばこういう結果になるのは分かっていた。それだから招くのを躊躇した。けれど貴子を夫を弔う場に招かないのは、あまりにも苛酷な仕打ちに思えた。そして招いた末にやはりこうなったのを見て、貴子を痛ましい状況につき落としたと、身を切るように悔いた。

宏之と貴子が結婚するとき、妻や娘たちを呼んでいたら、こんなことにはならなかっただろう。今にしてそう思うと、また一つ自分は人生を誤ったという気がした。

「貴子さん」

介宏は声をかけた。「宏之はこっちの部屋にいるんだよ」。居間の奥の襖を開けた。貴子は立ち上がり、宏貴の手を引いて夫の遺体のある部屋に入った。貴子は死んでいる夫を見て、全身の骨が砕けたように崩れ落ちた。すると宏貴が「お父ちゃんお父ちゃん」と叫んだ。「お父ちゃん、何しているの。お父ちゃん、どうしてそうしているの。ぼくを見てよ。お父ちゃん」。貴子は宏貴を抱きしめて、宏貴に顔を埋めた。嗚咽をこらえて激しく震えた。

「私がそばにいなかったから……」とむせびながら言った。

「貴子さん。そう思ってはいけないよ。宏之の顔を見てごらん」

介宏は息子の顔に被せてあった白い布をとった。「こんなに安らかだよ。とても信じられないぐらい、きれいな表情をしている。あなたがいて宏之は幸せだったんだ」

貴子は顔を上げて手を合わせた。

介宏は涙をこらえるためその場を離れた。賢治を抱いたまま部屋を出て、さらに家も出て、庭を歩いた。限りないほどの悲しみが心の奥底に氷のようにはりついていた。けれど賢治を抱いているとその氷がじんわり解けていくような感触が心にひろがった。

隣家の井戸に建つ東屋の向こうには、秋の花々が咲き薫っていた。その中で一人、房乃が花を摘んでいて、すでに房乃自身の顔が見えないほど花を抱え込んでいた。

「兄さんの棺桶を花で埋めつくしたいの」と房乃は言った。彼女は泣き濡れていた。ぷっと膨れた頬には白い涙のかすかな玉が真昼の陽光に乾かないまま、雀斑と混ざりあって薄く反射していた。そして介宏が抱いている賢治を見ると、摘んだ花がまき散らされるのもかまわずに飛び上がった。

「貴子姉さんが来たの?」

「そうだ。貴子のそばに行ってくれ」

房乃は花を抱えたまま走り出した。走りながら片方の手の甲で涙を拭った。

介宏は賢治を抱いて花畑の中を歩いた。ここでは兄嫁のテルが栽培している五百種あまりの花が季節に合わせて咲くのだった。生きている間に花なら千種を咲かせたいというのがテルの口癖で、あと五十年は生きる気でいた。

介宏は房乃が落とした花々を拾い集め、賢治と一緒に胸に抱いた。賢治は弱々しく息をしているだけで、声も立てず、身動きもせず、目を細めて介宏を見つづけていた。

息子は死んだ。けれど俺の命はこの孫に引き継がれていくという気がした。

このとき、花畑の向こうから声が聞こえた。

「校長先生。俺だ。俺、俺」

「どうしたんだ、正太」

「道案内してきたんだ」

自転車にまたがった正太の背後に、三輪トラックが停まっている。その荷台にロープでしばった棺桶が積載されていた。

「ずっと向こうでこのトラックとすれ違ったら、運転手さんが校長先生の家はどこかと尋ねたんだよ。それで案内してきたというわけさ」

トラックは屋敷に入ってきた。介宏が指示して棺桶を玄関前に下ろし、それから玄関の間にあげた。いよいよ野辺送りの時がきたと実感した。苅茅では仏式ではなく神道で冠婚葬祭を行う。それも遠い昔から集落には修験者がいて、その家系の神官がすべてを司祭する慣わしになっていた。葬儀を行うとなれば神官を呼ぶべきなのだが、密葬のことが事前に知れわたるのを避けたかった。

「おい、正太。ちょうどよいところに来てくれた。実はおりいって頼みたいことがあるんだよ」と介宏は言った。

「分かった。俺なんでもやるって。いつもそう言っているじゃないか。で、何をやればいいんだ?」

「後で分かる。一時間ぐらい待っていてくれないか」

正太を待たせているうちに、葬儀をすませなくてはならない。葬儀の前にみんなが身仕度をしなければならなかった。

貴子は居間と風呂屋をつなぐ渡り廊下で、喪服に着替えた。光沢のある絹の黒い生地で、体に合わせて仕立てたワンピースにジャケットを重ね、白い真珠の首飾りをした。それから宏貴には祖父の葬儀のとき、兄の三郎が仕立ててもらったという黒いスーツに黒いベレー帽が保管されていたのでそれを着けさせた。介宏が渡り廊下に賢治を抱いて現れたとき、貴子は板敷きの上に正座して、葬儀が始まるのを待っていた。

「どうしてこんなところにいるんだよ」と介宏が言った。

貴子は黙ってうなずいた。

介宏の背後に房乃が来て、貴子の喪服姿を見て、うわっとため息をついた。「お父さん。ほら、貴子姉さんを……。すごいわね。私、貴子姉さんになりたい」と小声で言った。

あらためて介宏は貴子をしげしげと見つめた。

「場違いかも知れませんけど」

貴子は胸を押さえた。「私はうちの人をきちんとして見送りたいのです」

葬儀といえる葬儀ではなかった。

宏之の遺体の前で一人一人が焼香し、手を合わせただけで終わった。それから介宏が遺体を頭のほうから抱え上げ、そしてみんながそれぞれに遺体を持ち上げて、玄関の間に移した。遺体を棺桶に入れるとき、介宏は宏之の脚の骨を折った。その音がみんなの泣く声をつき抜けて響いた。宏之は膝を曲げ、合掌した姿勢で棺桶に入った。房乃がみんなに花を配った。みんなは棺桶の中に花をおいた。花はふんだんに摘んできてあった。棺桶は色とりどりの花でいっぱいになった。花の中に合掌した宏之が浮いていた。

「兄さん。行くとね」と房乃が泣き叫んだ。みんなが声を出して泣き出した。貴子は泣かずに賢治を抱いていないもう一方の腕で宏貴を抱き上げて、棺桶の中の父親を見させた。

「お父ちゃん、何しているの。ねえ、お父ちゃん、遊んでおくれよ」。宏貴は棺桶の縁に手を添えて叫んだ。

その様子を正太は玄関の前で見ていた。

すでに夜が来て外は闇に沈んでいるが、空は月光に照らされていた。

「校長先生。俺、ここにいるけど」

正太は手をあげて介宏に声をかけた。

「頼むよ。こっちに来てくれ」

介宏は手招きした。棺桶を白い帯でしばりあげ、その帯で棺桶を吊り下げられるように結んだ。孟宗竹の太くて丈夫な棒を帯の結び目に通し、前と後ろで棺桶を担がねばならないのだ。

「前を俺が担ぐ」

介宏は正太に言った。「後ろをお前が担いでくれ」

「よしきた」と正太は腕まくりをした。棺桶を担ぐのに、正太は何の抵抗もない風だった。介宏は正太がいてよかったと思った。

この間にハマが提灯と幟を取り揃えていた。介宏の横に貴子が長い竹に掛けた提灯を風に揺らして歩くことになった。宏貴は小さな提灯をさげ、文代と房乃は長い幟が翻る竹竿を捧げ持った。キサは苅茅のしきたりどおりにそれが出発する直前、足もとに茶碗を投げて割った。そして一行が出ていくのを一人残って見送った。

屋敷を出ると天地が異様に明るかった。台地の東端から昇ったばかりの満月が、あまりにも大きすぎてゆらゆら揺れながら、金色の蜂蜜が滴り落ちているような輝きを放っていた。今夜はちょうど中秋の名月だった。集落の前にあるゲンゼ松はこの地の象徴として巨大な姿を誇っていたのだが、今はもう切り株だけになっていた。けれどその大木が威容を見せていた当時のままに、今も名月の夜を「十五夜」と呼び、集落を東西に二分して大綱を引き合う行事が催されていた。そして綱引きの前の段階で、大綱をぐるぐる巻いて固定し、その上にシラスを敷いて土俵をつくり、男であれば子供から大人までいろいろな番付の相撲をとるのだった。

「あ、ここでも十五夜相撲をやるんですか」と貴子が介宏に語りかけた。ひっそりとほとんど独り言だった。

「やるんだよ。私も子供の頃は毎年、相撲を取って、勝てばノートとか鉛筆とかいろいろな景品をもらえるのがうれしかったものだね」

「波野でも十五夜相撲がありました。うちの人は子供番付に飛び入りして、わざと負けてころころ転んだりして、子供たちを大喜びさせていました」

今夜、ゲンゼ松の広場で開かれている相撲大会は青年男子や大人たちのほとんどが戦争に駆り出されているので、昔に比べるとそのにぎわいは半減し、空しいようなわびしさを感じさせた。このとき、相撲を取っていた子供たちやそれを応援していた婦人たちが、介宏の率いる葬列に気づいた。そして相撲をやめて、誰からともなく横に並び、通り過ぎていく葬列に合掌し、頭を下げた。

「ありがとう」と介宏は大きな声で言った。

貴子はふいにはらはらと涙を流した。

「うちの人は幸せだったんですね」。後は何も言えなくなった。

宮沢賢治のように、すべての人が幸せにならなければ自分の幸せはないと思って、いつも人々のために何かしたいと願っていた。現実にはいかほどもかなわなかったけれど、誰も傷つけたりはしなかった。殺したり殺されたりするのが当たり前という世の中で、賢治のように生きるとしたら、あんな風になるしかなかった。

貴子は涙を拭わずに言った。

「うちの人は両親に看取られて逝き、こうしてお父さんに棺桶を担いでもらってあの世に行けるのです。あんな風にならなかったら、こんな風な幸せにたどりつけなかったのでしょう。私、苅茅に来てよかったです」

6

息子の宏之が死んで、半年が過ぎ、今は四月だった。介宏がこの時期に、息子の一部始終を思い出したのは、「流言飛語は初めひそひそ、後は地響き」という言葉が引き金になって、ふいに起こった、情け容赦もなく、決して逃そうとはしない、人の噂への恐れが心を領しているさなかだった。

噂にさらされている自分を人々の目から消え去らせるために、小さな部屋に閉じこもり、自分の気配に耳を澄まし、そしてそれに耐え切れずに人々を憎み、妻や娘までもその存在が疎ましくなり、目の前からかき消そうとして暴行した。その後、自分を呪って自分を振り捨てて逃走するとき、もっとも遠いところから通奏低音のように響きつづけていた息子の声が、その姿とともに何かしらの救いのようによみがえった。

死んだ息子の思い出は、湾を横切る船の航跡が海面を激しく攪乱し、しぶきを散らして左右に広がっていくように、心の中に一つの過去を描いた。そして船が通りすぎて航跡が彼方に遠ざかって消えてしまうと、もとの現実がありありとそこに立ち現れる。

菊子との噂に対する怖れはそこでまた勢い付いていた。菊子に手を出し、肘鉄をくらった。こんな破廉恥な俺はどのように生きていけばいいのか。何も先が見えなかった。それは現実を生きづらくする死のたくらみのようだった。

そのたくらみは、校長としての彼を固く呪縛していた。


ある日それはたった十分もかからぬ間に、きれいさっぱりと打ち払われた。

気分がすぐれず、学校を休み、官舎で真っ昼間から床に臥しているときだった。いきなり玄関の戸を叩く音がした。彼が身を縮めていると、まるで落雷のようにドカドカという音に変わり、戸は蹴破られそうに揺れ動いた。彼は反射的に跳ね起きた。

「校長先生。わてや、松田や。松田、松田、松田でおます。通りがけましたさかい挨拶に寄らしてもらいましたんや」

市街地全体に轟くばかりの大声がした。逃げ隠れはできなかった。彼は玄関に走って行き、戸を開けた。寝巻のままだった。

「いやいや。昼寝なされておりましたか。仕事で徹夜だったのでしょうな。これはすまぬことでした」

松田は大笑いしながら言った。「ま、長居をする気はおまへんが、久しぶりですやろ、ちょっくら近況報告もしとうおましてな」

「じゃあ、ちょっと待ってください。布団を上げて、縁側の雨戸を開けますので」

松田は縁側のほうに先回りして、外から雨戸を開けた。介宏は目を見張った。外から雨戸を開けた、それだけのことなのに、兵隊は何でもできるのだな、と変に感動した。

「ここに腰かけさしてください。座敷にあがると蚤が虱がと迷惑かけますやろ」と大笑いした。

介宏はお茶をいれ、松田と縁側で話した。ほんの二ヵ月ほど前、松田は司令部の通信部隊に転勤になった。そこには大勢の高等女学校の生徒が「学徒通信隊員」として働いていた。松田はその指導官という立場だったのだが、最近、別の場所に飛ばされたのだという。

「何しろ、十七、八歳の処女ばかりなんですやろ。カザ嗅いだだけでもこっちはむらむらですがな。ある日、ぶーっと鼻血が噴き出しまして、無意識のまま、これ、こんな風に女の子を抱きしめましてな、そうそう、こうしてキスしてしもうたんですわ」

松田は身振り手振りで話しながら腹を抱えて笑った。

その後、松田は通信部隊の洞窟から引きずり出され、小隊長の鉄拳制裁を浴び、さらに海軍精神注入棒で半殺しにされるほど殴られた。そして配置替えをくらったのだった。

「なあに、いつものことだからいくら罰せられても、屁のガタロウや」

「でも、あんた、女の子にそんなことをやらかして、恥ずかしくはないのかい?」と介宏は尋ねた。

「恥ずかしい?」

松田は笑った。「何が?」

「みんなの笑い物にされて」

「それはそうですやろ。笑わぬ奴はおらしまへん。みんなわてを笑いますで。『またやらかした。アホまるだしや』なんてね」

「それ、恥ずかしいでしょう?」

「いやいや。何言うてはりまんね。わてにとって、これはまた一つ勲章が増えたようなものですがな」

松田は両の掌をパンパンと鳴らして笑い続けた。「恥だなんて人間の特技かも知れまへんけど、わてなんか、ほれ、このとおり、そんな特技なしでも、元気に生きておりまっせ。笑われたら自慢する。まったくこうでないと、この世の中、どうやって生きていけというのですか」

突如、介宏も笑ってしまった。なあんだ、これでいいのだ、と思った。これでやっていけるんだ。自分を縛り上げていた硬いロープがばさっと音をたてて足もとに落ちた気がした。笑いすぎて涙が出た。

「それやけど、わてがキスしてしもうた向こうさんは、いやん、この人、ごっついええ男やわ、とは思ってくれなんだ。逆に、もう腹立つわあ、ということやったですわ。これ、うたていことでおますわいな。そやさかい、もう土下座して、わあわあ男泣きしましたな、許してや、許してや、許して許して、と自分の頭、ぼかぼか叩きましたんや」

「それで許してもらえたんですか?」

「バカ、アホ、死ね! まあ、こんな言いざまでえらくかまされましたがな。やけんど後はすっきり片付き、もう大事おまへんのや」

「しかしそれは辛かったでしょうが」

「何が辛いものですか。自分の気持ちをねじ曲げてそうするのなら辛かろうが、ほんまに許してもらおうと思っているさかい、身を投げ出しても辛いことあらへん」

松田は裏も表もなく、ごく単純に大笑いした。


この日、介宏は菊子に電話をかけた。

「ちょっと日時がたってしまったが」

卑猥な行為を謝るつもりで「例の眼鏡の件で電話したんだ」と言った。

菊子は予想したのより逆の恐縮したような声でおずおずと言った。

「それがずっと気になっていたのです。弁償しなくてはいけないのに、と」

「弁償?」

「あんな狭い場所で、私が不注意でした。ふいに振り向いたので、校長先生とぶつかってしまい、眼鏡が吹き飛んでしまいましたね。そのことを校長先生は何も咎められないので、弁償するって言いにくかったんです」

「何だ。そんな風に思っていたのか」

彼は受話器を置き、それから松田のような大声で笑った。窓辺に寄り、外を見ると、すべての風景が見違えるほどに晴れ晴れとしていた。菊子をいい女だとさえ思った。

古谷真行を思い出した。あいつめ、俺をからかっただけだったのか。やれやれ、あいつという奴は、まったく。……古谷に対して怒りや恨みを抱くことはなかった。むしろ自分のバカさかげんを恥じた。まったくこれは笑い話だった。

あいつはどうしているのかな。近々会いに行こう。古谷に対してそう思うと、木名方少尉にも久しく会っていないので、ぜひ会わねばならないと思った。それから娘の文代を思い出した。

文代は夫の遺骨を鹿児島市の本願寺に受け取りに行くときには、介宏につきそってほしいと頼んだ。介宏はそんな気になれなかった。何とかいいわけをして、それをことわるつもりだった。しかし今は気持ちが変わった。彼は自ら文代に告げた。お前につきそってそこに行く、と。

★

その日、文代は黒い着物に羽織で、長男の鉄也の手を引き、長女の和子を抱いていた。

つきそうのは介宏が一人だった。鹿屋市内の古江港から九州商船で、錦江湾を渡った。同じ客船に喪服の婦人やその家族が大勢乗り合わせていた。みんな遺骨を受け取りに行く遺族だった。

春になると錦江湾には時として赤潮が発生する。血のように赤く染まった波が幾重にもうねり、視界をうめる。その日、赤潮が発生し、船は不気味な赤い海のなかにことさら赤い航跡を描きながら進んだ。鹿児島市のボサド桟橋に着いた。岸壁に沿って朝市の建物がならぶ前に、桜島など湾内の各農漁村から野菜や果物や魚介類を積んできた小船が群がっていた。その小船にも喪服の婦人などがぎっしり乗り込んでいる。

そこから本願寺までは歩いて十分もかからぬ距離なので、みんなが歩いており、道路の両端に長い列ができた。

陽は中天にさしかかり、まるで真夏日だった。歩いていると汗がふきだした。介宏は列の速度に遅れないように鉄也を抱いた。鉄也は三歳で、ちっともじっとしていない性分のため、抱いているのが面倒だった。文代が抱いている和子は一歳にもなっていない。始終めそめそ泣いている、手のかかる子であった。介宏はふと貴子と二人の子供を思い出した。それから宏之の幼い頃を思い出した。アスファルトの道路に陽炎が揺れていた。

石造りの倉庫群を横切る道が、市役所前の広い国道につながると、国道の両端を右側から黒い川が流れていた。それは国鉄の鹿児島駅から歩いてくる遺族たちだった。ずっと向こうまで途切れない行列を見て、県内の方々から遺族が集まっていることが分かった。市役所前にある路面電車の停車場にも、遺族が続々と降車していた。それらは合流して、本願寺への沈黙の長い行列をつくった。

本願寺の境内に遺族があふれ、門前にも群がっていた。境内に架設された舞台の上で、軍服の楽団が軍歌を演奏していた。「愛国行進曲」や「軍艦マーチ」などが本願寺にこだました。そして東京から招かれた女性歌手が軍服姿で登場した。名前のよく知られている歌手なので、みんなが注目した。彼女が最初にうたったのは、介宏が文代に買い与えたレコードに収録されている歌だった。

「こんなところで聞かされるとはね」と文代が言った。楽団や歌手が降壇すると、いよいよ式典がはじまり、日本刀を腰に吊った軍服の男が舞台に現れた。金モールを肩に掛け、数々の勲章を胸にかざり、ぴかぴかの長靴をはいている。

「お国のために花と散った英霊を敬い、銃後の者は英霊の殉死を無駄にしないため、新たな決意をかためねばならぬ。かかる意味において、英霊のお遺骨を遺族にお返しすることになった。各遺族は英霊を朝な夕なに拝み奉り、鬼畜米英を討ち滅ぼすべく、一億総特攻の精神で奮起せよ」

その軍人はびしっと姿勢を立て直した。「畏こみて申す。これが天皇陛下の……」。最後は頭を深くたれて声を飲んだ。

遺骨の入った木の四角い箱は純白の布に包まれていた。それが何百個か何千個か本殿に積みあげられていた。遺族たちは軍人の指図に従って地域ごとに分かれ、それから姓の頭文字がイロハの順番に並ぶのだが、そのように列が整うまで、遺族の大集団は混乱をきわめ、二時間もかかった。それが整うと各列の先頭から担当軍人が順に遺族の姓名を呼び、書類と突き合わせて確認し、そして遺骨を渡しだした。しかし鹿屋市の遺族は長い列をつくっており、文代の番が来るまでかなり待たねばならなかった。このとき鉄也が股を両手で押さえ、「シッコ、シッコ」とわめいてそこらを走り回りだした。「お父さん。小便しに連れていってよ」と文代があわてて言った。

介宏は鉄也を小脇に抱いていくつもの列を横切り、便所のある場所を探して走りに走った。境内の西端に別棟の便所があった。手前の女便所には列ができていたが、向こう側の男便所はすいていた。介宏は鉄也を抱きかかえて、小便をさせた。

すぐ背後で声が聞こえた。

「もしもし、まことにすみませんが……」

介宏が振り向くと、喪服ではない商人風の貧弱なほど痩せて小柄な中年男が手を合わせていた。「ちょっと手伝ってもらえませんか」

「はあ?」

そっちを向いている間に、鉄也は小便でズボンとパンツがびちゃびちゃになった。介宏の手も小便で濡れてしまった。

鉄也は介宏の手を振りほどくと便所の外に走り出て、そこでズボンとパンツを脱ぎ捨ててふりちんになった。「こら」と介宏は怒鳴った。しかし鉄也のもとに行くことはできなかった。声をかけた中年男がそのままそこに立っていた。介宏は濡れた手を振って小便を振り落としながら、「何を手伝うのですか?」と尋ねた。

中年男の脇には一人の老僧がいた。頭を剃り、袈裟を着ているが、頭は剃ったというよりまばらに禿げており、袈裟は汚れてぼろぼろと言っても過言ではない。しかも老僧は手作り風のみすぼらしい板車に座っていた。

「和尚が小便をするのに、私一人では抱きあげられないので、ちょっと手伝ってもらいたいのです」

「それはおやすいご用です。はいはい」

介宏は左側から老僧を抱き上げ、中年男は右側からそうして、老僧は板車を離れて小便器の上にまたがった。

「申しわけないですな」と老僧が言った。

「いや。こんなご縁をいただいてありがたいことです」

介宏は型通りの受け答えをした。

こんなことを頼まれても、相手が僧侶でなかったら無視したに違いない、と思った。

このとき、わーい、という鉄也の声がした。振り向くと、鉄也は老僧の板車を便所の外に持ち出していた。「こら」と介宏は怒鳴った。鉄也は板車を押して走り、板車が走り出すとそれに飛び乗って歓声をあげている。

「鉄也、やめろ。それがぶっ壊れるぞ」。介宏が怒鳴っているうちに、板車は花壇を縁どる石にぶつかった。板車はひっくり返り、鉄也は転がり落ちた。

「それ見ろ。言わんことじゃない」

怒鳴り続けながら介宏は、はっと気づいた。自分の手が老僧の小便でびしょ濡れになっていた。老僧の袈裟の裾も濡れている。思わず、あちゃ、とわめいた。

それはともかく、老僧を抱きかかえた状態から降ろさねばならない。そうするためには板車がないといけないのだ。「鉄也。それ、こっちにもってこい。急げ、こっちにもってくるんだ」

介宏は怒鳴り続けた。鉄也は転がり落ちて膝を打ったらしく、膝を押さえてしゃがんでいた。板車をもってこれる風ではない。介宏は便所の外を通りがけた男に、大声で頼んだ。

「すみません。そいつをひっぱたいてください。そしてそれ、その板車をとりあげて、こっちにもってきてもらえませんか。お願いします」

男は鉄也をひっぱたきはしなかったが、板車をとりあげて、こっちにもってきてくれた。介宏と中年の男は、せーの、とかけ声を合わせて、老僧を板車に乗せた。それから介宏は鉄也のもとに大股で近づいた。便所の前にパンツとズボンは脱ぎ捨てられ、鉄也はふりちんのままで、指をくわえて介宏の出方をうかがっていた。

「バカ。おとなしくできんのか」。介宏はパンツとズボンを拾いあげ、それで鉄也をひっぱたこうとした。

「まあ、まあ。そんなに叱らないで」

老僧は板車を中年男に押されて便所から出てくると、介宏に声をかけ、それから鉄也に手をさし伸ばし、頭をなでた。「あ、よしよし。いい子にするんだよ」

すると板車はがたんと傾いた。前輪の軸が折れて、左側の輪が外れていた。老僧は地面に手をついた。バランスが崩れて仰向けに転んだ。中年男があわてて抱き起こした。介宏もそれを手伝った。それから二人で老僧を近くの木製ベンチに運んで座らせた。中年男はすぐさま板車の修理をはじめた。介宏は鉄也の手をつかみ、文代のところに戻ろうとした。

すると老僧が呼びかけた。

「もしもし。ちょっとよろしいかな」

老僧は手を合わせた。

介宏は一瞬、嫌な気がした。こいつめ、板車を弁償しろと言うつもりだな。老僧のなりをした物乞いだったのか。

「弁償はするさ」と介宏は言った。

「あなたも遺骨を受け取りに来られたのですね?」

「そうだ」

境内には大勢の遺族がうごめいていた。

「肉親を戦争で死なせた人があんなにいるのですね」

老僧は介宏をしげしげと見つめた。「お見受けしたところ……。あなたは学校の先生ですね？」

介宏はぎくっとなり、次の一瞬、老僧を物乞いと勘違いした自分を恥じた。

「よく分かりましたね」

「学校の先生がこんな場にきておられるというのは、とても感慨深いですな」

「感慨深い？」

「生徒にこの様子を教えてください」

介宏はまばたきをした。雲の切れ目から陽のひかりがきらっと落ちてきた。そのかすかな静寂の中でどんな仕ぐさをしたのか自分では分からなかったが、老僧は「あなたは真摯な人ですね」と言った。介宏はどう答えればいいのか分からなかった。

老僧は静かにゆっくりと話した。

「拙僧はここ本願寺にお勤めしておりましたときには、門徒に『戦争で死んではいけない』と教えていました。とりわけ出征する門徒に対しては『戦場では真っ先に安全な場所に隠れなさい。敵から殺されないためには敵の目につかないところに逃げ込んで、自分も敵を殺さないことだ。そして必ず生きて帰りなさい。味方も敵もない。人はみんな生きるために生まれてきたのだから、自分の生きていけるところに帰ってこないといけない』と」

お寺の境内や本殿には遺骨を受取にきた人々があふれていた。黒い服の全体が重たい空気に閉じ込められて動くともなく動いていた。「母ちゃんのところに行こう」と鉄也が言った。「ちょっと待て」。介宏は小声で叱った。まだ板車の修理が終わっていなかった。それが終わらないと離れられない立場にいる気がしていた。

老僧もそれが終わるのを待っていた。そのために話し続けなくてはならないと思っている風に、老僧が話すのを、介宏は耳に入れていた。

「生き物を殺してはいけないというのが仏教の戒律です。その上に『慈悲』とか『寛容』とかの教えがあるのです。けれど今日の時勢は人が人を殺すことを正義と煽りたてています。まして特攻隊のように、敵を殺すためお前は死ねという、それは地獄の閻魔大王でもやらない非業ですよ。拙僧は戦争反対といって拳を振り上げたりはしません。軍を批判したりするのも自制しています。が、仏教徒として戒律を守るため、せめて門徒には『生きて帰れ。そのためには敵も殺すな』と教えずにはおれなかったのです」

介宏は老僧を見つめた。ふいに心が揺れて現実観が強まった。老僧のしわくちゃの顔と尖った頬骨、欠けた何本かの歯が、生々しい過去を物語っていた。老僧は本願寺に勤めていたというのだが、どうして今は乞食みたいな状態なのか、疑問がわいた。けれどそれを問いかけていいのか、介宏は躊躇した。

老僧は小さく何度もうなずいた。薄くほほえんだように見えた。歯が欠けているので唇を深くかみしめているようにして、また話しだした。

「拙僧の教えを問題にして、警察や軍が捕らえにきたのです。幾たびも。ひどい拷問を受けました。そしてこんな風に歩けなくなったのです」

老僧は月輝という名だという。

月輝が警察や軍に連行されるとき、仏教界に庇護してくれる者がいなかった。本願寺は脚を折られて自ら歩けなくなった月輝を見ると、寺にも制裁が及ぶのを恐れ、破門を言い渡した。

寺を追い出されたからといって、月輝は仏教徒をやめることができなかった。それ以降は毎日、晴れていようと雨が降ろうと、本願寺正門の道路向かいに座り、本殿奥の仏像を拝んでいる。城山の洞窟に住み、板車に乗って通っているのだった。

月輝が話していると、かなり年配の小柄な男がやってきた。褐色のくたびれた背広に、色あせた青いネクタイをだらりと首に下げて、禿げた頭から白い湯気が立っているようにまばらな髪がゆれていた。そしてちびたタバコをくわえ、しみだらけの顔を少ししかめていた。男の周りに暗い陰ができていた。介宏はこんな陰のできている人物を今まで見たことがなかった。男は黙って月輝の手を握りしめた。じとっとした手で吸いつくように握りしめている印象を与えた。男はかすれた低い声でせわしげに月輝と話を交わした。介宏はそれを耳にいれて、男が新聞記者だと分かった。

「よく、まあ、これほどをかき集めたものだな」と記者は遺族の群れを見て言った。

「何の意図があってのことだろう」

月輝は寒気をこらえるようにからだをぶるっとふるわせた。

記者はたえまなく自分の首を力を込めてもんでいた。よほどこっているのだろう。暗い陰が被さっている下でただものを書いているだけで、他には一切のものがない存在に想えた。

この記者は遺骨の引き渡しの現場を取材に来たのだろうと、介宏は推察した。しかしそれは勘違いだった。しばらくして老僧が記者を紹介したので、介宏はそれが分かった。

「あれを取材に来たのだよ」

記者は境内の一画にある鐘楼堂を指さした。そこの真ん中に巨大な梵鐘が吊り下げられていた。「寺が軍に梵鐘を献納するというのでね」

「梵鐘を軍に?」

介宏は思わず聞き返した。「軍がどこで鐘を鳴らすのです?」

記者は暗い陰をおびたなかで、ひつひひと笑った。そんな風に笑い声をあげたのではなかったのかも知れないが、介宏にはそれが聞こえた。記者はちびたタバコの煙を忙しく吐き出したが、何も語らなかった。

月輝が静かに手を合わせて話した。

「あの梵鐘を私たち僧侶は朝な夕なに『祇園精舎の鐘の音、諸行無常の響きあり』という思いをこめてついていたのです。町の人々はその鐘の音を聞いて暮らしていたのですが……。それなのに寺は軍に献納することにしました。軍は梵鐘を溶解、精錬して銃や大砲などの武器をつくるというのですよ。いや、梵鐘ばかりか、仏像や仏具など金属類はことごとく軍に献納するそうです。もちろんすべて武器をつくるためなのですよ」

「いや、まったく『尽忠報国』という時代だからな」と記者がつぶやいた。

反射的に介宏は思い出した。自分が校長室に掲げた額録に、その標語が墨書してあることを……。二人から顔を背けた。けれどその場を離れられない気持ちが、彼を堅く縛り上げた。

「また官憲に咎められないように、うまく書くことだな」と月輝が記者に言った。

「新聞社だって俺を守っちゃくれん」

記者はまた自分の首を力をこめてもんだ。

タバコを吸えるところまで吸うと、マッチの軸に差し込んで口にくわえた。「まあ、今は仕方ないが、いつか恨みははらしてやる。書きまくってやるとも」

戦争が終わって五年が過ぎたとき、この記者の手がけた記事が地元の新聞に載った。


寺が戦時中に軍に献納した梵鐘は、日本の九割に及ぶおよそ五万口に及んだ。軍はそれを武器につくりかえた。

仏教界の各宗派は競い合って全国の門徒から資金を募り、軍に戦車や爆撃機を献納した。特攻隊機の場合は五十機以上に及んだ。軍艦を献納した宗派もあった。

そして仏教界の全体が天皇を仏陀以上の神と崇め、天皇の国を守るために武器を持って戦うのが仏教徒の使命なのだと教えた。

板車を修理していた中年の男が月輝のもとにきた。

「和尚さん。これはここでは直せません。大工道具があれば簡単ですけど。……で、私がひとつ走り家に戻り、これを修理してきましょう」

「ありがたい。そうしてもらえるかな」

「なら、いつもの場所にお移しいたしましょうか」

中年の男は月輝を抱きかかえようとして介宏を振り向き、「すみません。またお願いできませんか」と言った。介宏は鉄也の手を放した。「ついてこいよ。勝手にどこそこに行くんじゃないぞ」。そう鉄也に言いながら月輝を抱き上げた。そして五十メートルほど離れた先に移動した。本願寺の正門の道路向かいに、林檎箱だった木製の箱が置いてあり、上に座布団が敷かれていた。介宏は中年の男とともに月輝をそこに下ろした。箱の前の地面に托鉢用の鉢が置いてあった。すでにかなりのお金が入っていた。今日は遺族が周辺にあふれているので、施しが多いのだろう。中年男は板車を小協に抱えて大急ぎで去った。

いつの間にか鉄也はいなくなっていた。濡れたスポンとパンツは人込みの中に転がっていた。「鉄也。おい、どこに行ったんだ」。介宏は叫んだ。その姿は見当たらなかった。鉄也を探し回るべきか、ここで帰ってくるのを待つべきか、ちょっと戸惑った。ズホンとパンツを拾って月輝のもとに戻った。

月輝は箱の上に座って手を合わせ、小さな声で念仏を唱えだした。袈裟の袖から取り出した小さな鈴を時々振って鳴らした。遺族たちが鉢に金銭を施しても、ただ念仏を唱えている。

介宏はふと、そんな月輝に興味が湧いている自分に気づいた。出会ったときからそうだったのかも知れない。介宏は仏教徒ではなかった。生まれ育った苅茅には寺院がなく、三百年も前から苅茅一族は権現神社を拝んでおり、そのすべてを代々の修験者が取りしきっていた。それは宗教と言うべきか、民俗的な風習と言うべきか、いずれにしても仏教を排斥しているのではなかったが、まったく無関係の状態であった。

もちろん、教職として多くの地域の人々と交わってきたので、仏教を知らないというわけではなかった。けれどこのように僧侶と直接交わるのははじめてだった。

介宏は腰をかがめて月輝と同じ高さになり、念仏に耳を傾けた。

「私は宗派にとらわれない自由の身になったから、今ではいつも『般若心経』を唱えています」と月輝は目をとじたままで言った。

「念仏を唱えるとは、どういうことですか?」と介宏は質問した。

「殺したり殺されたりする世の中にならないための、仏教は最後の砦であるべきだったのです。ある利権の勢力が煽動することに心を惑わされてはならない。熱狂してはいけない。陶酔してはいけない。まず、自分でそれを守ることが大切で、静かな心で深く考えなくてはなりません。念仏を唱えながら、仏の教える世の中を守り通す心の支えを整えるのです」

介宏は背筋を伸ばして立ち上がった。うかつにも今日に限ってメモ帳を持ってきていなかった。けれどすべてが心に染み込んでいた。

このとき、「母ちゃん、母ちゃん」と叫ぶ幼児の声が聞こえた。鉄也の声だった。見ると本殿から純白の布で包んだ箱を抱いた遺族たちが続々と出てきはじめており、そこに向かって鉄也が走っていくところだった。ふりちんでわめいて走る鉄也を、みんなが見ていた。

「おやおや」

月輝が笑った。「さあ。どうぞ、ここは大丈夫です。行ってください」

介宏は月輝を手を合わせて拝み、それから大急ぎで鉄也が走り込んだ遺族の群れのほうに歩いた。

文代が長女と一緒に白い布で包んだ箱を抱いて待っていた。長女は鼻水をたらして泣いており、文代の袖につかみ下がって鉄也がわめきたてている。文代は鉄也がふりちんなので、腹をたてていた。

「お父さん。鉄也はどうしたのですか?」

「もらしたんだ」

「みんなが笑っていますよ。恥ずかしいったらありゃしない」

「パンツとズボン、ここにあるのだが、濡れたままではかせるべきか、迷ったんだ」

「よしてください。私が今、買ってきますよ」

文代は歩き出した。鉄也がついていこうとした。

「あんたはそこにいなさい。そんな格好の子なんか、恥ずかしくて連れていけない。ついてきたいのなら、お爺ちゃんといっしょに、離れてついてくるのよ」

「おい、文代。買い物に行くのなら、その遺骨を私が預かろうか」

「いいです。預かってもらわないほうが」

文代は歩き続けて言った。「山形屋は遺骨を持った人に全商品三割引だと聞いたから、私はほかの買い物もするわ。ちょっと時間がかかるわよ。その気で待っていて」

山形屋は鹿児島唯一のデパートで、江戸時代に山形から移住してきた紅花の仲買人が呉服屋を始めたという老舗中の老舗だった。今は七階建ての巨大なビルで、本願寺のすぐ近くである。遺骨をもらい受けに来て、山形屋に寄るのは文代ぐらいだろう、と介宏は思った。しかし山形屋には遺族が詰めかけていた。

文代の抱いている骨箱はどうしてなのか、文代が歩くたびにカランコロンと音をたてた。文代がさっさと売場に入っていったので、介宏は玄関前で待っていることにした。なすこともなく、鉄也の手をしっかりと掴み、人通りを眺めながら佇んでいた。

「こんにちは。校長先生」

喪服の家族連れが声をかけてきた。「どうなさいました?」鉄也がふりちんなので笑っている。「いや。ちょっとね」介宏も笑うしかなかった。一時間ほどたって文代が戻ってきた。山形屋のマークが入った大きい買い物袋を提げていた。別に小さな包みを脇に挟んでいて、鉄也のパンツとズボンが入っていた。鉄也にはかせるとだぶだぶだった。

「いいのよ。すぐに大きくなるから」と文代は言った。

ボサド桟橋に歩いていくと、どの道も遺族の行列ができていた。鉄也は疲れたのか、歩きながら眠った。しかたなく介宏は鉄也を抱いた。ひどく重たい気がした。途中に古びた駄菓子屋があった。ちょっと懐かしくて店に寄り、鉄也のためにキャラメルを買った。それから強い日ざしが赤潮のうねりを光らせている湾に向かって、倉庫群が影をつくる道を歩いた。

「お父さん。この遺骨箱、カランコロンと音がするの。気づいている?」

「そうだね。気にはなっていたけど」

「山形屋で一緒だった人たちの遺骨箱も、みんなそうだったの。カランコロンって。何の音かしらって、みんなで頭ひねったりしたのよ」

「いま流行というわけでもないだろうがね」

連絡船は帰り便も遺族でいっぱいだった。介宏は文代の家族と甲板のベンチに席を取れた。甲板も遺族で埋めつくされていた。鉄也が目を覚ましたので、介宏はキャラメルを与えた。

「ほら、一粒で二度おいしいキャラメルだぞ」

「これのおまけは何だった?」

「おまけ?」

鉄也はキャラメルの箱を奪った。箱の上の小さな箱に、小さなプラスチックの戦闘機が入っていた。鉄也はキャラメルを頬ばりながら、戦闘機を片手で高くあげて、ヒューンバリバリ、と叫びながら甲板を走り回った。このとき、甲板の真ん中辺りのベンチにかけていた喪服姿の女が、突然、立ち上がり、骨壺を両手で頭上にさしあげて、足もとにたたきつけた。骨壺は凄まじい音をたてて割れた。女はわめいた。

「みなさん。遺骨箱がカランコロンと音を立てているのを知っているでしょうが。何の音かと思って、今ここで確かめてみたら、骨壺に石ころが一つ、ただそれだけが入っていたんですよ。石ころが一つ、私の夫の命は、私の夫の人生は……。石ころが一つに過ぎなかったと言うのですか。あんまりじゃないか。いくらなんでも」

どこにいたのか、屈強な男たちが走ってきた。わめいている女に平手打ちをかました。女はわめきつづけた。「いつまで騙そうというのさ。あたしはもう騙されないよ。騙されるものか」。男たちは女の髪をつかんで引き倒し、甲板を引きずってどこかに連れていった。特高警察官たちだったのだろう。一人が残って割れた骨壺を靴先で寄せ集め、それを蹴りながら甲板の端に移動させ、海に落とした。

甲板にあふれる遺族たちは黙りこくっていた。霜の降りた早朝の台地のように空気が硬く凍みていた。鉄也は甲板に落としたプラスチックの戦闘機を探し、四つんばいで動き回っていた。例の男たちの半数の三人が再び現れ、甲板の正面端に一列に並んで立った。全員を視野に入れるため、一様に顎を突き出していた。

「こうしてみんな何も言えなくなるのね。そして言いなりにさせられるのね」と文代が独り言のようにつぶやいた。「しっ」。介宏は文代のほうを見ないで、指を一本立てて唇に当てた。

「お父さん。私はね、本願寺に着いて、あの歌を聞いたとき、ここに遺骨を取りに呼ばれたのではないと思ったわ」

介宏だけに聞こえる声で言った。「カランコロンという音は、私の心の音なのよ」

やがて船は古江港についた。大隅半島の各地に乗船客は散らばった。

満員の乗合バスに揺られ、介宏たちは海軍航空基地前の停車場で降りた。それから台地を三キロほど横切り、苅茅へ歩かねばならない。介宏は眠っている鉄也を背負っていた。台地の至る所に掩体壕が造成されており、それをつなぐ滑走路のような道がつくられ、各掩体壕には爆撃機が格納されている。そして飛行兵や整備兵などが詰めており、警備隊が巡視していた。

「止まれ、どこに行くのだ」と警備兵が呼び止めた。ここは自分たちの台地なので、介宏はわざと横柄な態度で答えた。「家に帰るところだ」。バスの通る国道から苅茅に帰るには、この台地を横切るしか道がないことを、誰もが知っていた。警備兵は文代が抱いている遺骨箱を見ると、姿勢を正して挙手の敬礼をした。

文代の家に帰りつくと、遺骨箱は神棚に置いた。長い一日だったが、まだ終わってはいなかった。本家の首領である鉄太郎に報告せねばならなかった。しかし鉄太郎は病に臥しており、面会できる容態ではない風だった。介宏の兄の女房のテルがやってきて、介宏に鉄太郎の容態を伝えた。テルはいつもの明朗闊達な口調で、鉄太郎の悲惨な様子を語った。

「もうほとんど死んでいるのよ。うちの旦那は十日も前から枕許に付きっきりで、事切れるのを待っているところよ。何しろ、オヤッサアの長男家は誰もいないからね。次男家の長老格がうちの旦那だもの、そういう役回りになったというわけ。……で、うちの旦那が言うには、文ちゃんの旦那は長男家の長男だから、遺骨は苅茅ケ丘の権現神社に納めなくてはならないと決まっているのだと。それは私だってよく分かっているけど、問題は、権現神社にオヤッサアが行けないし、うちの旦那もそれどころじゃないし……」

テルは介宏を見た。「結局、介宏さんよ、あんたが鉄也を連れて、ひとまず、権現神社に行くしかないということね。分かった？」

「うん」

介宏は戸惑った。そんな経験をしたことがないので、どうすればいいのか皆目分からなかった。

「大丈夫だって」

テルは介宏の肩を叩いた。「嶽男が仕切るから」

「なるほど」

介宏はすっかり安心した。

嶽男にはテルの長女が嫁いでいる。姓は黒岩で、苅茅のなかでも唯一特異な修験者なのだ。日向の飫肥藩（現在の宮崎県日南市一帯）より苅茅家が一族郎党を引き連れて大隅半島に入植した三百年ほど前、すでに黒岩は修験者として抱えられており、今日の嶽男まで「やんぶし」と呼ばれて苅茅全般の加持祈祷を引き受け、各種の儀礼、祭祀、芸能などを司っているのだった。

明治政府は修験道を廃止させたが、苅茅のそれは独自のものであったのでその対象から免れた。いわば天皇を頂点とする神道とは異なる神道で、昭和のはじめに歴史的にも著名な民俗学者が学術的な調査に訪れたとき、鉄太郎は「見世物ではない」と門前払いにした。

苅茅ケ丘のいただきにある権現神社は一族の氏神として、代々引き継いで現在は嶽男がすべてを仕切っている。

「実はね、嶽男は今夜から権現神社に泊まり込んで、明日にそなえているのだよ」とテルが言った。

権現神社のある苅茅ケ丘のいただき一帯は、現在、海軍の電信部隊が駐屯しており、民間人の立ち入りは禁止されている。電信部隊を率いているのは木名方少尉だった。その夜、介宏は見えん婆さんの家で木名方と会った。

「やあ、久しぶりですね」と木名方は喜んでくれた。

本当に久しぶりだった。木名方は体力が回復したらしく、前よりは顔色も良く、背筋をぴしっと伸ばして、体にも活力があった。

「ちょっとお願い事がありまして……」

介宏は事情を話した。「というわけで、立ち入り禁止地区でしょうが、立ち入りを許してもらいたいのです」

「許すも許さないもありません。今もそこを所有なされているのですから……。しかも英霊に関わるのであれば、なおのことです」

木名方は言った。「丘に登られるのならトラックをさしむけましょう。どうぞ使ってください」

★

明くる朝、文代の家の前に電信部隊の沢之瀬誠の運転するトラックが迎えに来た。文代が遺骨箱を抱いて助手席に乗った。もう一方の腕で和子をかかえて、膝の間に鉄也をはさんだ。鉄也は古式通りに、裃を着ていた。介宏も同じ服装だった。そして荷台に乗った。

トラックは集落の中を走り、すぐに山道に入った。曲がりくねった坂道を登っていくと、苅茅からは見えない錦江湾が見えた。湾の対岸に半島がたな引く雲の影のように延びて、開聞岳の優美な姿がひときわ鮮やかに屹立していた。トラックが登り詰めると、そこに電信部隊の小さな基地があった。塹壕のなかで木名方の率いる隊員たちがアメリカ軍の無線を傍受するなどの業務を行っている。それを介宏は知っていたが、実際にその基地を訪れるのは初めてだった。トラックのエンジン音を聞いて、木名方たちはすでに外に出て一列に並んでいた。文代の抱いた遺骨箱に向かって全員が挙手の敬礼をした。遺骨箱はカランコロンと音をたてた。権現神社はそこからは見えない。そこからいただきまでは傾斜のきつい草地になっており、神社はいただきの向こう側にあるのだ。幼い頃、介宏は兄の率いる集落の子供たちと連れ立って、ここによく遊びに来たものだった。絶好の「草滑り場」だったからだ。今はそこに無線塔が建っている。

介宏は木名方にお礼を述べて、文代たちと草地を登った。木名方に指示されて沢之瀬が鉄也を背負ってくれた。介宏は和子を抱いた。文代は遺骨箱だけを持ち、低く刈りそろえたような草地のなかの小道を登った。いただきに立つと東側の全景を見晴らせた。台地の向こうに海軍航空基地が見えて、鹿屋川のほとりに密集する市街地やその向こうの広大な笠野原台地、湾岸の平野、そして志布志湾が青く輝いている。吹いてくる風が薫った。

権現神社はいただきのすぐ下にあるのだが、そこからは椎の林で、まだ見えなかった。椎は巨木ばかりで、枝のないままにすっと伸び上がり、上のほうだけに豊かに葉を茂らせている。風に吹かれて木が揺れると頭上の葉群が大きく揺れて、まるで祭りの笠鉾のようだった。林には下草がはえていなかった。とても歩きやすかった。林の中に権現神社が姿を現した。古い建物だが、しっかりとした権現造りである。独特の風格があった。

境内で火が燃やされており、そこに背の高い黒岩嶽男がいた。金色に反射する羽織と鈴懸け、長い布で頭をおおった兜巾、四角い笈を背負い、肩から法螺貝を吊り下げ、手にはじゃらじゃらと音をたてて錫杖を持っている。嶽男の出で立ちはまったくの「やんぶし」であった。

嶽男は介宏より三歳上で幼なじみだった。介宏の兄が率いる遊び仲間だったからお互いに気心は通じている。それだけに嶽男に霊験あらたかという印象は抱けず、ただ形式をととのえているだけに思えた。

「よお、元気にしているようだな」と嶽男が言った。

「そっちこそ」

二人は腕を突き合わせた。

嶽男は拝殿で太鼓を叩きながら祭詞をあげた。神が降臨するように祈っているのだった。介宏たちは正座してその祭詞に合わせて拝礼をくり返した。太鼓が鳴ったとき、鉄也が立ち上がって小躍りしたので、文代が小声で叱り、介宏が膝に抱いて押さえ込んだ。

この後、嶽男は境内で火渡りを行った。燃え盛る炎の中を歩いてみせた。それから介宏と鉄也を並んで立たせ、火の燃えている松明を近づけ、全身を炎で包む真似をした。

「これでよし。次は遺骨を納めるのだ」

嶽男は説明した。「本殿の地下に石室がある。苅茅の本家本流の遺骨が代々納められており、男しか入れない。そこには白い大蛇がいる。下手すると真っ赤な目を光らせて襲いかかるから、なかに入る者は狼藉者ではないという証として、茅を頭に巻かねばならない」

と言って、介宏と鉄也の頭に嶽男は茅を巻いた。

「遺骨はどう納めればいい？」と介宏は質問した。

「棚があるので一番左に納めなくてはならないが、お前はあくまでも介添役だぞ。今日の本家本流の一番手は鉄也だ。父親の遺骨を納める鉄也のために、お前は介添えしなければならない」

「分かった」

よく分かった。文代は本家本流の長男に嫁いだ。そして男の子を産めばそれが次の世代の本家本流の一番手になる。介宏はそれが分かっていて、そのために謀を巡らして文代を嫁がせたのではない。けれど結果としてはそういうことになっている。……介宏は考えた。俺はどうしても自分の生き方から苅茅を断ち切れなかったのだ、と。

嶽男は介宏と鉄也を導き、本殿に行くと、そこの下の巨大な岩を裂帛の気合いとともに動かした。地下の石室が現れた。

「箱から出して骨壺だけを持て」と嶽男が言った。

介宏がすばやくそうすると、骨壺の中からカランコロンという音が聞こえた。嶽男はそれを無視した。そして炎の燃える松明をかざして石室に降りた。介宏は鉄也を背中から抱いて降ろし、骨壺を脇に挟んで自分も降りた。石室は暗く、苔の冷たく濃い匂いがたちこめていた。嶽男は手にした松明で壁際の棚の一番左を照らした。介宏は骨壺を鉄也の両腕で押さえ、棚の高さに鉄也を持ち上げて、そこに置かせた。またカランコロンという音がして、石室の壁に反響した。

他にどれほどの数の骨壺があるのかは分からなかった。石室がどれほどの広さなのかも分からなかった。「奥を見るな」と嶽男が鋭く言った。奥の闇に赤い二つの玉が光っている気がした。嶽男は石室から素早く出た。介宏が鉄也を差し出すと、嶽男が受け止めた。それから手を差し伸べて介宏を引っ張りあげた。石室の出入り口はすぐに大きな岩で塞がれた。

「終わったな」と嶽男が言った。

「うん」

介宏は額の冷たい汗をぬぐった。

拝殿で文代が待っていた。石室の中のことは何も話してはいけないし、何も聞いてはいけないという不文律があることをあらかじめ知らされていたわけではないが、お互いに言いもしないし聞きもしなかった。そうするのが恐ろしかったからだ。

文代は和子を抱いて正座していた。鉄也は黙って駆け寄り、文代の首に抱きついた。

「この歳で鉄也は将来自分の入る場を見たわけだ」と嶽男が言った。

誰も何とも言わなかった。

嶽男は拝殿でもう一度祭詞をあげた。それは降臨した神に礼を述べ、天に戻ってもらうための儀式だった。嶽男が狼のように吠えるとき、介宏と文代は何度も拝礼した。

境内で燃やしていた薪の火を消すために、嶽男はすでに深い穴を掘っており、その穴に火のついたままの薪を投げ込んだ。二十本あまりの薪を手際よく投げ込み終わると、山鍬で土をかぶせ、穴をふさいで土山をつくった。介宏と文代がその作業を眺めていると、椎の林の中の小道を登ってくる人の気配がした。現れたのはテルだった。まるで越中の薬売りのように大きな風呂敷包を背負っていた。

「義母さん。どうしたの?」と嶽男が叫んだ。

「昼ご飯を届けに来たのさ」

テルは汗をふきながら言った。「文ちゃんの家に届けに行ったら、早々とトラックで出発したというじゃないの。昨夜はほとんど寝ないでつくった昼ご飯だもの、持って帰る気になれず、歩いて届けに来たというわけ」

「それはそれは……」

介宏と文代は気が転倒するぐらいに恐縮して、口々にお礼を言った。

「あんたの顔もあるだろうから」

テルは介宏に言った。「あんたが親しくしている木名方少尉と、最近顔を見かける沢之瀬とかいう少年兵などの分もと思って、多めにつくったのだけどね」

「そこまで気を遣ってくださったのですか」

介宏はテルが多めという程度を知って、その太っ腹なことをあらためて見直した。テルが背負ってきた大きな風呂敷包をあらためて眺め、木名方たちを早速呼んでこようと思った。

「よし。みんなで昼飯を食うのなら、ここではなく、見晴らしの良い草地のいただきがよいぞ」と嶽男が言った。

そこにみんなが集まった。介宏のグループはもとより、木名方と沢之瀬だけでなく、勤務に支障のない七人の通信兵も加わった。

「うれしいね。自分の料理をたくさんの人が食べてくれる、それを見るのが一番の楽しみなのよ」

テルは通信兵たちに言った。「まず、あんたたちから食べてよ」

風呂敷包を解くと、そこには大きな重箱が積み上げられていた。数えると二十三箱もあった。一番上の重箱の蓋を開けた途端、濃い緑の手榴弾が並んでいると通信兵たちは誤解した。しかしそれは漬け物の高菜の葉で包んだ握り飯だった。

「本当に米のご飯ですか」と通信兵の一人が叫ぶように言った。「夢のようです。今まで食べたことがないので」

貧しい家庭の者だけでなく、一般の家庭の者だって、米のご飯を食べることはできない。政府が米を厳しく供出させて徹底的に流通を統制しているから、誰も米がまったく手に入らず、米のご飯を食べようものなら非国民あつかいにされる時勢である。

「うちもいつもは米のご飯なんて食べられないのよ。でも田んぼを持っていて、米を作っているからね。もちろん政府の言うとおり供出はしているけども。……いざという時のために、蓄えておく手もあるわけよ」

テルは腰に手をあてて胸を張った。「今日こそ、まさにいざという時だからね」

「義母さん。そうだよ、今日は握り飯を食わないとな。というより、石室のなかに握り飯をそなえたかったたな」と嶽男が言った。

「神様は自分では食べられないから、みんなが喜んで食べるのを見て、一緒に喜ぶんだよ」

介宏たちも握り飯を食べた。

高菜の漬け物の味とご飯の味が程よく融合して美味しかった。握り飯の芯には梅干しもあれば、豚味噌もあり、またチリメンジャコもあった。別の重箱には煮しめが入っていた。

「たくさんの野菜が入っていますね」と木名方がテルに語りかけた。テルはその料理のことを説明した。木名方が人並み以上の興味を示してくれるので、テルは喜び勇んでいる口調になった。

「昆布や干し雑魚などを煮詰めて出し汁を作り、それに自分が畑で栽培している大根、里芋、人参、玉葱、筍など……。今日の場合は三十二種類を醤油味で仕上げたのです」。

また他の重箱には大根の千切りと小魚を混ぜて酢漬けにしたものや豆腐と蒸かした蓬を和えたものなど、さまざまな手料理が準備されていた。

料理ほど人の心を和ませ、お互いに親しみを抱き合う効果を生むものはないと、テルは信じていた。そして今ここで料理を囲んで見知らぬ仲であったことを忘れ、みんなが入り乱れて笑いさんざめいているのを見ると、遺骨になって戻ってきた甥の鉄郎の魂をこよなく慰めている気がしてならなかった。

木名方は「やんぶし」姿の嶽男にも一目見たときから好奇心をかきたてられ、語りかけたくてうずうずしていた。ようやくそばに近づくことができると、「あなたも苅茅の人ですか」と尋ねた。

「そうです。私こそ苅茅の守護神です」

「自分はこの前、丘のふもとで五輪塔を目に留めました。車から降りて見に行ったのですが、あれはずいぶんと昔のものなんですね」

「ほお。五輪塔を見てくださったのですか」嶽男は顎鬚をつかんで頷いた。

その様子を横目で見た介宏は、嶽男にかちっとスイッチが入ったような気がした。こうなったら止まらなくなるだろう。「やんぶし」は加持祈祷や儀礼などさまざまなことを行うが、何よりも言葉の力を頼りにしている。とにかくしゃべりつくさねばなりたたない仕事なのだ。

「あの五輪塔は苅茅家が一族郎党を引き連れてここ大隅半島に入植したとき、命をかけて原野を開拓しようという決意の証として建てたのです」

嶽男は雄大な風景の北を指さした。「この方向のはるか遠くに飫肥藩がありまして、そう、あそこ辺りです、今で言えば鹿児島県ではなく、宮崎県の南部です。苅茅一族はもともとその藩の重鎮だったのですが、藩領土を拡大する使命を抱いて大隅半島に進出しました。そしてこの見渡す限りの台地を牧場にして馬を飼い、子馬を産ませ育てて販売し、富を築いたのです。同時に台地を畑に生まれ変わらせました。つまり飫肥藩の植民地をつくったわけですな。ところが歳月がたち、数々の戦乱を経て、大隅半島は薩摩藩が支配するところとなりました。苅茅は祖国の飫肥藩から切り離されて、薩摩藩に組み込まれたのです」

地面に木の枝で地図を描きながら、嶽男は木名方に語った。「しかし苅茅と飫肥藩はつながっておったのです。それをわしは昨夜知ったのです。実は不思議なことがありましてな」

介宏はすぐさまメモ帳をとりだした。


昨夜、嶽男は権現神社の境内で火を焚き、苅茅本家の除魔救福を祈った。それを一人で終えて夜が明けるのを拝殿で待っていると、夢幻であったのか、馬がいななく声がして、何頭か何十頭か知れぬ馬の走る地響きが聞こえ、わーわーわーという天地を揺るがす戦闘の雄叫びが聞こえた。そんなことがあるはずはないと、耳を澄ますとそれは聞こえなくなったが、しばらくするとまた聞こえた。夜明けまでにそれは幾たびもくり返された。嶽男は印を結び、幻聴を吹き払う呪文を唱えた。しかしそれは何の力もなかった。

しらしらと夜が明けて、辺りから闇が遠ざかると、風に吹き飛ばされてきたのか、セピア色にあせた和紙の冊子がころがっており、ぼろぼろの表紙が風に揺れていた。

表紙にはかすれてしまった墨字で「逃げ水の七郎太」と書き込まれていた。

逃げ水とは陽炎のことである。

台地に強い陽がさすと、そこは水たまりのように見える。水たまりに近づいていくと、水たまりは先のほうに遠ざかる。追いかけても追いかけても、水たまりにはたどり着かない。水たまりはただ逃げていくばかりだ。このため陽炎のことを「逃げ水」というのだった。


「大隅半島の台地は日本一の陽炎の郷ですわい」

嶽男は自分が初めて使った言葉に満足し、もう一度くり返した。みんながあまり反応しなかったので、背中から下ろして足もとに置いていた四角い笈の蓋を開き、中から古ぼけた和紙の冊子を取り出した。表紙には「逃げ水の七郎太」と書かれていた。嶽男は立ち上がった。その冊子を片手で高くさしあげて、もう一方の手で錫杖をつかみ、錫杖を立てたままでどんどんと地面をついた。錫杖に取りつけられている数多くの鈴がじゃらじゃらと音をたてた。みんなが嶽男に注目した。

「皆の衆、これをご覧あれ。今朝、わしのもとに降って湧いたように現れた冊子だ。これに書いてある『七郎太』とは何者か。わしは今、それを語らねばならない。わしに語らせるために、この冊子を天が差し出されたのだ」

嶽男は大声を張り上げた。今までは木名方一人だけに話していたのだが、今度は沢之瀬や七名の通信兵にも聞かせようとしていた。ここで「やんぶし」そのものに変わり、居丈高に、上から言って聞かせる横柄な素振りになった。

介宏はその話を聞かずにはおれない気にさせられていた。テルも身を乗り出している。文代はむずかる幼子をあやしているが、耳は傾けていた。

介宏はもう一度メモ帳をとりだした。彼の膝の上で鉄也が眠っていた。よほど疲れたのか、死んだようにぐったりしていて、ときおりびっくりさせられるほど激しく息をついだ。鉄也はそのままにして、彼は嶽男が声で表す言葉を、文字に置き換えてせっせとメモ帳に書いた。

大隅半島が薩摩藩の支配下になり、歳月がたち、江戸時代も後半になった頃、大隅半島の百姓たちは飫肥藩に逃げはじめた。薩摩藩はその時期、深刻な財政危機に陥っていた。そのため年貢は全国一と言われるほど高く、しかも取り立ては情け無用の苛烈さだった。特に肝属川などのほとりに広がる水田、あるいは志布志湾岸の大規模な水田では稲を栽培する。稲は脱穀して米になるわけだが、これは保存がきくので流通商品となる。つまり他の作物より年貢の対象にむいているのだ。

というわけで稲を栽培する百姓こそ、藩の厳しい収奪を受けていた。もはや暮らしていけなくなった百姓は、すべてをすててどこかに逃げようとする。しかし藩としては百姓に逃げられると年貢をとれなくなり、財政が苦しくなる。そこで百姓が逃げないように監視を強化し、逃げ出した百姓は捕まえて拷問を加え、二度と逃げないように思い知らせ、再び稲の栽培を強制する。

一方、大隅半島にはあっても苅茅の台地では馬の事業を主として唐芋や菜種、麦などを栽培していた。それは年貢として取り立てる対象にはなりにくかった。このため比較的にここは藩の収奪から免れていた。台地の百姓は苅茅家によって守られていたのである。

しかし苅茅家の者は圧政に苦しむ近隣の百姓たちを見て、心を痛めていた。安住の地に逃してやりたいと念じていた。おりしもあれ、飫肥藩は財政改革として杉を植栽する事業をはじめていた。これを推進するためには、杉を植える労働力が必要だった。

苅茅家では祖国ともいえる飫肥藩のために、大隅半島から百姓たちを送り込もうと企てた。飫肥藩ではその百姓たちを積極的に受け入れ、生活を保障し、その事業に雇用する方策をたてた。そして圧政に苦しむ百姓たちを飫肥藩に逃がそうとするのだったが、薩摩藩の武力に立ち向かうことができなかった。

「このとき、七郎太が江戸から戻ってきたのだ」

嶽男は鉄の扇子を振りながら声の調子を高めた。「薩摩藩の江戸屋敷には現在の自動車も同然に数限りない馬が飼われていた。七郎太はそこで馬の調教師として勤め、儀式のときは騎馬隊をひきいて花をそえていた。しかし何故か分からないが、ある日、すべての役を解かれ、大隅半島の藩営牧場への異動を命じられた。そしてこの苅茅ケ丘のすぐ背後地にある藩営牧場に着任した」

苅茅家は民営の牧場で栄えており、かねてから藩営の牧場と少なからぬつきあいがあった。やがて七郎太と馬を介して顔なじみになった。苅茅家ではアラブ馬を飼っていた。日本の馬よりもはるかに大きく、走る速さもずば抜けていた。毛並みは真っ黒で、脚が長く、身体は光の塊のように輝いていた。七郎太は三十歳になったばかりで、江戸で馬のことを十分に習得してきている、いわば馬にかけては第一級の人物だった。しかしアラブ馬のことは知らなかった。彼はアラブ馬につきせぬ興味を示し、苅茅家と親しくなると、それに乗って走る機会を恵まれ、何にも代えがたい幸せな気分を味わった。

苅茅家の首領は代々「鉄太郎」を名乗る。その時代の鉄太郎は人を見る目があり、人を動かす知恵を持っていた。アラブ馬は七郎太の使いたいままに任せていた。そして七郎太の人格を見て取った。七郎太は情に厚く、真摯な正義感を内に秘めている好漢だった。ある日、七郎太はアラブ馬を遠くまで走らせて戻り、鉄太郎にこう言った。

「ここらの農村を見ると、百姓たちは貧しく、今夜食べるものもなく、住む家もがたがたで、無残なものですね」

「そうなんです。みんなそんな暮らしから逃げ出したいのに、武の国薩摩を恐れるあまり、逃げられないと絶望しているのです」

「逃げ込む先があるのですか?」と七郎太が尋ねた。

「私の祖国が受け入れてくれます。飫肥藩です。双方の私たちは何度も百姓を逃がす企てをしているのですが……。薩摩藩の武士と戦う勇気がないのです」

「私も武士です」

「あなたにアラブ馬をさしあげます」

鉄太郎はそれだけ言って、後は黙っていた。……ということが、嶽男の手に入れた冊子には記録されていた。

嶽男は明け方の拝殿でそれを読み、初めて七郎太のことを知ったのだった。

「大隅半島の陽炎の中からアラブ馬にまたがった七郎太が疾走してくる。待ち構えていた百姓たちは七郎太のもとに結集する。七郎太は百姓たちをひきつれて、陽炎のなかを飫肥藩へと走る。薩摩藩の武士たちが追跡してくると、七郎太は陽炎の中で待ちぶせて、ふいに攻撃をしかける。戦闘が不利になると、猛然とアラブ馬を駆って走り去る。やがて七郎太に同調する剛の者が加わって、七郎太の一味として戦闘力を高めていく。あの村の百姓たち、この村の百姓たち。……七郎太の一味は神出鬼没して、敵を惑乱させる。その間の隙を見て、百姓たちを率いて飫肥藩へと疾走する」

嶽男は一気呵成にしゃべり、しばらく息をついで笑い顔になった。そして思わせぶりな口調で言った。「実はこの冊子を読むと、わしの先祖の中にも七郎太の一味に加わった者がいて。獅子奮迅の活躍をしていたというのですな。あるときはここ権現神社の白い大蛇を、霊験あらたかな呪文で龍に変身させ、その頭にまたがって、空を飛び、七郎太の危機を救ったとか……。これはちゃんと書いてある。現実ではありえないことのようだが、書いてあるんじゃ」。

嶽男は通信兵たちに顔を向けた。「君たちはこの話を信じるか?」。通信兵の中の沢之瀬を指さした。「握り飯を食っただけではいかんじゃないか。答えてみろ。わしの話を信ずるか、どうだ?」

「大蛇を龍に変身させて空を飛ぶという話ですか?」

「そのとおり。で、信じるか?」

「信じられません」

「うわっはは。みんな信じられないという顔をしているが……。それでは、天皇は神様だと信じているのか?」

嶽男は唇をなめて目を細めた。「日本人はみんな天皇を神様だと信じている。それはどうしてかと言えば、ずっと昔、『古事記』とか『日本書紀』にそう書いてあるからなんだ。

何にもそんなことが書いてなかったとしたら、いまどき、天皇を神様と信じる者はいないだろう。要するに書いてあるということは、真実になるということだ。わしが話したこと、つまり大蛇を龍に変身させて空を飛ぶという話も、この冊子に書いてあるから、信じるしかない。何にも書いてないのなら信じようもないじゃないか」

「それじゃ『逃げ水の七郎太』だって実存していたというわけですね」と沢之瀬が言った。

「この冊子を見よ。疑えぬぞ」

嶽男は鬚をしごいて言った。

介宏はメモをとりながら、「書いてあることは真実になる」という嶽男の言葉に心を曳かれた。自分が今メモをしていること、さらにいつもいつも何の意図もないままに、めったやたらにメモしているが、このメモは後世に真実として残る可能性があるだろうか。自分の力でこれを後々まで残せる形にできるとは思えなかったが、誰かがそうしてくれるかも知れないという期待が湧いた。しかしはかなすぎる期待だった。

このとき、やにわに本願寺の前で出会った月輝が心の中に浮き上がってきた。圧倒的に強い映像としてのそれに対して、この時代にあのように生きている月輝のことを、今も、あるいは後の時代にはさらに誰もが知らないままになるだろうと思った。介宏は月輝と出会ったとき、うかつにもメモ帳を持参していなかった。今からでもいい。月輝のことを書き残しておかねばならないと自覚した。

「苅茅には僧侶はないのですか？」

木名方が介宏に尋ねた。

「そうです。ずっと昔からこの修験者が葬儀をはじめすべてをしきっています。これを宗教というべきかは分かりませんが」

「興味深いことですね。修験者たるこの人は普段はどのように暮らしているのです？」

「ごく普通の暮らしをしてますよ」

「そこからいっきに異境に飛び移れるとは、実に興味深いですが……」

木名方は言った。「自分としてはこの人の話でもっとも興味深かったのは、七郎太の時代に、日本には逃げて行ける場所があったということです」

介宏は一瞬、はっとなった。

今の日本には逃げる場所がない。日本全体が一つの牢獄になっていると気づいた。そして眼下に広がる風景を眺めながら、七郎太がアラブ馬で疾走する姿を空想した。そこには「逃げる」という希望があった。

今まで立っていた嶽男が二人の前に戻って、どっかりと腰を据えた。食べ残していた重箱の料理を手づかみで口に運びながら「長々と話しましたが、この丘の権現神社のことを、少しは理解してもらえましたかな」と木名方に語りかけた。

「自分たちの通信基地がある場所が、古くから息づいているこんな摩訶不思議としかいいようのない異境にできていることを、あらためて認識しました」

「そこですな、わしが言いたいのは」

「海軍がここに通信基地を置いた意図は、ただ単に地形的にここがよいということだったのでしょうが、実はですね、思いがけない不思議なことが体験的に分かったのです」

木名方が言った。「ここは宇宙が高いのです」

「宇宙が高い？」

嶽男が身を乗り出した。

介宏も思わず引き込まれた。

「科学的に立証はできていませんが、太平洋の向こうからでも、あるいは南方の向こうからでも、ともかく、どこよりも電波がよく届くのです。荒天の日もはっきりと」

「それは権現神社の思し召しだ」

嶽男がにわかにまた「やんぶし」の風貌に戻った。「なるほど。それで納得できた。ここにあんたらがみだりに乗り込んできたのではなく、権現神社があんたらを招致なされたわけなのだと」

介宏はそんなことではなくて、宇宙が高いという科学的な理由を、もっと深く知りたいと思った。

突如として、草の丘の下で叫び声が聞こえた。「敵機来襲、敵機来襲」。見ると通信部隊の陣地の前で、一人の兵士がメガホンを口に当てて叫んでいた。

木名方が立ち上がり、その兵士に手を挙げた。

「少尉殿。グラマン三機が錦江湾上空をめざして飛来しています」

大規模な空襲ではないと介宏は判断した。しかし油断はできない。

木名方がそばにいる七名の通信兵に「すぐ部署に戻れ」と号令をかけた。

「ちょっと待って、待って」

テルが通信兵たちを呼び止めた。「料理の残っている重箱、持っていって。まだ食べていない人もいるし、あんたたちだって今夜でも食べればいい」

「おばさん。重箱は明日、自分が届けます」と沢之瀬が言った。そして重箱の入った風呂敷を抱え込んだ。

「よし、沢之瀬、きさまは今すぐ走れ。下でトラックのエンジンをかけて待て」

木名方は介宏たちに言った。「さあ、急いでください」

嶽男はみんなに背を向けた。「わしは後片付けがある」と言い残し、急ぎ足で権現神社に去った。

通信兵たちは傾斜のきつい丘の草地を、なかば草滑りをしながらかけ下った。介宏は鉄也を背負って彼らのあとを追った。木名方は文代とテルに寄り添って「足もとに気をつけてください」と言いながら、三人で一緒に丘を下った。

沢之瀬がトラックのエンジンをかけ、山道のほうにトラックの鼻を向けて待機していた。文代が二人の子供を抱いて助手席に乗り込んだ。介宏はテルを荷台に押しあげた。それを木名方が手伝った。最後に介宏が荷台に乗ったとき、木名方が介宏の肩をたたいた。

介宏が振り向くと、木名方はちょっとうつむいた。何か言いたそうだった。

「何ですか?」と介宏は笑って訊いた。

「こんなことを言えば失礼かも知れませんが」

木名方は言った。「奥さんはあのままではいけませんよ」

介宏はふいを突かれて驚いた。キサのことはすっかり忘れていた。爆撃で負傷したままの状態なのだ。もう何日放置しているか、おぼえてもいなかった。

「さしでがましいことですが、私が軍医に頼んで、奥さんを治療するようにしますので……。どうでしょうかね？」

「軍医に？」

「実はいま、週に一、二度、軍医のもとに通って、自分は腰を治療してもらっているのです。これは通信参謀の古村少佐のはからいによるものです。……校長先生のことなら、少佐はよく知っていますから、自分が奥さんのことを相談すると、かならず了解してくれるはずです」

「そんな良い話はない」

テルが介宏に言った。「そうお願いしなさい。おキサはあのままではいけないよ」。テルは木名方に手を合わせた。「お願いします。そうしてください」

「木名方さん。ありがとう」

介宏は木名方の手を握った。

トラックが走り出した。曲がりくねった山道を下っていくとき、錦江湾が見晴らせた。

二つの半島の南端に挟まれた水平線の上空に三機のグラマンが飛来してくるのが見えた。三機はたちまち湾の上空に侵入し、開聞岳の風景を横切ったところで翼を傾け、こちらのほうに旋回した。鹿屋を標的にしているのだ。トラックが走り下りながら道なりに大きく曲がると、今度は海軍航空基地のある台地の広がりが見えた。三機のグラマンは早くも基地の上空に差しかかっており、三機はそれぞれにきらきらと光る爆弾を投下した。三角屋根の格納庫から白い煙がふきあげた。三機は基地を通りすぎ、そのまま市街地のほうに飛んでいった。ダダダァダという機銃掃射の音が奇妙にはっきりと聞こえた。

この程度の空襲なら、毎日のようにくりかえされている。こうして高いところから眺めていると、たまたまかも知れないが、どこからも何の反撃もなされないことが分かった。馬見岡など四方の山々には高射砲陣地が構築されているはずなのに。

遠くの市街地で空襲警報のサイレンが鳴っていた。

★

翌日のお昼過ぎ、鹿屋国民学校に通信兵の沢之瀬がトラックで現れた。

「今日は伝令で参りました」

彼は挙手の敬礼をして介宏に伝えた。「校長先生の自宅に、木名方少尉が軍医の繁内理恵大尉を案内し、校長夫人の負傷状況を確認しました。きわめて危険な状況と判断されましたので、緊急に手術を行う必要があります。明後日午前十一時、校長先生の自宅で行いますが、この件、校長先生は異存はありませんか」

「ありがたい。もちろん異存などあろうはずもないが……」

介宏は一つだけ尋ねた。「私の自宅で手術ができるのかね」

「はい、校長先生。軍の病院はこの空襲下ゆえに負傷兵ですべて埋めつくされています。諸感染患者も急増しています。校長夫人の手術は自宅で行う以外にないと、自分は聞かされております」

「分かった。明後日午前十一時だね？」

「はい、校長先生。自分が今申したことは、ここに書面として記述されています。確認をお願いします」

介宏は書類を読んだ。すべてが沢之瀬の報告通りだった。介宏は手帳をとりだし、「繁内理恵」という軍医の姓名をメモした。

「ご苦労さん」

介宏は言った。「木名方少尉に伝えてくれ。私が感謝しているということを……。明後日午前十一時の手術に、私も立ち会うということを……」


その日、夜が明ける前、介宏は自転車を飛ばして苅茅の自宅に帰った。すでにハマは庭の隅に五つの大釜を置く場を仮設しており、そこで盛んに湯を沸かしていた。テルもそこに来て、自宅の庭の井戸から水を運んだりしていた。簡単な挨拶はしたが、何となくみんな無言だった。興奮したような緊張感が漂っていた。

家に入ると、キサは納戸の間に敷いた布団にうつ伏せていた。目は覚ましており、介宏が声をかけると喉の奥に何かがつかえているような咳をした。手術のことはもちろん知らされていた。介宏は言葉には出さずに、「手術が決まったのは多くの人の善意のおかげなのだ。それも俺の結んでいる交誼によってだ。お前はそんなことが分かりはしないのだろうが……」と思っている自分に気づいた。どうしようもなく空しくなった。

介宏はハマが準備した朝食をとった。ハマはキサの枕許にも朝食を運んだ。そうこうしているうちに、海軍の病院車が来た。屋根のついた病院車のボディには赤十字のマークが描かれていた。すぐに白衣の隊員五人が降車し、母屋の前庭にテントを張った。テントの中に四ヵ所、林檎箱を置いた。それから表の間の廊下の雨戸を外してきて、林檎箱の上にかぶせた。それが手術台だった。

テルとハマは隊員に指示されて、手術台に熱湯を浴びせ、それから乾いたタオルで丁寧に拭いた。隊員は消毒液を散布した。病院車の中からいろいろな器具が運びだされ、手術台の周りに設置された。戦闘の緊迫した状況を想定したなかで訓練を受けているのだろう、信じられないほど手際がよかった。

軍医の繁内理恵大尉はジープに乗って到着した。ジープのノーズに赤十字の小旗がひるがえっていた。木名方が先に助手席から降りて、後方のドアを開けると、軍医が現れた。ずいぶんと大柄で顔も大きく、豊かに盛り上がった髪を左右に分けて、眉が太く、目はわざと見開いているみたいに大きかった。横にいる木名方がまるで少年のように見えた。

介宏は緊張して挨拶した。

「よお、校長先生。噂はよく聞いていますよ」

軍医は一オクターブ高いがらがら声で、それも鼻を通したような響きがあり、しかも純粋の東京弁だった。軍医のすべてのなかで一番の特徴はこの声と話し方だった。

よく晴れた朝で、雄鶏がしきりに鳴く声が聞こえた。「のどかなものですな」と軍医は言った。どういうわけか今朝に限り、集落のあちこちで雄鶏が鳴いている。お互いの鳴き声を誇示し合うかのように鳴き交わしていた。軍医は立ち止まり、屋敷の庭を眺めた。油桐の巨木が白い花を咲かせていた。その花は雪が降ったように地面に散り敷かれていた。「見たこともない花だな」と軍医が言った。木名方は数歩下がって軍医に従っていた。軍医は気さくだった。しかしまったく砕けた様子はない。ひとり聳えていた。

隊員たちがキサを運んできて、手術台に寝かせた。

「奥さん、何の心配もいりませんよ」

軍医はそう声をかけてから、隊員の差し出した白衣の袖に腕を通した。白いゴムの手袋、白い帽子、白いマスクを装着した。いよいよ手術がはじまった。キサの腰と臀部に爆弾の破片が食い込んでいるのだ。軍医はキサに麻酔の注射を打った。軍医が自ら執刀するのを見て、介宏は驚き、そして感謝した。

その一部始終を近くで見ているわけにゆかず、かといって遠く離れているわけにもいかず、介宏は近くの見えん婆さんの家の廊下に腰かけて、木名方ととりとめもない話をぼつぼつとして過ごした。

そこに大きな自転車で女が現れた。男のようにごつい身体をしているが、手拭いを姉さんかぶりにして、着物の片袖を脱ぎ、だぼだぼのモンペをはいていた。それは遠い漁港から魚を売りに来る女だった。もう二十年も前から通ってきているので、介宏はよく知っていた。八方破れというぐらい陽気で、気前がよかった。

「校長先生。カンパチを届けに来もした」

男のようながらがら声で言った。まったくの地の言葉だった。「今朝あがったばかりで、まだ半分生きておいもんで」

見ると自転車の荷台に積んだ木箱のなかで、頭と尻尾のはみ出した一メートルはあろうかというカンパチがぴちぴちはねていた。

「今日のような日に、何でこんなもの、注文したんだろう」と介宏はひとりごちた。

「いえ。これは私のほんの気持ちなんですがね」

「気持ち？」

「おキサ姉さんにはいつもかわいがってもらっていますからね。おキサ姉さんが爆弾でやられて、私も本当に心配していたんです。今日は軍医さんが手術してくださると聞いて、カンパチを届けに来ましたとお。どうか、おキサ姉さんを頼みますと、軍医さんにこれを差し上げてください」

そこにテルが水くみに行って通りがけた。魚屋はテルを見ると、手を擦り合わして膝を折りながら、自分の好意の誇らしさに満ちあふれた笑い声とともに、ラッパを吹き鳴らすようにしゃべりたてた。

テルは魚屋の肩をたたいた。

「ありがとうありがとう。おキサが元気になったら、あんたにはたっぷりお礼するからね。本当に気をきかしてくれてありがとう。軍医殿もよろこんでくださるよ。いやいや、ありがとう」

テルは魚屋からカンパチを受け取ろうとしたが、一人ではもてなかった。魚屋と二人で、炊事場に運んでいった。

一部始終を見ていた木名方が「この人情味、何にもかえがたいですね」と言った。

介宏はしばらく言葉を失っていた。こんなに自分の女房が魚屋から慕われているとは、とても信じられなかった。あいつは俺の知らない場所で生きているのだ。何か圧倒されたようで、一歩、妻の場所に引き込まれたような気がした。

このとき、集落中に轟き渡る拡声器で「苅茅校長先生にお知らせいたします。鹿屋国民学校より緊急電話が入っています」という男の声が流れてきた。電話は集落に一本しか引いていない。それは鉄太郎の邸宅の一隅を借りて営業している散髪屋に置かれていた。外部から電話がかかってくると、散髪屋の親父がマイクを手にして、チンコンカンコンと木琴を叩いてから、受信者を呼び出す放送をするのである。

介宏は自転車で散髪屋に走った。受話器を耳に当てると、教頭の声がした。

「あ、校長、市長から連絡がありました。すぐに市役所に来るように、ということです」

「市長が何の用事だと?」

「秘書課からの電話で、用件は分からないとのことでした」

こんなときに一体何の用事なのだ。介宏は舌打ちをした。家に戻り、木名方にそのことを話した。

「それは放置できないでしょう」

木名方は生真面目だった。「市長がそう言われるのなら、すぐに行くべきではないですか」

軍医は木名方からそれを聞くと、手術中の手を止めて、介宏を見た。「あんたに手術を手伝ってもらう気はない」と無愛想に言った。介宏は軍医に限りない信頼を抱いた。ここを離れるのに、一応はテルにもことわっておくことにした。

「市長が呼んでいる。緊急の呼び出しなので、ここを離れる」

「それは仕方がないけど、市長は『けすいぼ』だからね」

テルが笑って言ったので、介宏も笑った。けすいぼとは標準語には翻訳しにくい方言だった。調子者、いたずら者、横着者、偽悪者、皮肉屋、その他……そんなすべてが当てはまるようで、正確に言えばどれも当てはまらない。しかし地元の者にはニュアンスが伝わる。テルが市長をそう言うのは、何となく言い得て妙に思えた。つまりテルが言いたいのは、彼には意表をつかれるが驚くな、という意味であった。

「校長先生。急いでおられるのなら、通信部隊のトラックを使ってください」と木名方が勧めてくれた。

荷台に介宏の自転車を積み、介宏は助手席に乗った。運転手は沢之瀬だった。

「急げ」。木名方が沢之瀬に命じた。いつもの二倍の速度でトラックは台地を横切り、警笛を鳴らし続けて市街地を駆け抜けた。市役所に到着すると、沢之瀬が「さあ、急いでください」と言った。介宏は助手席を飛び出し、庁舎の中央階段をかけ上がり、秘書室のドアを叩いた。それなのに秘書はのんびりしていた。

「市長は来客中ですので、しばらく待っていてください」

秘書のいれてくれたお茶を飲みながら、何なすこともなく待っていると、一時間あまりが過ぎた。市長は介宏を市長室に迎えると、「ま、今日でなくてもよかったんだがな」と言った。

「いや。あわてて飛んできました」

「話というのは他でもない。オヤッサアのことなんだ」

応接椅子に腰かけた市長は貧乏揺すりしながら言った。「オヤッサアは危篤状態と聞いたが、本当かね?」

「危篤状態です」

「わしは市民勲章を、オヤッサアに授与したいと考えておる。どうだ?」

「それは名誉なことですが、もう危篤状態ですからね」

「だから今なんだ。オヤッサアが元気な頃、この話をしたら、いきなり怒鳴りつけられたんだ。俺をなめておるのか、お前のぶんざいにそんなことをされたら、俺の恥だってね」

「そうでしたか」

介宏は吹き出してしまった。

「わしは若い頃、オヤッサアにお世話になった。国会議員に初出馬するのに、軍資金を出してもらったり……。思い出せばきりがない。それでお礼をしたかったのだが、銭や品でお礼するのではなく、何がいいかと悩んで、勲章に決めた。しかし怒鳴られたからな。で、もうお礼なんかするものか、という風に開き直ったんだ。ところがよ、わしも歳をとった。このままではいけない、思いを変えねばならないという心境になった。要するに、自分自身へのけじめとして、感謝の思いを伝えたいのだ」

「祖父は喜びますよ。あんな性格ですから怒鳴ったりしたかも知れませんが、内心はうれしかったはずです。もしいただけるのであれば、祖父が生きているうちにご高配いただけませんか」

介宏は姿勢をあらためて頭をさげた。

ただちに市長は勲章をつくる手配をした。

★

鉄太郎が息をひきとった。勲章は間に合わなかった。

本来なら集落をあげて、そしてつながりのあった外部の人も集まり、盛大な葬儀がなされるはずなのに、時代の趨勢がそれを許さなかった。戦争のさなかであり、政府が「贅沢は敵」という大キャンペーンを展開して久しく、冠婚葬祭を簡略化するように警察が監視していた。

それに鉄太郎の身辺もさみしかった。二人の息子がすでに逝いていたからだ。

野辺送りのとき、棺桶を介宏は兄とともに担いだ。兄は空襲で片足を骨折していたので、松葉杖をついて担いだ。遺体はいったん、墓に埋めるのだが、七年後に掘り出して、白骨を拾い、骨壷に納める。そして苅茅ケ丘で権現神社の石室に安置し、神として祀るのだ。

葬儀が終わった夜、鉄太郎をしのぶ場が準備された。そこでの話といえば苅茅一族に関することの他にはなにもなかった。テルが鉄太郎の長男の話をした。

長男は満洲で戦死した。生まれついての熱血漢だったので、満洲建国のスローガンに心酔し、苅茅台地で飼っていた馬を百頭、予備として十頭、それから子馬を三十頭、まとめて関東軍に献納した。すると関東軍の中佐に任命され、満洲で騎馬部隊を率いることになった。そのころ鉄太郎に送ってきた写真は大きく引き伸ばされ、今も本家の本宅に額入りで飾ってある。関東軍の壮大な軍事パレードの最先頭を、馬にまたがって進んでいる写真だった。それから間もなく、満洲の名も知らぬ町で死んだという報せが届いた。

テルは鴨居に掛けてある写真を見上げてみんなに説明した。
「父は満洲に行く前に、一男二女の子供がいたのよ。その長男が鉄吉で、そのまた長男が鉄郎、文代の夫というわけ。鉄吉は病弱で、三十歳そこそこで病死したのね。それから鉄郎が戦死したわけだから、つまり、鉄太郎の長男家は廃れたも同然。文ちゃんの鉄也が大きくなるのを期待するしかないのよ」

その席に介宏の妻、キサはいなかった。手術をして間もないために大事をとって家に寝ているのだった。テルはそのキサの話をした。「私は鉄吉の妹で、おキサは私の妹、そして鉄太郎の次男は惣助で、その惣助の長男の惣一に私が嫁ぎ、次男の介宏におキサが嫁いだのよね」

テルはいつもいつもくり返されるその話を、その場でもパズルを当てはめるのを楽しんでいるように話した。「今話した範囲が苅茅家の本家なのだから、今の時点では、私の旦那の惣一が本家の長老、オヤッサアになるというわけ。ということで、今度の葬儀は惣一が取りしきったのだけど、こんな時勢だからね、たったこれだけの葬儀とはね。もう」

「戦争が悪いのよ」と文代が言った。

「そうじゃ。戦争が苅茅家をぶっ潰してゆくばかりじゃ」

惣一は涙を拭いた。「オヤッサアがどんな思いで死んだか、俺には分かる。どうだ、介宏よ、お前に分かるか?」

「もちろん。分かっている」

介宏はそう答えた。しかし自分の顔にはそれが分かっていないと書いてある気がした。実際、こんな話にはうんざりしていた。一体、それが何なんだ、と怒鳴りたい気がしていた。「介宏さんには介宏さんの役割があるよ」

テルが惣一に言った。「外部とつなぐのは、いつも介宏さんだから」

勲章ができたという連絡があったのは、葬儀から三日後だった。介宏はそれを受け取りに市役所に行き、市長に会った。市長は鉄太郎の死に哀悼の言葉をのべた。

「残念だった。勲章を間に合わせたかったのだけど」と市長が言った。

「勲章は本家の神棚に飾り、将来は権現神社に納めます」

「そうしてくれ」

介宏はあらかじめ勲章のことを兄夫妻にも話しておいた。テルが感動し、市長にお礼として蜂蜜を贈りたいと言った。介宏はこの日、一升瓶に入った蜂蜜を三本持参していた。

「ほう。蜂蜜か」と市長が言った。

「百花蜜なんです」

苅茅の丘や台地に咲く百種の花の蜜を吸った蜂がつくった蜜をそう呼ぶのだった。もちろん百種の花というのは比喩であり、本当はその倍かも知れないのだ。

「おテルさんは養蜂もやっているのか」

市長は言った。「あの人は台地の母だ。そう思わないか？」

「台地の母ですか。それほどではありませんよ」

「でも、野中隊長を招いたとき、おテルさんが蕎麦を打ってくれたではないか。あの味だよ。あれを味わって、まさに台地の母がつくった味だと思ったんだ」

介宏は、はっ、となった。野中隊長の名を耳にして、重大なことを思い出した。最初の特攻隊を率いて出撃する前日だった。野中隊長は介宏にこう頼んだ。

校長先生。あの市長によろしく伝えてくだされ。てめぇの申したことを、思い出してほしい、と……。

「ほんの短いこのような伝言でしたが、私は野中隊長に頼まれたのです」

介宏はこの機会を逃さずにそれを伝えた。そして言い訳するように「市長にこの件で会えないままに……。いや、市長に伝えるべきかと悩んだりして、つい今まで伝えないままになってしまいましたが」と言い添えた。

市長は沈黙した。眉間に二本、縦皺をつくり、両腕を胸に組んで目を閉じ、顎を突き出した。あの日、野中を自邸に招いたとき、市長は野中が特攻をやめるべきだと語るのを聞いたのだ。野中が市長に思い出してほしいと伝言したのは、まさにそのことなのだが、すでに野中は自ら予告したとおりに死んだ。いまこの時点で市長はそれをどう思っているのか、介宏は知りたいと思っていた。

市長が何も言わない状態のとき、秘書長が来て、「次の予定の時間です」と言った。市長は立ち上がり、壁にかけてあった帽子を手に取った。介宏は引き上げるために立ち上がった。市長は帽子をかぶりながら介宏を見た。

「介宏校長。あんたには鶏のことで尽力してもらったな。鹿屋航空隊が特攻隊の基地になり、砂垣中将が着任したとき、わしは三百羽の鶏を生きたまま寄贈した。で、それ以来、とても親しい関係なのだ」

市長は言った。「ことあるたびに、砂垣中将には会っている。あれは軍に忠実な人だ。……うん。ただ軍の上のほうに忠実な人だな」

「公用車を玄関前に待たせています」と秘書長が言って、廊下に面するドアを開けた。市長は廊下に出ながら介宏を振り向いて、顔を振った。介宏は市長の横に行き、一緒に廊下を歩き、それから中央階段を降りた。

「先ほど航空隊を見下ろす霧島ケ丘で、野中隊長をしのぶ会があったらしい。十数名の有志が野外で猪鍋を食べながら」と市長が言った。

玄関の前に黒い公用車が待っていた。秘書長が車のドアを開けた。市長は乗り込もうとして介宏を手招きした。

「Z旗事件のことを聞いているかね?」

市長が小声で訊いた。

「いいえ」と介宏は答えた。

「ま、学校の校長だからな。知らなくてもいいことだ」

車は走り去った。

介宏の自転車は玄関の近くに置いてあった。介宏は自転車に乗り、市役所を離れ、川沿いの道を走った。よく晴れた午後だったが、空は霞んでいた。花を散らした川沿いの桜が、風に若葉を揺らしていた。「Z旗事件とは何だろう」と思った。市長が暗に語ったことを知らねばならなかった。

★

市街地はアメリカ機がナパーム弾を投下しないので、大火災はまぬがれているが、従来の爆弾であちこちが破壊されていた。執拗にくり返される機銃掃射で人的な被害も大きかった。町の至る所に防空壕が掘られ、人々は空襲のたびにそこに駆け込む。空襲を恐れて山間部に移住した人々も少なくない。病院にしても大方は町から避難している。

「わしは違う」

精杉医師は言う。「わしの建てた病院だ、爆弾で吹っ飛ぼうが燃えようが、わしは運命をともにする気だ」

ここは今日も診療をしていた。

空襲警報のサイレンが鳴ったら逃げようと覚悟した患者がたくさん来院していた。介宏が来たのが分かると、精杉は他の患者をそっちのけにして、すぐさま院長室に通した。

「Z旗事件のこと、院長は知っていますか?」と介宏は尋ねた。

「それを知りたくて、わしのところに来たのだな」

精杉は百パーセント満足な笑みを浮かべ、謎解きの問題を出すように言った。「戦艦三笠を知っておるかね?」

「三笠と言えば……」

大人ならほとんどが知っている。日本とロシアが戦争をしたとき、鹿児島出身の東郷平八郎元帥が乗った旗艦船の名称である。三笠は日本海軍の連合艦隊を率い、対馬沖でロシアのバルチック艦隊を迎え撃った。軍備的には圧倒的に劣っていた日本軍が、この海戦でロシア軍に壊滅的な打撃を与えた。まさに奇跡だったのだ。このとき三笠は「皇国の興廃、この一戦にあり、各員一層奮励努力せよ」という意味のZ旗を高くかかげていた。

「東郷大将は自ら三笠に乗り、前面に立って海戦を指揮なされた。それが海軍のあるべき本来の姿だ。もちろん、その後の日本海軍に伝統として受け継がれた。故・山本五十六元帥にしても、この伝統を守った」

精杉は憐れむように苦笑した。「ところが今日の偉いさんたちときたら、横浜かどこかの洞穴の中に司令部をもうけて、外には出ないで指揮をしているんだ。そして世界最大の戦艦大和が、十隻ほどの艦隊とともにアメリカの攻撃で無残に撃沈したときも、そうだった。……この艦隊に当然のことながら、海軍の伝統として司令長官が乗るべきであった」

「そういえば、その話、前に先生から聞いたことがありますよ」と介宏は言った。

「よろしい。聞いたことがあるのか、それでは本題に入ろう」

精杉は唇をなめた。「Z旗事件というのは戦艦三笠があげたZ旗を、現在の鹿屋航空隊の白亜の三階建て司令部庁舎の屋上にあげた奴がいるんだよ。もちろん『東郷元帥を思い出せ。海軍の伝統を忘れるな』という啓示なんだ」

「反乱分子がいるのですか?」

「反乱分子といえるか分からぬが。……体制側にとって、誰の仕業かそれを捜査すると、藪を突ついて蛇をだす、という諺のとおりになりかねない。一番の得策は何もなかったということにすることだ。そんなわけで表向きは何もなかったということになっている」

精杉は下宿している特攻隊員たちに教わったことを、その他にもあれこれ話してくれた。

「そんなぐあいにお茶を濁して終わるのは、砂垣中将と司令部がよほど弱体化しているのではないですかね」

「まさにそのとおりだ」

「なるほど」

介宏は気づいた。野中隊長に関して市長が言いたかったのはこのことに違いない、と。……一瞬、はっとなった。市長は野中隊長をしのぶ会が開かれたと言っていたが、おそらくそれを開いた有志の代表は岡林大佐であろう。そう思うと、砂垣中将はその有志たちに追い込まれ、自らの体制を弱体化させている可能性がある。

このとき、精杉はふいに肩を震わせて笑った。

「砂垣中将のことだったら……」

笑いを抑えるのに拳を唇に当てた。「実は昨日、砂垣中将が来たんだ。目の治療で、わしのところに。海軍には大勢の医師はいるが、さすがに専門的な眼科医はいないのらしい。目が真っ赤に充血しており、かなりひどい結膜炎だったが、それは相当のストレスが溜まっている証拠だ」

「それでどうしたのです？」

「どうするものか。物々しい警護隊がついて、本人は立派な正装で来たから、ま、お世辞笑いはしてやったけど、治療のほうはただ目薬をたらしてやり、それを持たせて帰しただけさ」

「それで？」

「勤務の邪魔をする気はないが、毎日通院しないと完治しないと言ってやったさ」

「そんな話を聞くと砂垣中将もただの人間に思えますね」

「いや。けなしてばかりではいかんのだ。あれは人を喜ばせる筋をこころえておる」

「何です？」

「帰るとき、わしに『桜正宗』を一本くれやがったんだ」

「それはそれは」

話がそこに落ち着くと、介宏は精杉に誘われて、この夜、精杉の家で飲むことになった。それはあっけなく決まった。精杉と飲むのははじめてだった。

病院と棟続きの邸宅には、さっぱりとした離れ家がある。そこで開かれた宴には下宿している三人の特攻隊員も加わった。精杉の妻たちは空襲を恐れて農村に疎開していた。そこは飲む者だけの世界だった。町の割烹に料理を届けさせ、桜正宗を座卓の真ん中に据えて、まずそれで乾杯した。

「はじめまして」と特攻隊員が介宏に盃をあげた。

「よろしく」と介宏は盃を合わせた。

介宏はいろいろなところでいろいろな特攻隊員を見てきているが、ここにいるのはちょっと毛並みが違った。特攻隊独特の隠しようもない陰惨な影がまったくなかった。三人とも二十代の半ば頃で、普段着だが色物を着ており、髪は坊主頭だけど翼賛型だった。翼賛型とは襟足をバリカンで細かく刈りあげて境目をあいまいにするなど、かなり手の込んだ髪型である。しかも顔立ちには知識をたっぷり浸透させていることによる気品があり、選ばれた者という意識、気位を感じさせる。それを養ったのは軍隊ではなく、大学だったのに違いない。けれどやはり軍人なので書生臭くはなかった。

「あなたが鹿屋国民学校の校長ですか」

一番がっしりしている体躯の隊員がしげしげと介宏を見て言った。「ひょうきんな人かと思っていましたが」

「ひょうきん?」と介宏は聞き返した。

「何じゃそれは?」と精杉が言った。

「うちの部隊に松田という輩がいるんです。それが校長とはやたら親しいと申しまして、この前はこんな話をしました。俺は戦争が終わったら大阪に戻り、校長とコンビを組んで、漫才師になるんや、と」

「漫才師?」

介宏は言った。「嘘だよ。そんな話、聞いたこともないな」

「それは嘘だったんだ。こうして校長に会ったら、嘘だとよく分かる」と別の隊員が笑い出した。

「松田とは知り合いですか?」もう一人の隊員が介宏に訊いた。

「まあな」と介宏はあいまいに答えた。

「そんな嘘をいう松田とはいかなる奴だ?」と精杉が尋ねた。

がっしりした体躯の隊員が「女癖が悪くて転勤させられてきたんです」と答えた。

「しかし松田が来て今のポジションについたのは、結果としてよかったじゃないか」

別の隊員ががっしりした体躯の隊員に言った。

「まったくそうだ。上からの意向とか自分の好き嫌いとか、そんなこととは一切関係ない。あいつのやることは何か納得できるよな」。がっしりした体躯の隊員がぐっと飲みながら言った。

彼らは松田の任務の内容については触れなかった。意識して触れないようにしていた。介宏もそれは訊くのを避けた。もともと松田は罰をくらって転勤したのだから、たいした役には就いていているはずはない。けれど彼らに話を聞いていると、松田は彼らにとって何か意味のあるポジションにいるのらしい。何だろうか、興味がわいた。それにしても松田という野郎は……。俺とコンビを組んで漫才師になるなんて、よくもそんなことが言えたもんだ。介宏は苦笑した。

精杉の家にいまは三人の隊員が下宿している。前は五、六人が下宿していたこともある。下宿というよりも、野里国民学校跡の特攻隊宿舎が半壊しているため、ここに来て出撃するまでの間に寝泊まりしているだけだった。ということは、死んでしまう直前に寝泊まりに来ているのである。そしてまた新しい隊員がやってくる。

介宏は木名方の話をいつも聞いているので、（他者に漏らすことはないが）特攻隊の様子は詳細に知っている。今まさに海軍と陸軍が一体になって沖縄戦に特攻機を出撃させる最後の興亡をかけた作戦が続行中であった。ということは、いま目の前にいる特攻隊員たちも遅かれ早かれ出撃しなければならないのである。

「この状況には心気病みになるね」と精杉が言った。

介宏は黙ってしまった。すると精杉は盃を勧めて、「どう思うかね?」と尋ねた。

「私はご存じのとおり、野中派ですよ」と介宏は答えた。前もこれに精杉はひどく満足したことがあった。今もそうだった。

「そうよ。われわれは野中派だ」

いきなり精杉は立ち上がった。ガラス戸を開き、飲みかけていた桜正宗の瓶を庭に勢いよく投げ捨てた。「あんなもので懐柔されるとは愚かだった。どうする? 焼酎がいいか、洋酒がいいか、どっちだ?」

「まず焼酎から行きましょう」。がっしりした隊員が言った。精杉が焼酎瓶を取り出したので、みんなであらためて乾杯した。

「校長よ。白菊を知っているか?」

精杉は飲みながら介宏に身体を寄せて言った。「優しい名前だが、ここにいる隊員は『白菊』で出撃しなくてはならないのだよ。明日か明後日か、とにかく近日中に」

精杉は白菊の話をした。それとて特攻隊員の受け売りなのだが……。介宏は思わずメモ帳を取り出した。頭を振り、酔いを吹き飛ばすようにしてメモをとりはじめた。

白菊はもともとパイロットを教育するために作られた練習用の飛行機であり、操縦や通信などを模擬体験できる機能は備えているが、実際に飛行するためのものではなく、まして実戦には適さない代物である。最高の飛行速度は時速二百キロあまりで、アメリカ軍の戦闘機の半分もない。ということはいとも簡単に撃ち落とされる恐れがあるのだが、海軍はこれに五百キロ爆弾を積ませて出撃させている。

つまり、早い話、もはや特攻機に使うものがないため、白菊を使うしかないということなのだ。

「この五月からだ。白菊という名の特攻機が出撃し始めたのは」と精杉は介宏に言った。

すると体格のがっしりした隊員が介宏に語りかけてきた。

「自分は高知の航空隊で白菊による飛行訓練を受けました。とにかくパイロットが足りないので緊急にそれを育てなくてはならないし、一方でガソリンが全国的に欠乏しているので練習機を十分に飛ばすことができない、というようなわけで、まあ、飛行機を離陸できればいいという程度の訓練を終え、ここ鹿屋の第一線に送り込まれてきました」

もう一人の隊員が「高知だけでなく、徳島など四航空隊で白菊の飛行訓練を受けた後、特攻隊を編成され、次々と鹿屋へと送り込まれ、そして出撃している現況です」と説明した。

三人の隊員たちはしきりに話をしたが、出撃して死んだ隊員のことは話さなかった。

介宏は彼らをじっと見つめた。どうにも解せなかった。明日は死ぬ運命かも知れぬのに、何も気にしていない風に、こうも淡々としておれるのはどうしてなのか。彼らを見ているうちに、一つのエピソードを思い出した。

市街地で保険屋を営む北野剛の家に特攻隊員が一人下宿していた。二十歳前後の隊員で、いつも明るく元気溌剌としていて、いつも「お国のために命をかけている」と誇らしげに語った。ある日、彼は北野家に戻ると、「いよいよ明日出撃します。こんな名誉なことはありません。必ず敵艦を撃沈し、靖国神社に帰ります。家族もみんな喜んでくれるでしょう。明朝、出撃し、この町の上空を旋回してから沖縄をめざしますから、どうぞ見ていてください」。にこにこ笑って勇ましく言った。

北野家ではその夜、心づくしの宴を開いて隊員をもてなした。隊員はとても喜び、宴が終わると表の間に就寝した。ところが真夜中に部屋の電灯がついており、それが夜明け近くまで消えなかったので、北野夫人はそっと襖を開けて覗いた。隊員はうつぶせて泣いているところだった。「お母さん、お母さん」。母親の写真に語りかけていた。北野夫人は茫然となった。自分の息子よりはるかに幼い彼が、良い子をひたすら演じ続けていたことに気づいた。……それは町の噂となって人々に伝わった。そして介宏も知ったのだった。

介宏は今、精杉の家で特攻隊員たちを見ているうちに、その隊員を思い出した。しかしその話はしなかった。

すると精杉はそれを察して何度もうなずいた。今までと声が違った。介宏にしっかり向き合い、目の治療をしているようなしぐさで話した。

「ほら。見たまえ。ここでこうやって過ごしている彼らは、次々と特攻で死ぬのだぞ。彼らを見ていると、地元の者としてしのびがたい。特攻をやめさせなければならぬと痛切に思うのだ」

「私もそうだけど……」

介宏はそう言ったが、どうすればそうできるのか、自分の考えがなかった。適当に酒を濁すようなことは言いたくなかった。

精杉は介宏の腕を叩いて「特攻をやめさす手段があると思わないか?」と尋ねた。

「あるんですか?」

「あるんだよ。それが!」

そこにいる特攻隊員たちも注目させるために、精杉は手をぱんぱんと鳴らして立ち上がり「昨日、出撃した今井君が、わしに言い残したことがある」と言った。

みんながすべての動作を止め、精杉に注目した。精杉は奥の文棚から一冊のノートを取り出してきた。

「これは今井君のノートだ。君たちはこれを見たことがあるか?」

三人の同僚は、見たことがない、と答えた。「そうだろうとも。今井君はわしだけに見せたのだ」。精杉はテーブルの上の徳利や盃、そして食べかけた料理を脇に押しやり、そのノートを置いた。「ほれ、みんな見てくれ。『太平洋間弾道爆弾』と墨字で書いてあるだろうが。わしは今井君からこれを預かるとき、説明を受けた。かい摘んで言えばこういうことだ」

介宏は脱いでいた上着のポケットから、あわててもう一度、メモ帳をとりだした。

桜花が登場した際には画期的な新鋭爆弾と大いに喧伝され、日本勝利の決め手と期待された。しかし桜花は爆弾そのものに人間が乗って敵艦に体当たりするだけの兵器だった。それは野中隊長が予告したとおり、まったく成果をあげられぬばかりか、味方に甚大な被害をもたらした。そこで桜花に頼る以前の特攻に戻った。すなわち飛行機に爆弾を抱かせて敵艦に体当たりするやりかただ。

そういう発想にやみくもにとりすがっている司令部の馬鹿さ加減が、君たち青年をむざむざと死なす結果になっている。

「そこで今井君はこう考えた」

精杉は声高に言ってテーブルの上のノートを開いた。みんながノートをのぞき込んだ。

「これ、このとおり、日本からアメリカに向けて虹のような弧を描き、無人の爆弾が飛んでいる。これが『太平洋間弾道爆弾』なのだ」

今井は京都大学の学生で、このような研究をしていたのではなかったが、出撃前にこれを考えついたのだという。

「無人で飛んでいるのだぞ」。精杉はもう一度くり返して言った。介宏は目が覚める思いで、特攻隊員たちを見た。彼らはお互いに顔を見合わせて、心が開いたような笑みを浮かべ、潮が鳴るようにざわめいた。「これは一つのヒントに過ぎないだろう。けれど学生を特攻で死なすより、こういう研究をさせたほうが、ずっと得策と思わないか」と精杉が言った。

「それはそうです」。がっしりした体躯の隊員が言った。他の隊員も今までとは違う大声でまくしたてた。「日本にはロケットエンジンを開発する科学分野の先達がたくさんいる。そこに優秀な学生を結集させれば、夢に終わらない」、「アメリカが開発するよりも早く、これを開発すべきだ」などと口々に言い合って、一人の隊員は声を詰まらせた。

介宏はメモ帳にもう一度、「太平洋間弾道爆弾」と書き記した。無人の爆弾が太平洋を越えてアメリカを攻撃する。……この発想に介宏は圧倒された。太平洋間弾道爆弾があれば、野中もあんな風に死ななくてよかったし、現在遂行されている特攻で若者たちが死ななくてもいい。介宏はそう思うと、何か気持ちが高揚して誰かにこれを話したくてうずうずした。

翌日の夜、西原国民学校にでかけ、隣接する校長官舎で古谷真行に会った。古谷は喜んで迎えた。そしてウイスキーを飲むことになったのだが、介宏が例の「太平洋間弾道爆弾」の話をはじめると、古谷は冷笑して横を向いた。いつものように話をそらして別の話をした。

「お前はあれこれと瞬間湯沸かしみたいに熱くなる。例えば戦争に賛成したり、反対したり、その場その場で反応する。自分が何なのか分からなくなる。けれどお前のような奴が一番幸せなんだ。そうやって結果的には立派な校長先生なんだから」

「ほざくな。そう言うお前はどうなんだ」

「自分のことは自分では分からん」

介宏は古谷の家を出て、国道の坂を自転車で下りながら、ふと、鹿児島市の本願寺前で出会った月輝を思い出した。「陶酔してはいけない、熱狂してはいけない。心を静かに落ち着かせて考えなくてはいけない」と……。月輝はそう話した。

7

苅茅の集落近くにある朝鮮人の宿泊場所で暴動が起きたのは、走り梅雨の続く五月の夜だった。およそ千人が住んでいるそこに、酔っぱらった特攻隊員が徒党を組んで押しかけ、海軍精神注入棒さながらの樫の棒で、朝鮮人を一列に並べて腰や尻を力任せに殴るのだった。それが毎夜のことで、すでに七人が殴り殺されていた。近くの雑草だらけの場所に遺体を埋葬すると、その土地を所有する苅茅の者が激しく抗議した。戦争が激化する前、そこは立派な畑だったからだ。足腰の立たなくなった者は四十四人にもおよび、掩体壕や洞窟の造成作業に出られなかった。同じ作業班に属する者たちは連帯責任として欠員の作業をカバーするように強制された。

朝鮮人の代表は作業現場の監督兵などに特攻隊員の暴行をやめさせてほしいと訴え続けた。担当が違うという理由で相手にされなかった。暴挙はいっこうにとまらなかった。

その夜は、殴り倒された朝鮮人が息たえてしまった。目の前で同胞が殺されたのをまざまざと見せられて、誰からともなく朝鮮人たちは反抗した。鍬やスコップ、鉈や鎌を手にして、特攻隊員を初めて襲った。凄まじい乱闘になり、結局、特攻隊員たちは逃げ去ったが、ひとりは瀕死の状態でころがっていた。たちまち騒ぎは海軍のしかるべき部署の知るところとなり、五台のトラックにつめこまれた兵士が完全武装して派遣された。雨の中で銃火が炸裂した。朝鮮人たちは迎え撃つことはせず、そのまま苅茅の集落に逃げ込み、それから裏の山々を越えて、海抜一千メートルあまりの高隈山へ逃走した。朝鮮人の全員がそうしたのではなく、見て見ぬふりのできなかった者たちが暴動を起こし、そして逃げたのだった。海軍当局が調べたところ、その数は百二十三名に及んだ。

介宏がそれを知ったのは翌日の朝だった。苅茅の集落が騒乱に巻き込まれたと誤解した。雨が降っていたので合羽を着て、自転車で苅茅に走った。蒸し暑くて全身が汗にまみれた。ゲンゼ松の切り株のところまで来ると、すぐそこに朝鮮人の集住する長屋が幾棟も連なっており、全体が傷ついて倒れている巨大な野獣のように見えた。うめきのようなざわめきが聞こえた。彼は近づかなかった。苅茅の集落はいつものままだった。けれど海軍の兵士たちが道路を封鎖していた。集落は人々が閉じこもっているのか人影はなかった。

このとき、朝鮮人の長屋の群がる中から松田が現れた。軍の草色の雨合羽を着ていた。着剣した銃を肩にかけた兵士が三人従っていた。

「やあ。校長先生、心配かけましたな」と松田が言った。

「この騒ぎに集落も巻き込まれたのかと思って、慌ててかけつけたのです」

「集落は無事でしたんやが……。集落のどこかに朝鮮人が隠れておらせんか、あるいは匿われておらせんか、捜査部隊が集落をひとまわりしておりますところや。それで集落の人たちは家々にいる状態なんですわ」

「松田さんも捜査部隊として?」

「いや。わての場合、曲がりなりにも特攻隊神雷部隊の管理職やさかい、一応、現場を見に来たわけです」

松田はいつになく神妙だった。「海軍としては朝鮮人は貴重な労働力なので、大切にしないといけないという前提がありますねん。なんぼなんでも特攻隊員どもが夜な夜な殴りに来ていたとは……。わては知らなかったと言えば無責任でおますが、実際のところ、奴等は狂っておるんですわ。出撃が決まれば腹も据わるのですが、出撃が決まらずもんもんとしている者ほど、頭が巻ききってしまいよる。その上、気分を落ち着かせるために衛生兵が毎日、ヒロポンを注射しますのや。奴らの腕は注射跡で紫に腫れ上がっておりますで。ヒロポンが切れたら錯乱状態になってしまう。とりわけ夜になると、気分を紛らわすことができまへんので、死ぬことに直接向き合い、眠るにも眠れず、先に出撃した特攻隊員が亡霊で戻ってきたり、妄想やら鬱憤やらで、いてもたってもおれない気分にかられ、ある一部の者どもは自制心が破裂して、何も抵抗しない朝鮮人たちを嬲りものにしておったのですやろ」

小やみなく雨の降る台地の果てから、遠雷が聞こえた。

集落は捜査中なので、しんと静まり、人影はない。けれど集落の一番手前にある介宏の兄の屋敷に、唐傘を差した兄嫁のテルの姿が見えていた。彼女は菜園でいつもの風情で野菜を摘んでいた。介宏はそのほうに歩いていった。松田もついてきた。

「おテル姉さん。無事だったようだね」

「大変な騒ぎだったけど、こっちはどうということはなかったわ」

「捜査隊員が来ましたか?」と松田が尋ねた。

「来ました。でも、この集落に朝鮮人はいません。みんな高隈山に逃げ込んだはずです。深い山ですからね」

「そうですか。そうであれば、今の海軍には高隈山の奥々まで部隊を送り込む余裕なんてあらしまへんけどな」

「もし送り込んでも無駄でしょう。山奥に住む『やまんちゅう』が手助けしてくれて、隅から隅まで知り尽くしている山の迷路を先導し、他の者は誰も知らない渓谷のほとりに、朝鮮人たちを匿ったとしたら、どうにも捜査なんてできませんよ」

「朝鮮人たちはそこに住み着けますか?」

「住み着けます。季節はちょうど山々の植物も、野鳥や小動物、渓谷の魚など、食料になるものが豊富だから、暮らすには何の苦もないでしょう」とテルは笑いながら言った。

「その朝鮮人たちは完全に今の世の中から消え去ったも同然ですな。再び暴動を起こすことはないというわけですやろ」

松田はむごい仕打ちを行わねばならないという苦汁を飲むようなおのれの任務から派生した思いを解き放ち、いつもの鳩を驚かせて飛び立たせるような大声で笑った。

★

ある日、見知らぬ婦人が三人で介宏を訪ねてきた。校長室で対応すると、家族に精神病者をもつ婦人たちで、このたび、「青空・母と妻の会」という名称の組織をつくるから、介宏に顧問を引き受けてほしいというのだった。そう頼みに来た理由を婦人たちは言わなかったが、介宏の息子が精神病者だったからに違いない。ということは相当広くそれは知れ渡っているのだろう。介宏は苛立ちを感じ、自分の存在に気落ちがして、顧問にはまったく気乗りがしなかった。肩をすぼめて断る理由を考えた。しかし婦人たちは必死だった。中心の佐土原貞子は六十歳くらいで、鹿屋市に隣接する吾平村に居住しているという。目がむき出しているように大きく、小柄だがしゃきっとして、この時勢に拘らず瀟灑な和服を着ていた。和服が板に付いており、おそらく地主階級の者なのだろう。高学歴で、都会を体験している、誠実な自信と信念を感じさせた。

「校長先生。初めの一回だけでも、ちょっとでも、顔を出してもらえませんか」

「そうしましょう。しかし勤務の都合でやむを得ない場合もありますので……」と介宏はあいまいに答えた。

「ご多忙なことは重々承知いたしておりますが、もうひとつお願いがございます」

佐土原は小さな紙切れの束を取り出し、介宏に差し出した。「これは私の息子が戦地で書き記したメモ紙です。会の前にぜひお目通しいただきたく、あえて持参いたしました」

彼女の息子は二ヵ月ほど前、南方の戦地から帰還したのだという。「戦争精神病者」と言われ、自分の過去をことごとく記憶していなかった。けれど軍服の内ポケットの底に、折りたたんだ数枚のぼろぼろの紙切れがはりついていた。鉛筆で殴り書きされた文字は褐色に汚れた紙に吸い込まれて断続的にしか判読できなかった。彼女はそれにアイロンをかけ、新たな紙を裏打ちし、かすれてゆがんだ文字の羅列を何度も何度も読み返して徐々に蘇らせた。そして息子が忘却のかなたに捨て去ってきたことを手元に引き戻し、彼が衛生伍長で南方の島々を転戦していたのだと初めて知ったのだった。

介宏はそのメモ紙をしぶしぶ受け取った。彼女たちが立ち去った後、読む気はないままに放置していたのだが、次に会うときに彼女に対して読んだふりをする必要を感じて、ぱらぱらめくってみた。途端に非現実的なほどの苛烈な世界に取り憑かれた。気がふれて幻影を見ているのかも知れないが、一つ一つのでき事は具体的で実にリアルだった。介宏はそれを一気に読んでしまった。

●昭和十八年、ニューギニアに将兵を運ぶ途中の船団（輸送船八隻、駆逐艦四隻）がアメリカ軍およびオーストラリア軍の航空攻撃で全滅した。これはあらかじめ予想されていたため、船団出港の前日、恐怖にかられた将兵の多くが発狂した。

●昭和十九年、フィリピンの各島で日本軍はアメリカ軍の圧倒的なボリュームの攻撃にさらされて、総崩れとなった。わが部隊は生き残った者たちでジャングルの中を逃げ惑う。疲労困憊し、食料がない。みんな痩せ衰え、体力ばかりか精神的にも支障が生じる者が増え続けている。マラリアや赤痢などの病気を患う者も多い。野戦病院はなく、病人は山野にうずくまり、放置されている。もうこれまでと銃で自殺する者があとを絶たない。また命からがら逃亡している部隊にとって、衰弱した者や病人は足手まといになる。そこで「落伍者処置班」がつくられた。その班が自決を促し、そうでなければ射殺した。

（自分は衛生伍長として衰弱者や病人を守らねばならなかったが、落伍者処置班の将官は「帝国軍人としての名誉のためだ」と恫喝した。自分は傷病兵に栄養剤と偽って致死剤を注射して回った）

生きていくためには最低限どうしても食べなくてはならない。そのために島民の集落を襲って食料を奪うのだ。抵抗する島民を情け容赦なく殺し、家々に火をつけて燃やした。そしてジャングルの奥に引き上げ、強奪した米で飯を炊き、豚を屠殺して焼いて食った。ある日、どこからともなく黒いミイラのような男たちが襲ってきて、わが部隊の食料を奪おうとした。あろうことか、日本軍の服に日の丸の鉢巻きをしている、それは別の日本人部隊であった。双方が死に物狂いの戦いとなった。からくも追い返せたが、その部隊は死んだ兵士を担いで逃げた。死んだ兵士を食うためである。

（島民を殺し、友軍間で殺し合う、飢えた野獣になりさがった群れの中で、自分も生きようとしている。これは現実ではない。悪い夢を見ているのだ）

●同年十月、ジャングルを逃亡しつづけ、ようやく軍の基地にたどり着くと、そこはアメリカ軍の攻撃にさらされて追い詰められており、もはや最後の手段として爆弾を積んだ戦闘機で敵艦に体当たりする作戦を実行していた。

（狂気の沙汰と思った。けれどそう思う自分のほうが正常ではないのだ）

その後、わが部隊はある港湾都市の防衛に配置された。そこに移動すると、アメリカ軍の爆撃機が空を覆いつくすほどに襲ってきて、集中豪雨のように降りそそぐ焼夷爆弾で凄まじい火炎地獄と化した。これほどの規模で人を殺すのか。ただ茫然となった。黒焦げになった遺体の山を飛び越えながら必死に逃げた。川に飛び込んだが、川の水も燃えだした。必死に流れの底にもぐり込んだ。

（気づいたとき、はるか下流のデルタの葦原の中に倒れていた。異常に寒い。風景はがらんどうで、感覚はぷつぷつ途切れている。自分は死んでおり、いま幻影が目の前に映っている）

読んでみると、誤字や脱字がなかった。そんなレベルの人物だと思わせた。書きなぐったような筆跡や断片をつき合わせた文章はそれが緊迫した状況下で記述されたことを実感させた。

介宏はメモ紙をたたんだ。

メモした人物にとってメモをできなかった後日の問題が大きかったのではないか。人として存在できる限度をさらに超えた状況だった違いない。どこでどのように生きて、そしてどうして帰郷できたのか。彼はすべてを陽炎のようにしか感じられず、今はそのなかをただ浮遊している。……介宏は彼のことをそう推察した。すべてが他人事に思えなかった。そして自分自身のメモを見返し、「戦争精神病者」という言葉を目にしたとき、ふいに、霜が光っているように自分の息子を思い出した。そして断固とした気持ちになった。佐土原たちの会に行くことにした。

次の週の土曜日の午後、市役所前の図書館会議室で、「青空・母と妻の会」の発足式が行われた。大隅半島の各地から九名の婦人が集まっていた。介宏はその一人一人を見た。顔つきや服装などはそれぞれ違っていた。共通しているのは戦争精神病者の肉親ということだった。それが挙措の隅々に屈折した影のように現れていた。とても暑い日で、窓をあけても風が入ってこなかった。やや中天を過ぎた陽が射し込み、部屋はうだるようで、みんな汗をかいていた。

佐土原は会長に選任された後、確信に満ちた歯切れのいい声でこう挨拶した。

「私たちの動きは特高警察や憲兵に目をつけられているでしょう。この会合もどこから監視、盗聴されているはずです。というのは、私たちの息子や夫たちは国のために役立たなかった屑、不用廃品の類いであり、非国民であり、売国奴でもあります。軍隊内だけでなく、帰郷してからもそういう風にののしられ、白い目で見られているのが、私たちの息子や夫たちです。私たちがどんな思いでいるか、誰も分かってはくれません。息子や夫たちをどうにかして救いたいと行動すれば、よからぬことをたくらんでいると警戒されて、国家にたてつく、無謀な奴らということで、取り締まりの対象にされているに違いありません」

介宏はメモをとった。

このとき、自分の顔が青ざめているのが分かった。特高警察や憲兵という言葉が彼の心の裏側を尖った寒風のように刺した。こんな会なら来るべきではなかったと悔やんだ。盗み見るように会場を眺めた。婦人たちは平然としていた。まったく動じていない風に見えた。佐土原の言葉をそれぞれ自分のものとしてとらえていることが分かった。本日の会が開かれるまでに、個々にせよ幾たびとなく話し合いがなされたのだろう。特高警察や憲兵を恐れるより、彼女たちにはもっと切実な、こうしないと生きていくのが不可能というほどの思いがあり、それが積み重ねられたのだろう。介宏はそれを感じた。あらためて椅子にすわり直した。

佐土原はゆっくりと大きな声で朗読しているように、言葉に合わせて手を振りながら話しつづけた。

「いま郷土の女たちは息子や夫を戦争に駆り出され、そして息子や夫の大方は遺骨となって帰ってきています。ただし私たちの息子や夫は生きた屍と申しますか、『戦争精神病者』という烙印を押されて帰ってきました。人間を破壊されて、現実社会で生きていけない悲惨な状態におかれている息子や夫を、私たちはどうすればいいのでしょう。誰も相談に乗ってくれません。援助の手を差し伸べてくれる人はいません。すべては私たち自身がどうにかする以外にないのです。でも、一人で、あるいは一家族で何ができますか。同じ状況につき落とされている者たちが寄り集まり、励まし合って、お互いにその方法を考え合い、試行錯誤して学び合うしかないのです。私たちの砦は私たちでしか創れないのです」

介宏はメモをとった。

参加者の中の一人が立ち上がった。中年で農婦であろう、絣の服の袖で陽にやけた顔の汗を拭いながら、地の言葉で、興奮を抑えられずに声をふるわせて、「息子や夫がどうであろうと、私たちは母親であり妻であることにかわりはないのです」と言った。

「そうです」

佐土原はうなずいた。「私たちがいま、この会で語らねばならないのは、息子や夫の過去のことではなく、これからのことです。息子や夫を『戦争精神病』の状態から現実の世界に引き戻すために、私たちは何ができるのか。人間として一緒に平安に生きていくために、私たちはどうすべきか……。みんなで語り合おうではありませんか。今日ここに私たちが集まったのは、ただ話すためです。心のありったけを、あますことなく、最後まで十分に話してください」

介宏は手の甲で額の汗をふいた。佐土原の言うことを耳に入れて、みんなの話を途方もなく長時間にわたって聞かねばならないことが分かった。それはいいとしても、この部屋の暑さは何とかならないのかと思った。

中年の農婦はまだ立っており、佐土原の言葉に心が俄然ふるえたかのように、両腕を左右に広げた。誰かが話を遮ろうとしているのではないのに、そうされるのを振り払っているみたいな早口で、いっきにまくしたてた。

介宏はメモをとった。

私の夫は戦場のことを火花のように思い出すのか、突然、わめき叫んだり、家を飛び出して走り回ったりします。それを私が静めようとすると、夫は私を殴ったり、蹴ったり、投げ飛ばしたりします。たまには殺そうとまでします。……でも、そんなことができる相手は私しかいないのです。私が夫のためにできるのは身の回りの世話もですが、一番大切なのは、一緒に、畑にでかけることです。夫と結婚して五年間、夫に赤紙が来るまでの期間、いつもそうしていたのです。唐芋や小麦や蕎麦などを栽培したからといって豊かになれるわけではなく、いつも食うや食わずの貧しい貧しい暮らしでした。でも、夫はただ真面目に、一生懸命に、畑仕事に打ち込んでいました。私はその頃の夫に戻ってもらいたいのです。夫はもう六歳になっている娘のことを誰なのか理解できずにいますが、私とは畑に通ってくれます。今はただ通うだけですが」

介宏はメモをとりながら、この婦人の破綻させられた人生にいつしか捉えられていた。彼自身、今まで何につけてもあますことなくメモをとってきたが、この婦人の話のメモをとるときほど話に意識を踏み込ませたことはなかった。

別の背の高い婦人はこう語った。やはり方言の抑揚があったが、志布志町の女学校で代用教員をしているというだけあって、どこといえず理知的で、その口調は低くしみとおるさざ波の音を思わせた。介宏と同じぐらいの年齢だった。介宏はそういう外観の印象もメモしておいた。

私の息子は暗い部屋に閉じこもり、誰にも会おうとしません。私が家にいないとすごく不安がります。けれど私は仕事に出かけなくてはならないし、休みの日にも国防婦人会の活動に参加しなければなりません。空襲に備えて水を入れたバケツをリレー式に運んで消火する訓練をしたり、敵が襲ってきたときのために竹槍で戦う訓練をしたり……。息子は私を探しに外に出てきて、私がそんな訓練をしているのを見ると、『そんなことでアメリカ軍に立ち向かえるものか！』とわめき散らして暴れだしました。アメリカ軍の凄まじい攻撃にさらされた経験をもつ息子は、私たちが訓練している現実を現実として信じられず、自分がありえない世界に放り込まれているような、極端な錯乱状態に陥ったのです。……この事例ばかりでなく、息子は今の世の中の現実を現実と信じられず、途方に暮れて、幼児のようにおいおい泣きながら、『人々は僕を見て笑っている。僕を懲らしめようとしている。ぼくは怖い』と訴えるのです。私は思わず息子を抱きしめて、大丈夫だよ大丈夫だよ、と慰め励まします。

息子は幼い頃、夜はいつも私のふとんにもぐり込んできていました。私は息子を抱いて寝ていたのです。戦争から戻ってきた息子は、もう一度、幼児のときから生き直そうとしているのでしょう。今も私のふとんにもぐり込んできます。私よりずっと大きいのですが、私は息子を抱きしめて寝ます。世間の人たちから見るとそれは異常な様子に思えるでしょうが、息子を救うのにそうしなくてはならないのです。

この話を聞きながら、一人の婦人がふいに泣き出した。介宏との間に別な婦人がいたので、よくは見えなかったが、喪服のような黒い服を着ている小柄で背中のまがった老女と分かった。頭髪が霜のようで、声を殺して泣きながら鼻をすすり、咳をした。他の婦人たちは知らない振りをしていた。気に掛けると自分も泣き出してしまうからかも知れなかった。会のメンバーは九人だった。介宏は九人の中の一人だけが顔見知りだった。鹿屋市街地で散髪屋を営んでいた上須利夫の女房である。介宏は他の人の話の途中で、彼女に気づいた一瞬、またしても、ここに来るべきではなかったと後悔した。彼女によって自分がここに来たことがたちまち町の噂になると恐れた。彼女は三十歳をちょっと過ぎた程度で、夫は数歳上だったであろう。散髪屋の二代目だった。

「私は夫の散髪屋で働いていました」

彼女は少しおどおどして、何か余計な場違いなことを口走りはしないかと、周りの婦人たちの顔色をうかがいながら話し始めた。しかも介宏のことを枕にした話だったので彼は思わず身体をそらした。

「私が嫁ぐ前から校長先生は店の上得意様で、私も腕を磨いた後に校長先生の調髪をしたり、それから鼻髭のお手入れもしました」

みんなが笑った。介宏は頭をかいた。新たな目で彼女を見た。やせぎすで鼻眼鏡をかけている。昔はこうではなかった。目尻に一つあるほくろが、あの頃はふっくらとした顔に何かあどけない愛嬌を添えていた。今はそのほくろのあたりにすぐ泣きだしそうな弱々しい影がさしている。

「校長先生は今、坊主頭になっておられます。校長先生ばかりか、学校の先生は全員そうなっています。そして男の生徒もみんながみんな丸坊主です。いや、世の中の男はすべて丸坊主になりました。どうしてこんなことになったのかと言えば、『英米色を理容業界から一掃すべき』という世論が高まったからです。そして『床屋に行く金を節約して国債を買え』などという世論が起きました。そしてお客様が来なくなり、うちは散髪屋を廃業しました」

介宏はそうだったことを思い出した。

しかしそれは床屋だけではなかった。介宏はそんな事例をいくつも知っていた。彼が三年生の学級担任をしていたとき、三代もつづく化粧品屋の娘がそこにいた。そしてその化粧品屋は『贅沢は敵だ』という政府のスローガンによって客足が遠のき、店を閉めるはめに陥り、娘もどこかに転校した。

介宏は新聞でこんな記事を読んだ。今その記事を思い出した。

戦争に勝ち抜くための戦費調達の財源は国民の貯蓄が主力である。戦地で着のみ着のまま飢えにたえて命がけで戦っている軍人を思えば、国民こぞって「贅沢は敵だ」と自覚し、生活費を極限まできりつめて貯金すべきだ。郵便貯金、簡易保険、戦時納税貯蓄、国債貯蓄など、手軽に貯蓄できるようになった。全国幼稚園協会では「日本幼児飛行機献納貯金」をはじめたという好例もある。

政府の貯蓄奨励の方針をうけて、最近は「節約本」が続々出版されるなど、窮乏生活を誇りとする運動が高まっている。身近なところで節約する事例をあげれば、全国で前年に使われた白粉などの化粧品代はおよそ二億円になる。何という浪費だ。日本女性は健康美を大切にして、化粧代を貯蓄にまわすべきではないか。そして日本男児たるもの髪はばっさり切って、英米色を一掃し、貯蓄にまわすべきことは指摘するまでもない。

「夫は店を閉めて、働き口をさがさねばなりませんでした」

散髪屋の女房は声をつまらせた。赤縁の鼻眼鏡が左耳からずり落ちているのにも気づかなかった。

介宏はメモをとり続けた。

夫は国鉄の線路補修の日雇い人夫になれました。けれど重さ五十キロあまりの鉄製レールを担いで走らねばならないので、それまでバリカンや鋏しか持ったことのない身には地獄の拷問に等しいものでした。また年も年でしたので、毎日くたくたに疲れて戻ってきて、飯を食べる力もない状態でした。そこに赤紙が来ました。夫はどこの戦場に送り込まれたのかは分かりませんが、あの体力で戦争現場でたえられるのか、私は心配で心配で、それこそ夜も眠れませんでした。

介宏はメモをとりながら、その夫を見知っていただけに、状況が生々しく心に迫った。そして彼女は夫が帰ってきたときの痛ましい情景を語り出した。その語尾がふるえるので、介宏はいつはてるともない時雨の音を聞いているような気がした。

私が航空廠の下働きを終えて家に戻り、子供たちに慌ただしく夕食を与えて、内職の袋張りをはじめたときでした。何となく薄ら寒くて、外を見ると、雨にずぶ濡れになった白骨が軍服をまとい、松葉杖にとりすがってこっちを見ていたのです。

私はその夜、庭で飼っている鶏を一羽捕まえて、首を切り落とし、全身の羽をむしり、内蔵をえぐり出して捨て、それから全身を切り刻んで、鍋に入れ、野菜などと煮ました。夫のために精一杯のごちそうをつくってやりたかったからです。

このとき、夫は私の横で松葉杖に支えられながら鶏が切り刻まれるのをじっと見ていました。そして、それにおびえて、がたがた震え、ふいに身体を激しくわななかせて嘔吐しました。尻もちをついたまま両手で頭を抱え込み、しつこく意味をなさない言葉をうなりだしたのです。

その日から幾たびとなく、私は夫の支離滅裂の話を耳に入れました。夫は何なすこともなく、ただ独り言をつぶやくだけの日々をおくりました。やがて私はいつからともなく夫の途切れ途切れの話をつなげることができたのです。

『戦場についた途端、柱に縛りつけられた中国人を銃剣で刺し殺せと命令された。新兵はそんな経験をしないと本物の軍人にはなれないと言われた。他の者は命令に服したが、俺はできなかった』。夫は意気地のない糞ったれと嬲(なぶり)り物にされ、戦場を小突き回されて、左足の膝から下が地雷で吹き飛ばされると、部隊から置き去りにされたというのです。

「夫がどうして帰ってこられたのか、私には今もって分かりません。けれど夫が帰ってきた以上、私は夫と一緒に暮らさねばなりません。そのためには夫を普通の人間に戻すことをしなければならないわけです」

彼女が話していると、先ほどから泣いている老婆が泣きやむことを知らぬげに、なお声を高めて泣いた。しおれきった泣き声とともに、むせぶように何かをしきりにつぶやいている。佐土原が立ち上がり、歩いていって格子縞のハンカチをわたした。泣いている老婆はそれで鼻水をぬぐった。けれどまだ泣いた。

「あなたは泣くために来たの?」

佐土原が腰を屈めて言った。「みんな泣きたいのよ。こらえているのよ」

「いいえ。会長。泣いてなんかいません」

老婆は泣きながら顔をあげ、佐土原を見上げ、あえぐように言った。「こんな人たちがいるのが、うれしいのです」。まるっきりの方言だった。

佐土原は老婆の小さな肩に手をおいた。老婆は佐土原の手におろおろと自分の手を重ねた。それでもまだ泣いていた。佐土原は自分の席に戻り、散髪屋の女房を見てうなずいた。

「もう話し終わったの?」

「まだまだです」

「全部話しなさい。自分に課された宿命を悟っていることを、せめてこの場だけでも誇りなさい」

散髪屋の女房は顔じゅうにふきだした汗を拭い、後ろ髪をたくしあげ、襟元の汗も拭った。実際ここは暑かった。彼女は何度か咳をして話し出した。

私は仕事に出かける前、子供たちが登校する前、そうです、朝早くに、家族で、夫と一緒に散歩します。街の裏の池の上公園から林のなかの道を登り、狭い台地の一帯を歩きます。そうすると春は道端に木イチゴが実っていて、それを家族で摘んで食べるのです。鶯が椿の花が咲く森でさえずり、夏は山枇杷が実り、蝉の鳴き声、秋は栗が実り、鈴虫の鳴き声……季節がめぐるのに喜びを見出し、家族でささやかながら幸せに浸るのです。けれども夫は散歩の途中のことに何の関心も示しません。が、私たちは家族で松葉杖の夫を支えながら散歩しつづけています。夫は散歩そのものは嫌がりはせず、毎朝、それを待っています。今はこれでいいのだと思います。私にできるのは、信じることです。待つことです。

介宏はメモをとりながら目を閉じた。

散髪屋の女房の声が引き潮のように遠のいた。家族で散歩しているという話を聞いて、いてもたってもおれない気持ちになった。息子の宏之が心に浮かんできた。俺はあいつが戻ってきたとき、何をしてやっただろうか。何もしなかった。何かしようとさえ思わなかった。自分の体面だけを守ろうとした。何という愚かな父だったのだ。

彼には忘れられない夢があった。眠って見た夢である。あの夢を見たのは息子が狂い死ぬ直前だった。夢があまりにも強烈な印象を残したので、今も彼は鮮やかに記憶しており、それは夢だったのではなく現実に起きたことだったと思える。

苅茅の自宅は居間に囲炉裏がきってある。居間には日常の出入り口があり、集落の者や行商人や郵便配達人や馬喰など、ありとあらゆる人々は用事に関係なく居間を直接訪れる。つまり家の者は囲炉裏の周りにいて、あらゆる来訪者を迎えるのだ。そこにはいつ誰が来るかも分からない。……俺が見た夢の中で、息子はぼんやりと囲炉裏の脇に座っていた。

その姿を見た途端、俺は逆上した。「そんなところに出てくるんじゃない」と怒鳴り、息子の襟を掴んで引き倒し、隣の部屋に引き摺っていった。そうしたのは気の狂れた息子を人目にさらしたくなかったからであった。そのとき、そこに息子の長男がいるはずはないのに、囲炉裏の向こう側に座っていて、父親が祖父にいたぶられるさまを見ていた。大きく目を見開き、まばたきもせず、じっと凝視している。

わずか二歳の孫の心に、その目を通して生涯にわたって決して消えることのない思いが、瞬時に焼き付けられた、と俺は感じた。途方もなく恐ろしくなった。

現実よりもリアルな夢だ。

介宏は左手で眼鏡を外し、右手の掌で両のまぶたを抑えた。目がしらが濡れていた。「宏之、お前が憎かったのではない。お前を責めたのではないのだ。俺はお前に何もしてやれない自分に腹をたてていた。自分が情けなくて辛くてたまらなかった。お前に怒鳴り、お前を殴り倒したのは、俺自身にそうせずにおれなかったからなんだ」。介宏はいま、心の中で息子にひれ伏してそう言った。そして孫にひたすら許しを請うた。しかし何にもならないことは分かっていた。

「校長先生、どうなさいましたか」という声が聞こえた。

介宏ははっとなった。眼鏡をかけて見ると、コの字型に置かれた三つの机の正面の位置に佐土原貞子がいてこっちに顔を向けていた。他のみんなもこっちを見ていた。

「ここで何か話してもらえませんか」と佐土原が言った。

介宏は目を閉じて顎を上空に突き出した。そしてくぐもった声で応えた。

「許してください。私は耐えられません」

★

その日を境に、気持ちを固定させられなくなった。学校では変に張り切って花壇の手入れをしたり、教職員たちの前でやたらに駄洒落をとばしたり、それでいてふいにふさぎ込んで校長室をわけもなく出たり入ったりした。官舎では房乃と夕食をとりながら手酌で焼酎を飲んで鼻唄をうたったり、ある夜更けには一人で自転車に乗り、川岸をどこまでも走っていき、わざと転んで、そこで星をみあげて過ごしたりした。

毎朝、教頭が校長室に来て、その日の学校スケジュールを報告する。普通の授業はほとんど行われず、軍事教練かさもなくば防空壕掘りか、航空基地の滑走路の補修作業か、援農か、さまざまに生徒は駆り出される。

「今日も下学年の作業は祓川地区の援農となっています」

教頭が報告した。「すでに何度も報告していますが。援農に行く途中の荒野で、獰猛な野犬の群れが襲ってくるのです。生徒たちの弁当を狙って。警察にも海軍にも何度か相談しましたが、とんと埒があきません」

「それだったら俺が行く」と介宏は言った。

「何を言われますか」

教頭は笑った。本当とは思えぬ風だった。しかし介宏はすでに血がたぎっていた。野犬を殺してやる。本当にその気になっていた。

校長室の戸棚には軍事訓練時に着用する上着とズボン、帽子がある。介宏はそれを取り出して着替えた。帽子の上から日の丸の鉢巻きを締め、膝から下にゲートルを巻き、長靴をはいた。

「よし。㋐兵器（マルソ兵器）を持って来い」と教頭に命じた。

㋐兵器とは海軍の隠語で正式には「総武装用兵器」と呼ぶ。その名称はすごいけれど、実際は鉄製の槍に過ぎない。海軍は台地の末端の崖に掘った洞穴で、百人ほどの軍人を投入し、長さが二十センチ程度の槍の穂先をつくらせていた。これに一メートルほどの木製取っ手をつけて、大量生産している。「この武器でアメリカ兵を殺すのだ」。国民学校、中学校、女学校、青年学校、あるいは町内会、国防婦人会などに㋞兵器を支給し、配属将校などの指揮下でそれを活かした戦闘訓練が行われている。介宏の国民学校には見本の数十本が支給されていた。

こんなものでアメリカ兵と戦えるはずがないと介宏は見限っていた。硫黄島や沖縄で、アメリカ軍が苛烈なナパーム火炎放射器を使ったことを知っているからだ。

しかし㋞兵器は学校に配備されていた。

「戦争では使いものにならなくても、犬なら殺せるだろう」と介宏は言った。

もちろん、普段はそんなことはないのだが、その日は猟に行くような気分だった。㋞兵器の槍を肩に担ぎ、援農に向かう百五十人の生徒たちがつくる行列の先頭を歩いた。援農に付き添う二十人の教職員たちも、槍を担いでいた。教頭は㋞兵器ではなく、竹槍を担いでいた。八メートルもある長い竹槍だ。

町並みを抜けて肝属川のほとりの農道を半時間ほど進んでいくと、栽培を放棄された田畑が草原になっていた。荒涼とした草原は広く、里山の手前の雑木林が陽を背にして黒々と浮き上がっていた。その影の奥で犬の群れが吠えだした。

「みんなかたまれ」と介宏は生徒たちに叫んだ。生徒の周りを教職員たちがとりまき、雑木林のほうに槍を構えた。犬の群れが姿を現し、風に揺れる草々を乗り越えながら走ってきた。先頭の黒い大きな犬が牙をむき出して、みるみるうちに目の前に接近してきた。介宏は一瞬、たじろぎそうになったが、槍を競技のように構えて、力一杯に投げた。黒い犬は事もなげに脇に跳んで、それを避けた。教頭は長い竹槍を構えていた。しかしへっぴり腰で、今にも逃げ出しそうだった。介宏は竹槍を奪い取り、竹槍で地面を叩きまくりながら黒い犬に近づいた。黒い犬が反撃しかけたところに竹槍を突き出した。槍の穂先が黒い犬の顔に突き刺さった。黒い犬はキャンキャンとわめいたが、逃げはしなかった。他の犬たちもそれぞれに襲ってこようとしていた。

介宏は教職員たちに「槍を構えて攻撃しろ」とわめいた。そして一人の教職員の㋞兵器を取り上げて、黒い犬のもとにかけより、横腹を突いた。ぐさっと音がした。黒い犬は横倒しになり、血が噴き出し、激しく痙攣した。介宏はうぉーと咆哮した。犬たちは我先に逃げ出した。

「どうだ」

介宏は教頭や教職員たちに言った。「気合いだぞ。世の中は」

「いや。校長、見直しました。面目躍如ですな」と教頭が言った。

「これに懲りて、犬どもはもう襲ってこないだろう」などと教職員たちは言い交わした。

介宏は生徒たちを振り向いてみた。みんな黙って静まり返っていた。こんな姿を生徒に見せるべきではなかったと悔いた。しかし学校教育は「アメリカ兵を殺せ」ということを強調している。いまここで自分が繰り広げたことは、生徒たちにとって生きた教訓になったはずだと思い直した。実に晴れ晴れとした気分で、また生徒の行列の先頭を歩いた。

しばらく行くと、肝属川に注ぎ込む支流に小さな板橋が架かっていた。相当に古く傷みも激しかった。介宏は生徒の全員がどやどやと橋を渡るのではなく、数人ずつに分けて、順ぐりに渡るように指示した。そして橋のたもとに佇み、生徒たちが橋を渡る様子を見ていると、小川の岸辺の葦原に一人の女性が埋もれるようにしゃがんでいるのが見えた。おや、と思った。ちょっと見た目にはその姿が房乃に見えた。そんなはずはないと思いながら、注意深く見直したが、やはり房乃に違いなかった。

「おい、房乃」と介宏は呼んだ。

房乃は立ち上がり、驚いた風に介宏を見上げた。

「そんなところで何をしているんだ」

介宏は大声で言った。「そんなところはマムシがうようよいるぞ」

「包帯を洗っているのよ」と房乃は両の掌を口に添えて言った。

介宏は何となくむかむかした。例の仕事とはいえ、自分の娘が誰もいない、草に覆われた川沿いで、たった一人でそんなことをさせられていることが、ちょっと解せなかった。生徒を引率して援農地に行くように教頭や教職員たちに指示を下し、自分は橋のたもとから小川に沿う狭い道を歩いて行き、そこに房乃が上がってくるのを待った。

「包帯に蛆虫が付着していて、なかなか手では取れないので、流水で洗っているの」

房乃は早口で言った。「すぐ先の仮設病院に脚を切断した男の人がいるの。切断したところに蛆虫がいっぱいわいているから、私はピンセットで一つ一つとってあげるのだけど、とてもとりつくせないのよ。包帯にも付着しているからせめて洗ってあげようとしているところなの」

何とも痛ましい話だが、介宏はやはり解せなかった。

「そういうことをするのが、お前の仕事なのか?」

房乃は黙り込んだ。

仮設病院は小川沿いの道がつきあたる台地の末端の崖下に、いくつもの横穴壕が掘られた場所にあり、そこに予想もできなかったほど大勢の患者が収容されていた。もともとは鹿屋市街地にあった福里という名の外科医院なのだが、アメリカ軍の空襲を恐れてそこに避難しているのだった。患者は空襲で怪我をした者がほとんどで、壊疽のためか切断された脚が何本も入り口の竹籠にほうり込まれていた。身体に銃弾がくいこんだままらしく「痛い痛い」と泣き叫ぶ子供もいた。火傷した人は風が吹くと痛みがひどくなるのか、「風の当たらぬようにしてくれ」とわめいていた。

「鹿屋の空襲はこんなにひどいのか」。介宏はまじまじとその様子をみつめた。自分が認識していたことと、この現実はあまりにも違い過ぎる。息もできない気分に陥った。

房乃の上司である木村初枝は横穴壕の前で大きな紙挟みを片手に何かをメモしていたが、そこに介宏が房乃を伴って現れるとあわてふためいた。

「フーちゃん。どこに行っていたの?」と木村は房乃に言った。

「包帯を洗いに」

「いや。こいつが川端の草薮に一人でしゃがんでいるのを見て驚きましてね」と介宏が言った。

「申しわけありません」

木村は取り乱して弁明した。「私たちの仕事は調査なんです。どこに病院が移っているのか、空襲を受けたままに担ぎ込まれてどこの誰かも分からないのでそれを調べたり、各病院の患者の人数や各人の容体など、調査して役所に報告するのが本来なのですが……。こんな現場に来ると看護婦さんたちが人手不足なので思わず手伝ったり、患者さんたちに気配りして、そっちが主になってしまうことがあるんです。できるだけそんなことにならないよう気を付けているのですけど」

「誤解されては困る。抗議に来たわけではないのだから」

介宏は笑顔をつくり木村の労をねぎらった。要するに木村が言わんとしているのは、房乃が調査以外のことに勝手に手を出してしまうので、本来の仕事がはかどらないという意味であった。

「房乃さんに今後そんなことはさせないように十分気をつけますので、本日のことはどうぞお許しください」と木村が言った。

「私からも娘に言い聞かせるので、これからもよろしく頼みますよ」

介宏はそこを離れた。

その夜、いつものように小使いの奥さんが夕食を準備してくれていたので、介宏は房乃と二人で食卓を囲んだ。

「お父さんはな、人を使う立場の人間だからよく分かるんだ。自分に与えられている仕事以外のことを、いくら一生懸命にしても、そいつは結局、役立たずなんだぞ」

「やっぱりね」

房乃は雀斑のある頬をふくらませた。「こんな話になると思っていたわ」

「こら。人の話はよく聞け」

「お父さんだって今日見たじゃない。あそこに入院している人たちは空襲で大怪我をしたり大火傷をしたり。そんな無残な体で、着替えもなく、お風呂にも入れず、身体にも頭にも虱がわき、虱が媒介する赤痢やチフスにかかり、そして病院には薬らしい薬は何もない……。私は何もできないけど、そこにいると、できることがあるのよ」

「お前の任務は、それを調査して役所に報告することだ。すると役所が、お前のできる何十倍、何百倍という手を打ってくれる」

「今まさに苦しんでいて、今まさに死のうとしている、そんな人たちのことを調べるだけではすまされないじゃない」

「お前という奴は、情に流されて何にもならない手合いだ。朝鮮人の宿舎を見ると、わが家の薬箱を奪って持っていったり、あのときもあれやこれやとさんざん手を焼いたぞ」

「お父さん。木偶の坊って知っている?」

「何の話だ?」

「宏之兄さんが宮沢賢治の雨ニモ負ケズ、風ニモ負ケズという詩を読んでくれたことがあるわ。……人々のために一生懸命につくしても、人々のためにはならず、人々から木偶の坊と嘲笑されても、私は人々のためにつくす生きかたをしたい、と……。それを忘れてはいけないと教わったの」

「馬鹿もの」

介宏はにわかに怒鳴った。「あいつのことを言うな」

★

犬を殺して見せたので、介宏は学校における居心地が今までになく良くなった。校長室に悠然と腰を下ろし、胸を張って部下の提出する書類に目を通し、闊達に大声で指示を下した。今の彼は犬殺しの話を誰かにしたくてうずうずしていた。古谷真行を訪ねてそうしようと思わぬ訳ではなかったが、相手がどう反応するか躊躇させるものがあった。この手の話なら松田一男に限るという気がする。

松田は一週間ほど前から介宏のすぐ近くまで毎日来ているみたいなのだが、介宏のところには寄らなかった。松田がいつも運転しているトラックがお昼過ぎに国民学校の校庭の片隅に駐車しており、夕方近くにいなくなっている。この間、毎日何をしているのか、全く分からなかった。介宏はわざわざそれを確かめに出向く気がしなかった。そのうち松田がやってくると信じていたからだ。

松田はやってきた。介宏が校長室でメモ帳や新聞や官報などをひろげて、明日の朝礼で行う訓話を考えているときだった。コンコンと窓ガラスを叩く音がした。振り返ると、窓の外に大柄な男が逆光線のなかで影となって佇んでいた。一目で松田だと分かった。介宏は半ば走るようにして窓辺に行き、ガラス戸を開けた。いつものよれよれの軍服姿だが、全身ずぶ濡れで、何ということか、信じられないほど巨大な魚を両腕で胸元に抱え込んでいた。

「捕まえたぞ」

松田はどら声で言った。「すぐそこで釣りをしていたら、こいつが悠々と現れたので、わては川に飛び込み、こいつに抱きついたんや」

「鯉じゃないですか」

「こっちへ来いの鯉やで」

学校の近くでこんな鯉がとれるとは……。介宏は呆然となった。松田はげたげた笑いながら介宏に尋ねた。「こいつを料理してくれるところはおまへんか?」

「売る気なんですか?」

「何を言われるか。校長先生、あんたと二人で食べようと言うておるのですがな。いろいろな料理に使うたにしても、二人で食う分は知れている。だから、残りは料理したところにくれてやってもいいというわけでっせ」

介宏は即座にその相手を思いついた。

馴染みにしている「蘇芳」という店なら上手に対応してくれるだろう。

「よし。その店や。とにかくまだ鯉は生きておりますさかい、生きているうちに持ち込みましょう。それやけん、わては鯉を抱いて走りまっせ。校長先生、その店に案内してくだされ」

「あんたと二人で町を走るのですか?」

「あっはは。それやったら校長先生は自転車で走り、わてはやや離れて追いかけますがな」

介宏は教頭たちには何も告げず、ひそかに校長室を出て、裏庭の自転車を引き出した。人通りの少ない道を選び、鹿屋川沿いを走り、市役所の裏に出て、広場を横切り、市役所前の本町にたどりついた。国道の両側に名店がずらりと軒を並べ、その背後の川に挟まれた地帯が飲食街である。

「蘇芳」は密集する店々のなかの枝道の奥にある。ごく最近設けた露地門に藍染の暖簾がかけてあるが、店は閉まっていた。けれど夜の営業に向け、店の裏の厨房で料理人たちが仕事をしている。介宏は店主の名を呼んだ。

「校長先生」

店主は出てきて驚いた。「どうされたのです?」

「これを見てくれ」

介宏は松田を振り返った。

ずぶ濡れの軍人が巨大な鯉を抱きかかえているのを見て、店主はさらに驚いた。

「これ、料理してくれ」と松田が命令口調で言った。

店主はしどろもどろになり、詳細な事情を尋ねた。松田が鯉を獲った経緯を説明すると、店長は「こんなでかいのが美味しいですかね」と言った。

「お前、妙なことを言うな。美味しくするのがお前の仕事だろうが」と松田が言った。

「それはまあ、美味しく料理はできるでしょうけど、今はとても忙しくて、今夜も予約客で満席なんです。とにかく手いっぱいで、別の料理なんか、急にはできませんし、ましてこんなにでかい代物、うーんと手間隙かかりますものね」

店主はそう言いながら厨房の中を振り向き、手招きをした。厨房から白い割烹着の料理人の男が三人出てきた。

変な雲行きになったな。介宏はここに松田を連れてきたことを悔いた。この場を何とかおさめたくて、「とにかく、あんたのところの事情は分かった」と店主に言った。

「いや。俺は分からぬ」

松田が店主に言った。「お前、このまま俺をここに立たせている気か。この魚を持ったままで。これがどれくらい重たいか、お前、分からねぇのか。俺はお前の言いたいことを聞いてもいいんだ。聞いてもいいんだぜ。でも外に立たされてよ、こんな重たい奴を抱きかかえたままで、お前の言い分を聞かなきゃならぬのはちょっとな。俺はしんどいよな」

「中に入ってもらうにしても、兵隊さんがそんなに全身ずぶ濡れでは……」と店主が言った。

「兵隊さん？」

松田が怒鳴った。「俺は兵曹だぞ」

「失礼しました」と店主は反射的に頭を下げた。

「なるほど、俺が兵曹であろうとこんなにずぶ濡れでは、お前のきれいな店が汚れるというわけか。よく分かった。それはお前の言うとおりだ。が、汚ねぇ腰掛けぐらいはあるだろうが」

店主が命じたので、料理人の一人が古い木製の椅子をあわてて持ってきた。その料理人に松田は鯉を押しつけた。「まあ、お前、これを持ってみろ。どれだけ大きくて、どれだけ重たいか実感してみろ。そしてまだ生きていることに気づいてみろ。そうだ、生きていることに価値があるんだ。銭では買えねぇ価値だ。そのすげぇ価値を確かめてみろ」

初老の痩せぎすの料理人は鯉を抱いてよろけた。鯉がずり落ちそうになった。けれどかろうじて抱きとめた。

「しっかりしろ。脚を広げて踏んばり、腰を落とせ。顎をひくんだ。奥歯をかめ。にやつくんじゃねえ。この一瞬でも、命がけだという気でやれ。……分かったか」。

料理人は言われたとおりにしたが、黙っていた。

「はい、と言え」と松田がわめいた。「分かったか」

「はい」

このとき、厨房の奥から店主の女房が顔を出した。店の女将である。

「この忙しいさなか、みんな、何をしているのよ」と女将は言った。

白い割烹着の下に藍染の紬を着ていた。長い髪を巻いて金色の簪でとめている。細長い顔に鼻筋が通り、目は細く目尻がつりあがり、唇に鮮やかな紅をさしている。介宏は彼女のことは知っていた。草木染めを趣味としていて、店の暖簾は彼女が染めたのだということも。……しかし生まれた所については明確に知らなかった。京都の祇園だとか、祇園ではなく田舎の大原だとか、あるいは四国の阿波だとか、いろいろと噂されている。それはともかく娘盛りの頃、どんな事情か分からないが京都の山科に単身で移住し、染物の師匠について学びながら、料亭で働いて暮らしをたてていたという。その料亭で修業していた男と付き合いをはじめ、男が帰郷する際にはいろいろあったけれど、二年後、男が自分の店を開いたというので、結局は男のところに来て、夫婦で店を営むことになったのだ。

女将が姿を現したとき、松田は鯉を抱いた料理人の前に腕を組んで仁王立ちになり、大声で訓練さながらの気合いを入れていた。しかしそのさなか、ふと女将に気づいた。ちらりとその姿を目に映した。一瞬、あたかも膨らんでいた風船に何かの刺で穴が開いたかのように、松田はひゅるひゅるとしぼんでいった。半分にも満たない大きさになり、何もかも打ち捨て、女将のほうに頭をたれて肩をすぼめ、そわそわと足踏みをした。その激変ぶりが介宏には現実のことのように思えなかった。周りのみんなも唖然としていた。

「この大きな魚、どうしたの?」

女将が夫に尋ねた。

「はい。自分が獲ったのであります」と松田が答えた。

「あなたは?」

「はい。自分は神風桜花特別攻撃隊神雷部隊二等兵曹、松田一男であります」

「特攻隊の人なんですか?」

「はい。自分は特攻隊員ではありません。特攻に出撃する隊員を決定、それを命ずる役であります」

介宏ははっと耳を傾けた。松田がそんな任務についているとは! 驚いた。介宏が尋ねてもその任務については固く口を閉ざして一度ももらしたことはないのに、問われもしないままにべらべらしゃべっている。

「あら、まあ」

女将は松田に近づき、しげしげと見つめながら、「うちの店は最近、改装しまして、器なども買い替えまして、ちょっと豪華にしましたら、にわかに特攻隊員のみなさんがご利用なさるようになったんですよ。上得意様のほとんどが少尉の方々で、掛けとかは全然なくて、おかげで経営が安定してまいりました。本当にありがたく、感謝いたしております」

と言って頭を深々と下げた。

「はい。その事項、了解いたしました」

松田は背筋を伸ばして挙手の敬礼をした。顔は熟柿のように真っ赤だし、眉もまなじりもだらしなく垂れて、唇を舌でなめまわし、炎のように熱い息をはあはあ吐いている。

「で、再確認するわけではありませんが」

女将が訊いた。「あなたさまは特攻を命ずるかたなのですか？」

「はい。そうであります」

「すごい立場の方なのですね」

「はい。そうであります」

「こんなこと、お聞きしていいのか。……最近、馴染みの特攻隊員のみなさんはご来店されなくなりました。それは出撃されたからでしょうか?」

「はい。そうであります」

「来店なさるのは初顔の人たちです。全国あちこちの海軍基地で特攻隊が編成され、最前線の鹿屋基地に送り込まれてきていると聞いておりますけれども、この前の徳島基地から来たという人たちの場合、たった二、三回で来店されなくなりました。どんどん出撃されているみたいですね?」

「はい。そうであります」

「あなたさまがどんどん出撃させておられるのですか?」

「はい。自分がどんどん出撃させているのであります」

「そうなんですか」

女将はあらためて松田を見つめた。「私どもの店は次々とご来店くださるので助かっているのですが……。ご来店くださっている特攻隊員のみなさんは、あなたさまの出撃命令を待ちながら、一夜一夜をすごしているところなんですね」

「はい。そうであります」

「おいおい。松田さん」

介宏は思わず松田の袖を引いた。このままだと松田は何を言い出すか分からない。松田を調子の狂った腹話術の人形のように抱えて、椅子に腰かけさせた。松田はまるで一万メートルを力走してきたみたいに、両ひざ間に頭を下げて、全身をわななかせて呼吸をしている。

「どうなされたのですか?」と女将が介宏に尋ねた。

おなごのカザを嗅ぐとこうなるらしいのです、と説明するわけにいかなかった。「持病の発作がおきたのです」と介宏は言いつくろった。

初老の調理人は巨大な鯉を抱きかかえたまま、よろめきながらそこに立っていた。店主たちも厨房に戻れず、口をあんぐり開けて棒立ちになっていた。

「学校の近くで松田さんはこれを捕まえて、私のところに来たんだ。部隊に持ち帰っても料理ができないので、どこかもらってくれるところはないかと、松田さんが訊いたので、私はすぐこの店を思い出したんだよ」

介宏は女将に説明した。「この店なら喜んでもらえるだろうと思って……。いや、何かお返しを期待したわけじゃない。あんたたちが儲かるために店で自由に使ってくれればいい。今夜の特攻隊の客に、松田兵長のプレゼントということでもいい。とにかくどこかにもらってほしくて、真っ先にこの店に来たんだ」

「そういうことでしたら、ぜひ使わせてください」と店主が言った。

「ありがとうございます」

女将が手を叩いた。「校長先生。今夜は松田さんと二人、個室を準備しておりますから、ぜひお出かけくださいまし」

話が決まったので、介宏は松田を促してその場を去った。街の真ん中を流れる鹿屋川のほとりに出ると、大きく蛇行する川下のほうから風が吹いてきた。松田は貪るように風を吸い込み、ようやく生きた心地になった風だった。

「今夜は鯉料理を食えますのやろ?」と松田が尋ねた。

「そうしてくれるそうです」

「やれやれ。もう腹がぐうぐう鳴っていますな」

松田は額の汗を拭って大声で笑った。「そんなら夜に出なおしますさかい、わてはひとまず、部隊に引き上げますわな」

校庭の脇に停めていたトラックを運転して、松田は慌ただしく走り去った。

おそらく部隊に戻ると、明日出撃するのは誰と誰か、その名前を発表するのだろう。いつだったか浴衣に褌ひとつの若い特攻隊員が「出撃する隊員の名前は前日夕刻までに黒板に書き出される」と話していた。介宏はそれを思い出し、松田がそうするために帰ったのだろうと推察した。松田のチョーク一つに隊員の生死がかかっているのだ。あんな風にしているが松田は人の命にかかわる任務に就いているのだから限りなく辛い思いを抱いているのに違いない。その辛さから逃れたくて、昼間は一人で、人目につかぬ隠れたような場所で、釣りをしているのだろう。釣りをしていると見えて、明日出撃する隊員を決めているのだろうか。介宏は松田に痛ましいものを感じた。

黄昏れると、松田が現れた。

二人は「蘇芳」にでかけた。藍染めの暖簾を分けて店に入ると、女将が走ってきて、精一杯の愛想を振りまき、二人を奥の小部屋に案内した。松田は赤面したが、今度は動転するようなことはなかった。店にはまだ他の客はいなかった。店主や調理人たちが仕事の手を止めて、二人に頭を下げた。

「時間はありませんでしたが、腕によりをかけて料理しましたよ」と店主が快活に言った。

「えらいすまんことやったな」

松田が敬礼した。「ほんなら楽しませてもらいますでぇ」

二人が小部屋に入ると、食卓には食器を載せる草木染めの敷物と、唐木の黒く輝く箸が置いてあった。どれもこれも新品だった。すぐに少年の調理師見習いが、徳利と盃を載せた盆をもってきた。それも新品だった。高価と思える小皿に、氷にさらした鯉の洗いが盛られていた。

「よか晩じゃなあ」

松田が鹿児島弁で言った。それは乾杯の合図だった。

介宏はこの機会を待っていたのだ。早速、話に注目させるため、松田の膝をたたいた。そして獰猛な野犬を殺した話をした。松田はほとんど興味を示さなかった。介宏はひどく調子が狂った。

「犬を殺す手間なんかいるものですか」

松田は言った。「わてを見ただけで、どんな犬もキャンと鳴いて一目散に逃げまっせ。というのはわてが犬を食らっているからなんですわ」

特攻隊員たちは食事の量が足りないので、始終腹を空かしており、それを満たすのにあちこちで犬を捕まえてきては煮たり焼いたりして食うのだという。松田はその都度隊員たちから呼ばれて、一緒にそれを食っているというのだ。「さきの、特攻隊員と朝鮮人がもめた事件は、もともとはどこそこの犬を取ったの取らなかったの、という言い合いが原因だったという風にも言われていますんや」。松田は次々と運ばれてくる鯉料理に食らいつきながらしゃべりまくった。

このとき、襖で仕切られた通路のほうで、「松田隊長はおられますか」という太い骨のある声が聞こえた。

「俺は隊長ではないが、松田なら俺だ」

松田が半腰になり、襖を開くと、そこに十名ほどの若い男たちが勢揃いしていて、さっと一斉に頭を直角にさげた。「おう、お前たちは昨日、高知航空隊から来た特攻だな」。松田はある権力に陶酔している者がみせる、自分が五倍も大きな身体をしているかのような仕種をした。

「隊長、ありがとうございます。活きのいい鯉料理の数々、隊長のおごりだと聞きましたので、お礼を言いに来ました」

「なんだ。そういうことか。いいんだいいんだ。気にするな」

松田は腹の底から笑い声を発した。「まあ、思う存分やってくれ」

特攻隊員たちが去ると、松田は襖をしめて介宏と向き合い、焼酎をぐっと飲んだ。

「ちょっと解せないな」

介宏は盃を置いて松田に訊いた。「特攻隊員は犬を食らっているというのに、一方ではこんな小料理屋で楽しくやっている連中もいる。……これはどういうことですか?」

「特攻隊員といっても、いろいろおりますのや。この店に来ているのはみんな大学生なんですわ。学徒動員で否応もなく海軍にいれられて、挙げ句の果てに特攻隊にぶちこまれた連中なんやが、もとは医者の息子とか何とか、良家のおぼっちゃまもごろごろいて、デカルトやカントとかでデカンショデカンショと飲んで騒いでおったというのですがな。こんな田舎の小料理屋ぐらい気軽なもので、明日は死ぬかも知れぬ身であれば、銭なんかケチる気はないでっしゃろ」

松田は次に別な特攻隊員のことを、いくぶん厳粛な面持ちで、身内をかばうように語った。「その一方には予科練などを出た特攻隊員がいるんですわ。ほとんどがどん百姓のこせがれどもで、世間擦れしていない十代後半の奴らなんやが、親に仕送りしたりしておるさかい、給料はぎりぎり手元にあるばかりで、外食なんてもってのほか。まあ、犬を捕まえて食らっておるのはこいつらでんがな」

介宏は浴衣に褌一つだった特攻隊員を思い出した。あんな風に羽目を外した特攻隊員は例外的な存在かも知れないが、彼もまた犬を食らっていたのであろう。ふと、あいつはもう出撃したのだろうかと思った。

「十日ぐらい前、『爆戦』で出撃しましたな」と松田は言った。

爆戦のことは精杉医師にうんざりするぐらい詳細な説明を聞かされている。それは戦闘機の零戦のことで、以前は六十キロの爆弾を二つ搭載していたが、最近になり四倍あまりの二百五十キロの爆弾二つを搭載して出撃しているという。

「まあ、聞いてみてや」

松田がそれを説明した。「敵艦隊により大きな被害を与えるには爆弾が大きいほどよいということなんですが、あわせて五百キロの爆弾を搭載すれば、滑走路から飛びたつのも、またバランスよく飛行するのも困難なんですわ。飛行速度も極端に落ちるわけやし。敵の戦闘機群に襲われると、何の反撃もできず、ほんま、一コロやで」

あの浴衣に褌一つだった特攻隊員は、規定どおりの出で立ちで爆戦に乗り込み、そして佐多岬上空を通過してまもなく、敵機の群れに襲われて撃ち落とされたという。

「そいつは特攻機に乗り込むとき、いかな特攻隊員より、堂々としておったそうですわ。

いや、堂々というより、しゃあしゃあという印象だったとも言われとりますな」

「私はもう一人、特攻隊員を知っています」

介宏は浴衣に褌一つの特攻隊員と一緒にいた青年を思い出した。「たくさんの数珠を首から下げていましたが」

「ああ、そいつも散花しましたな。出撃前に『咲いて桜となるよりも、散って桜となろう』とか、それは立派な書をしたためておったんやが、いざ、爆戦に乗り込む段になると、足腰がたたなくなり、小便や糞をもらしたというのですわ。けれど整備兵どもが抱きかかえて乗せ込んだということでしたな」

「それはむごい」

介宏は思わず呟いた。

「ほんまにむごいことですが……。わてはそれでも黒板に出撃者の名を書かねばなりませんのや」

「松田さんは出撃時に、さらば、と見送らないのですか?」

「ちょっと。……わてが決めて、死出の旅に向かう奴らを見送るなんて……。いくらなんでも、こんなわてかてな……。黒板に書くと、脱兎のごとく逃げて、夜はちょっと寝には戻りますけど、朝早くからまた逃げて、そいつらが出撃してしまうまで、寄りつかんことにしておるのですがな」

松田はうなだれて力ない咳をしながら言った。そして黙り込んだ。別人に見えた。海軍の兵曹ではなく、ただのしょぼくれた市井の小父さんだった。

「そう言えば、松田さんの噂を聞いたことがありますよ」

介宏は精杉の家で特攻隊員たちが松田のことを「奴の決定は納得がいく」と話していたことを思い出した。それを松田に話した。松田は黙ったままで介宏を見つめた末、ようやく話し出した。

松田の前任者は少尉だったが、まだ二十三歳だった。その任務に押しつぶされて鬱病になり、配置替えになった。「後任にわてを名指ししたのは岡林大佐だったのですが、いま神雷部隊を牛耳っているのは別の人物でしてな。わてはその人物の意向をうけてこの任務を遂行しておるわけやが、これは上の意向だけでできることではない。血も涙も、そして情けもある者が担当しないと、特攻隊員は救われませんのや。……だから、わてがやるしかないのですわ」

松田は焼酎を手酌で立て続けに飲み、しばらくまた沈黙していた。

このとき、通路との間仕切りの襖がちょっと動いた。隙間から誰かがのぞき、すぐに襖が閉まった。ほんの一瞬だったが、松田はそれを見逃さなかった。さっと立ち上がり、がらりと襖を押し開いた。もう完全に松田になっていた。

「ちょっと待て」

松田は銅鑼を叩くようにわめいた。「何だ、きさまは。おい、こっちに来い。こら、こっちに来いと言うておるのだ」

どこでも見られる服装をした三十歳すぎの背の高い男が松田の前に来た。「何だ、きさまは」と松田が睨み据えた。

「ただの百姓です」

「嘘つけ。ただの百姓がこんな店に出入りするものか」

松田はひときわ高く怒鳴った。「きさまは特高だろうが」

「いいえ」

「おれが教えてやる。きさまは特高なんだ。すなおに認めろ」

いきなり松田はその男を拳骨で殴った。男はのけ反り、カウンターに手をついて体をささえた。松田は男を蹴った、男は床に倒れた。「おい。野郎ども、こいつをひきずり起こせ」。

松田は客席にいた特攻隊員たちに命じた。特攻隊員たちがすぐさま駆け寄り、男の髪の毛を引っ張って立ち上がらせ、羽交い締めにした。

「おれは桜花特攻隊神雷部隊の松田一男だ。警察署長に伝えろ。松田一男がまた暴れて、警察官を嬲り物にしたと。そう伝えるんだ。分かったか」

松田は男の頬に平手打ちをかましました。「それにもう一つ言っておく。この店は神雷部隊の憩いの場だ。きさまらが匂いを嗅ぎ回るなんてもってのほかだ。二度と来るのじゃねえぞ。ああん、分かったのか。あほんだら」

もう一発、平手打ちを食らわし、「よし、外にほうりだせ」と特攻隊員に命じた。

介宏はそれを見ていて、あの夜のことを思い出した。今夜の場合は自分が直接に関わっていないので、苦笑してすますことができる。松田は襖を閉めて介宏の前にどんと腰を下ろした。何も言わず鯉こくを音をたてて飲み、鯉の唐揚げをむしゃぶり食った。

そこに店主と女将が来た。

「隊長。これ、神戸の酒です。ちょっと手に入らない銘酒です」

女将がお盆に載せてきた盃を松田に差し出し、徳利を傾けた。その背後から店主が言った。「あのゲジゲジどもを退治してくださって、本当、恩の字ですよ。毎夜、裏口からむすっと入ってきて、あれこれ詮索しましてね。ちょっと鼻紙を包まされておったんです」

「あんたも豚箱にぶちこまれたことがあったものな」と介宏が亭主をからかった。

「そうでした、そうでした。判官びいきで野中隊長のことをまくし立てて……」

「野中隊長?」

松田がはっと姿勢をたてた。女将がお酌していた盃がひっくり返り、あたりに酒が散らばった。「野中隊長がどうしたと?」

★

巷では「月々火水木金々」という明るいメロディーの歌が流行った。

土曜、日曜に休むのは罪悪とみなされるようになった。戦場でたたかっている兵隊さんを支えるのに、休んでなんかいられない、というのだ。

それでも介宏は都合をつけ、その日曜日には休みをとった。夕方にはまだ早かったが、松田がトラックで迎えに来たので、苅茅に向かった。さきほど「蘇芳」で鯉料理を食べながら、介宏と松田のどちらからともなく、久しぶりに苅茅で会食をしようと言い出して、そう決めたのだった。木名方も喜んで同意した。そこで介宏は古谷真行も誘ってみた。

「おもしろそうだな。ぜひ仲間に入れてくれ。俺は軍人とそんなに親しく語らったことはないのだよ」と古谷は指を鳴らした。

西原国民学校の校長宿舎で古谷をひろった。古谷は白いハンチングをかぶり、肩から茶色の革鞄を吊っていた。何が入っているのか、革鞄は膨らんでいた。

松田の運転するトラックは台地をひた走った。介宏と古谷は荷台に乗っていた。この十日あまり雨が降らなかったので、舗装されていない県道は乾いていた。台地はシラスと呼ぶ火山灰の土壌なので、乾くと砂の粒子が軽くなる。トラックが走るともうもうと砂が舞い上がる。まるでトラックが煙を噴出しているように、その後方にトラックの何倍も高くあがり、長く延びて広がった。「ロケットに乗っているようだな」と古谷が言った。前方から走ってくるトラックも猛烈な砂煙をあげており、すれ違った途端、砂煙が襲いかかる。介宏と古谷は悲鳴を上げ、目を閉じ、鼻と口を服の袖で押さえた。松田はトラックのスピードを落とした。砂煙で前方が見えなくなったからだ。腹いせに警笛を鳴らしつづけてわめいた。

やがて砂煙を突っ切って走ると、前方の空は明るく晴れており、吹いてくる風はさわやかで、山々の林の若葉がまばゆかった。しかしそこには平和な風景という印象はなかった。台地の至る所に掩体壕ができており、匿われている一式陸攻や零戦が見えた。多くの兵士などの人影も見えている。

苅茅に到着した。

介宏の姿を見るとすぐにハマが走ってきた。

「奥様はだいぶ回復されましたよ。手術のおかげで」と小声で言った。

「それは知っている。今夜は泊まるので、あとでキサとはゆっくり会うことにしよう」

介宏のそばに古谷がトラックの荷台から飛び降りて立った。松田もエンジンを切って降りてきた。

すでに連絡しておいたので、木名方が待っていた。介添役の沢之瀬もいた。ハマが見えん婆さんの家をきれいに掃除していた。家の前には大きな釜が沸騰していて、蚤や虱を退治する準備もできていた。「自分たちはもうすませたぞ」と木名方が松田に言った。

「ありゃ。わてだけちゅうことでっか」

一人だけ裸になるのを松田は躊躇した。

このとき、隣家から若々しい男たちの笑い声が聞こえた。隣家は空襲で屋根が半分落ちたまま、まだ修復されていなかった。その建物の向こう側に井戸があり、井戸の脇の東屋に数人が寄り集まっている。全員が特攻隊の服を着ていた。額にかけた防風眼鏡が陽光を反射している。

松田はそれを見ると、「こら、お前たちは何をしているのか」と怒鳴った。そして彼らが走ってくるのより先に、松田は彼らの元に走っていった。そこに介宏の兄嫁のテルが現れた。松田にテルが何かを話しだした。介宏もそこにいった。古谷もついてきた。

「この子たちに壊れた家の後片付けを手伝ってもらったのです」

テルは持って生まれた人懐こい笑顔で松田に説明していた。「庭に散らばる屋根瓦や焼けた木材や家具などを裏に運んでもらいました。いいえ、今日だけでなく、この子たちがちょくちょく来てくれるので、助かっているのですよ」

「ちょくちょく来ているのですか。まさかちょくちょく来ているのが迷惑で、仕方なく手伝わせているということじゃおまへんか?」

「そんなことはありません。第一、みんな可愛いじゃありませんか」

テルは特攻隊員たちを眺めて声を出して笑った。

彼らがこの家を訪れるようになったのはずいぶん前のことで、一番はじめのときは二人がおずおずと姿を見せ、「仏壇を拝ませてください」と唐突に頼んだ。つまりそういう理由で家に上がり込んだのだった。テルがお茶をいれてやり、草餅を食べさせたので、二人は味を占めて、その後仲間を連れてくるようになった。ちょくちょく彼らは現れるけれど、メンバーは絶えず入れ代わった。その理由を彼らは黙して語らないが、テルには分かっていた。来なくなったのは出撃して死んだからだ、と……。お国のために死んでいく彼らを、もっと大切にしてやらないといけない。テルの思いは募るばかりだった。

松田は腰に両手を当てて彼らを眺めた。

「隊長、ご苦労さまです」

松田を前にして彼らは整列した。けれどびしっと緊張した雰囲気ではなく、どこか慣れ親しんでいるような表情をしている。特攻隊の飛行服を着ているので、この季節、見るからに暑苦しかった。

「特攻隊はどうしてこんな分厚い服を着るのですか?」と古谷が松田に質問した。

「それは高いところを飛ぶからなんですわ」

松田は身振り手振りで説明した。「鹿屋基地を離陸すると、いっきに上昇して高度七千メートルぐらいまであがらねばなりませんのや。それは敵機に見つからないためにそうするのですが、そこまで昇ると気温はマイナス二、三十度ですさかいな、こんな分厚い服着ておったかて、がたがたふるえまっせ。機内は暖房が効くことになっていますが、今はもうちゃんとした飛行機などありはしませんから、暖房はぶっ壊れておる場合が多く、それに上空は酸素が薄いときてますやろ、酸素ボンベでそれを補うにしても、その量には限度があり、下手すると使い果たして酸欠でおだぶつになりかねない。まあ、敵艦に体当たりするどころか、飛ぶことそのものが命がけというわけですがな」

「隊長」

彼らの中の一人が「明日はかならず自分の名前を黒板に書いてください」と松田に言った。他の者が「いや、自分のほうを先に」と言った。すると全員が口々に声を上げた。

「うるせえ。人前だからカッコウをつけやがって……。きさまらは俺が黒板に名前を書くと、やったあ、なんて喜ぶけれど、夜は眠れず、自分の体を抱きしめてしくしく泣いたりよ、気が狂ったようにわめき立てる奴もいるじゃないか」

「自分はそんなことはありません」「お国のために覚悟はできています」。彼らは餌を運んできた親ツバメの前で、我先にと鳴きたてている子ツバメのようだった。

「よしよし。きさまらの希望は順次かなえてやるとも。いいか、死ぬまで今の気でおれたら、本物の軍神というわけよ、きさまらも幸福だったといえるのだ」

「はい、隊長」と彼らは姿勢を正した。

古谷が介宏の横に来て言った。

「この前は浴衣に褌一つの奴がいたな」

「うん。俺はそいつをよく思い出すんだ」

「同じ特攻隊員でさ、年齢も同じなのに、あいつに比べてこいつらはあまりに違うじゃないか」

「違うな」

介宏はそのわけを松田に尋ねた。

松田はこう語った。

「どっちも親はどん百姓とか労務者とかの下々の者たちで、息子たちは行き場がなくてこんなところに紛れ込んでいるのだが……。校長先生の知っている例の特攻隊員は少年飛行兵に志願して入ったのか、詳しく聞いたことはありまへんけど、頑健であればよし、という程度で採用されたのですやろ。しかし、いまここにいる奴らは、頭のよい優等生なんですわ」

「ほお」
介宏はメモ帳をとりだした。
それを見て古谷が笑い出した。松田が説明したので、介宏はメモをとった。

海軍は兵力の不足を補うため、少年たちを駆り立てた。特年兵（海軍特別年少兵）の制度をつくり、満十四歳から応募させた。その募集要項には、中学で学ぶ一般科目、いわゆる普通学を学べると書いてあった。このため家庭が貧しくて学ぶ機会を失っている少年たちがこぞって応募した。当初から採用人数の十倍にも当たる三万数千人が受験した。

ところが、もちろん、普通学を学べるというのは名目だけで、とりわけ戦争が切羽詰まった今日では、そんなことは無駄だと切り捨てられた。ここにいる彼らの場合は、少年飛行兵として教練を受けたのだが、軍そのものが極度のガソリン不足に陥っているため、実際に飛行機を飛ばして訓練することは少なく、そして戦力補強を優先するあまり短期間のにわか仕込みで第一線に投げ込まれた。

彼らはそれ以外のやり方は知らなかったので、それを当たり前と思っている。逆に時代の最先端の憧れとも言える飛行機乗りになれた、もっといえば、神と讃えられる特攻隊員になれた、というわけで、何にも勝る誇りを抱いている。誇りには過去のみじめな境遇をふきとばす力がある。そこで誇らしい自分を見せびらかすために、わざわざ飛行服を着て町に出る。しかもただの飛行機乗りではない。人々が注目する特攻隊員なのだ。お国のために勇敢に死ぬという言動をひけらかして、町の人々の感動を誘い、自らもそれに陶酔する。

「ざっとこんなていたらくでおます。まあ、飛行服を着ているということは、ガキのロマンというやつですがな」と松田は鼻の先で笑った。

「なるほど。よく分かりました」

古谷が松田に言った。「それはそれとしても、この暑いさなか、その飛行服は脱いだほうがいいのじゃないですか」

「まったくおおせのとおりですわ」

松田は彼らに命じた。「飛行服を脱ぐ前に、俺の言うとおりにするんだ」

彼らは命じられたとおり、裏庭の防風林に走り、それぞれに竹を伐ってきた。いずれも三、四メートルはある長い竹で、枝を払い落とし、それぞれ一本の竿にしている。彼らは腰にナイフを着けていたので、そんな作業はいとも簡単なのだった。

「よし。全員その飛行服を脱げ。ズボンも、下着も全部だ」。

松田はてきぱきと命じた。「脱いだのは竹竿に袖を通したり吊り下げたりしろ。そうだ。全部を陽に干すのだ。きさまらにとりついている蚤や虱は、このかんかん日照りなら駆除できるからな。そうだ、軍靴も脱いで干せ。靴下もだ。水虫だらけで苦しんでおるのも、そうすれば治る」

「隊長。褌も外すのですか」と一人が尋ねた。

「きさまらのマラはインキン、タムシで爛れておるだろうが、褌も干せ」

「あたしは見たくないよ」

テルが大声で笑った。

「どうだ。きさまらの粗チンは見たくないそうだ。自信のある奴だけは脱げ」

松田はそう言った後、あわてて言った。「おいこら、脱ぐな。きさまらは自分ではそうは思っていないようだが、全員、粗チンなんだぞ。ちゃんと自覚しろ」

彼らは褌一つで、松田に命じられてそれぞれの竹竿を日の当たる庭の垣根にかけた。それから走って戻り、松田の前に整列した。

「隊長。終わりました」と一人が言った。

「気をつけい。よし、休め。次の命令をそこで待て」

いつの間にか木名方が来ていた。松田のすることをにやにや笑って眺めていた。

「兵曹。あんたいつから隊長になったんだ?」と木名方が冗談で訊いた。

「いや。こいつらもですが、特攻隊の全部がそう呼ぶんですわ。隊長、隊長と……。尊敬しているのではなく、これ、からかうためのあだ名ですがな。隊長と言いながら、内心は舌出してあざ笑っているということですやろ」

「やるせない立場だな」と木名方が言った。

「はあ?」

松田は目をぱちくりとした。「おもしろくありませんか」

このとき、テルが手を鳴らした。「さあさあ。みなさん、スイカを食べますよ。みんな集まって」

特攻隊員たちは歓声をあげた。テルにあらかじめ指示されていたらしく、彼らは井戸に駆け寄った。スイカは井戸水で冷やしてあるのだろう。彼らは綱を引いてスイカを引き上げる作業にとりかかった。台地のシラス土壌は水はけがよく、地下水は通常の五、六倍も深いところにある。井戸もその分深くて、水を汲む綱は極端に長い。そのため綱は重く、引き上げるのに相当な力がいる。馬を軍にとられる以前には、馬に井戸の綱を引かせていたのだ。昔の俗謡に「おんじょんぼ、そこまでとは知らんかったよ、ソラヨカヨカ、台地の井戸じゃ」という一節がある。恋する二人はその仲を他者にバレないようにしているが、実は深い仲なのだ。……つまり台地の井戸のように深いなかというのである。

エイサー、コラサー、特攻隊員たちがかけ声をあげて、綱を引いた。信じられぬほど大きなスイカが現れた。テルが抱き上げた。大柄で農作業に慣れているので、テルはそうするのが難儀に見えなかった。東屋の真ん中にある丸い木製机の上で、テルはスイカを切った。大きな蕎麦切り包丁の刃を当てただけで、スイカは真っ二つに割れた。目にも鮮やかな深紅のスイカだった。テルはあらためて人数をあたり、それから手際よくスイカを切り分けた。

「これはおテル姉が植えたのですよ」と介宏はみんなに紹介した。

「この時期にもうスイカが実るのですか」と木名方が質問した。

「私はそんな種をもっていますからね」とテルが答えた。

スイカは甘く、よく冷えていて、とろけるように美味しかった。東屋の椅子に腰かけて、椅子の足りなかった特攻隊員の三人は東屋の縁石にしゃがんでいる。しばらくみんな何も言わず、ただスイカをむさぼった。

「おテル姉さん」

木名方もテルをそう呼んだ。井戸の向こうの広い菜園を指さし、「あそこに雪が降り積もったように咲いていているのは、何の花なのですか」と尋ねた。

「蕎麦の花ですよ」

「もう花が咲くのですか。蕎麦なら梅雨明けに咲くのでは?」

「普通はそうでも、あれは若夏に咲くのですよ」とテルは得意気に含み笑いをした。

このとき、テルが話したことも、介宏はメモしておいた。

何年か前、テルは今の時期に花が咲いている蕎麦を発見した。それが実るのを待ち、種をとった。次の年に特別な区画を作り、その種だけを蒔いた。早咲きの蕎麦はほんの一部だった。けれどその種だけを収穫し、また次の年に蒔いた。今度はかなりの数の蕎麦が早い時期に咲いた。さらにその種だけをとり、次の年に蒔いた。……こうしてくり返していくうちに、ほとんど全部の蕎麦がこの時期に咲くようになった。

「私が育種した特別な早期の蕎麦です」

テルは目を細めて言った。

「この地にいつづけなかったら、そんなことはできないですね」と木名方が言った。

「大丈夫ですよ。三百年も前からこの地にいつづけているのですから」

テルはまんまるい顔いっぱい笑みを浮かべて言った。「少尉。次の週には若夏の蕎麦をご馳走いたしますよ」

「それは楽しみですね」と木名方も笑った。

「妹がお世話になりましたから」

テルは介宏を振り向いた。「おキサは少尉のおかげで命拾いしたからね」

「そうでした」と介宏は木名方にあらためて頭を下げた。木名方が軍医を手配してくれたので、介宏の妻は自宅の庭で手術を受けることができたのだった。

「そのお礼の意味で、私にも一席もたせてください。若夏の蕎麦もですけど、野菜畑には今が旬のものがいっぱいありますから」

テルは松田と古谷を見て言った。「みなさんも、どうぞ一緒に」

「それはよろしおますな」と松田が拳骨を振った。

するとスイカを食べ終えた特攻隊員たちが再び松田の前に整列し、一斉に敬礼した。全員が褌一つである。

「隊長。自分たちは失礼してよろしいでしょうか」と一人が言った。

「よろしい」

松田はにやにやした。「きさまらは褌一つで帰隊しろ。飛行服やドタ靴は竹竿に吊り下げたままで、その竹竿を担ぎ、堂々と行進するのだ。何故かと言えば、蚤や虱はまだ完全に駆除されておらぬからだ。陽に当て、風にさらして帰るなら、その間に完全駆除できる。分かったか」

「はい。隊長、分かりました」と一人が答えた。

「きさまら、分かったかと聞いておるんだ」

「はい。隊長、分かりました」と全員が答えた。

「褌を外したい奴は行軍の途中なら問題ない。竹竿を担ぎ、振りチンで行軍しろ。分かったか」

「はい。隊長、分かりました」と全員が答えた。

「おいこら。褌、外すのはまだ早い。この屋敷を出てから外せ」

松田は威厳たっぷりに命じた。「行軍するときはいつものとおり、軍歌を歌え。意気揚々と高らかに歌うのだ。分かったか」

「はい。隊長、分かりました」と全員が答えた。

彼らは一列になり、それぞれ物干し竿を担いで屋敷を出ていった。

台地を横切っていく彼らの歌が聞こえた。それは「空だ男の征くところ」という歌だった。特攻隊員は出撃するとき、野里国民学校の跡から滑走路のある台地をめざして崖道を登るのだが、決まってこの歌をうたった。

朝は輝くバラ雲をこえて
夜は銀河に翼を映す
若いパイロットの歌声ほがら
ああ空だ男の征くところ

歌声が遠のくのを聞きながら、松田はほっとため息をついた。「やつらはこれが当たり前の世の中と思っておるんや」と呟いた。

「でも、松田さん。あんただって、新入隊員の頃はあんなだったのでしょう?」とテルが言った。

「うひょっ。よくもまあ、そんなことが言えますな」

松田は大笑いした。「わての話をすれば、まだあんなものじゃありませんでしたな。あいつらには軍で勉強できるという夢があったが、わてには何もなかった。その日その日に何か食わせてもらえるなら、誰でもどこでも良かった。殴られようが蹴られようが、良かろうが悪かろうが、死に物狂いでとりすがっておりましたさかい、軍にひろわれたときは夢のようで、ほんと、大船にもぐり込めたと実感でき、うれしくてうれしくて、ただひたすら、純粋に、軍のためにすべてを投げ出そうと、骨の髄からそう信じましたんや」

この日、黄昏よりも早く、食事会を始めた。

見えん婆さんの家に介宏と松田、木名方と介添役の沢之瀬、そして古谷も加わっている。

このメンバーの中で古谷だけが初参加なので、介宏は古谷がみんなと打ち解けることができるか、ちょっと心配していた。おまけに古谷はいままで軍人と親しく語らったことがないと言っていた。そういう意味でも緊張しているかも知れない。けれど心配はまったく無用だった。

古谷は革の鞄からジョニ黒を三本もとりだした。とても手に入らない逸品なので、みんなが大喜びした。それで乾杯した。

「おい。お前も飲むのか」

松田が沢之瀬に言った。「おしいただいて飲めよ」。さっそく威張る相手をつくり、唾を飛ばしながら笑った。そして高鳴る鼓動を抑えながら一杯目を飲んだ。

食卓には鳳蓮草のおひたし、糸瓜(へちま)と小魚を煮込んで味噌あえにした品などが、それぞれの小皿に盛って並べられていた。ハマがまかないについていた。

「とろりとしているこれは?」

木名方が尋ねると、ハマは「糸瓜です」と答えた。

「糸瓜かいな。風呂で垢をする糸瓜も、こんな風に食べられるのか」と松田が言った。

この後、ハマは唐芋と鶏肉の炒め煮を大鉢で出した。介宏には珍しくもない料理だったが、古谷が真っ先に「いや、初めて味わう品だ」と感嘆した。他の者も異口同音にそう言った。

ハマが恥ずかしげに説明した。「田舎だからこんなのしか作れませんが、唐芋は早掘りで、鶏肉は今なら若い鶏がいますので……。作り方ですか？　ええ、芋は食べごたえがあるように大きめに切って、まず炒めます。そうするとコクがでて、それから煮込んでもくずれません」

木名方が唐芋を口に入れて、「ほっくりとほどける食感が何とも言えないな」と目を細めた。

「そうか、唐芋って田舎に行くと、まだまだいろんな食べ方があるわけか」

古谷が介宏に言った。

「ジョニ黒と唐芋。何ともきてれつな取り合わせですな」と松田が言った。そしてジョニ黒をまたコップに注ぎ、顔を仰向けてぐっと飲み干した。

「松田さん。きてれつといえば、あなたほどきてれつな人物はおらぬでしょうな」と古谷が親しげに言った。

「わてがきてれつ?」

松田は吹き出した。「それはそうでしょうが、何がそうだと?」

「あなたはおもしろいことを言う人だ。根っからの軍人でありながら、軍のことをあしざまに、さんざんこきおろして、何もかも否定しているようなことを言うじゃないですか。私はおもしろくてたまらず、夢中で聞き耳を立ててるけれど、一体、どういうことですか。軍の中でよく済んでいますね」

「なんだ。そういうことですかいな」

松田は唇をなめて咳払いをした。こうなると話にいつも勢いがつくのだった。「それはまあ、木名方少尉の下にいるときは、自分なりにはごく普通の軍人でしたけど、今の場に移ってから、とことん変わりましたわ。変わらないとやっていけませんよって。とにかく、わてが黒板に名前を書くと、そいつを殺すことになるわけですやろ。上からわてに、明日は何機を出撃させよ、と命令がくる。一式陸攻機なら八人ないし九人、掛けるの機数で、総員が決まる。つまりそれだけ殺せと命じてくるわけですがな。わては殺す奴を決めて、一応は上官に見せ、そして黒板に書く。黒板に書くんでっせ。そのときは、ほんま、自分を殺したほうがまだ楽だという気持ちでっせ。黒板に書くということは……。そんなところにいると、すべての化けの皮がはがされて見えるんですわ。死なきゃならぬ立場から見ると、軍なんて嘘とでたらめのかたまりだと、よく分かるんですわ。で、わても死ななきゃならぬ立場にいると腹を決めて、俺は俺でこうだと言うて何が悪い、と言うとるわけですがな。そう言うのが悪いのなら、さあ殺せ。ちっとも怖くはねえ。わては殺されても死にはせぬ、という気持ちなんですわ」

「おもしろい。こんな話、あなたでないと聞けないですね。実におもしろい」

古谷は松田のコップにジョニ黒を注ぎ、さらに松田の心を揺さぶり起こすかのように尋ねた。「で、特攻隊はこれからどうなると、あなたは見ているのです?」

松田はまるでヒーローインタビューを受けているように肩をそびやかした。大阪弁は使わずに、口をラッパのようにひろげてしゃべった。

「どうなるものですか。日本は負けるのです。アメリカに降参するしかない。ここまできて、誰が勝つなんて思っているものですか。起死回生の手段として特攻隊を出撃させて、敵艦隊をめちゃめちゃにやっつけると吹きまくって、実際にそれが大成果をあげているように喧伝しておりますが、それが嘘八百なのは、このわてこそが一番知っております。新聞ラジオもでたらめをあおり立てるばかり。本当のことは言いはしない。特攻隊の成果なんて、ほぼゼロでありまして、やがて出撃させる飛行機も使い果たし、パイロットも使い果たし、飛行機を飛ばすガソリンすらない。そんな状態に行き着くのは、誰もが分かっている。最後の反撃の手段だという特攻隊がですよ、こんなざまということは、もう完全に負けておるんです」

「なるほど。そんなら負けたとしたら、どうなるのです?」

「ぱっぱらぱあのぱあ、ですがな」

松田は一杯のジョニ黒を飲み干してから、誰かを揶揄するようにしゃべりたてた。「例えば鹿屋航空隊の場合、軍のトップはアメリカ軍が進駐する前に、『軍は解散する。みんな逃げろ』と言い残して、自分が真っ先に逃げ出すでしょう。責任をとるものは誰もいない。とにかく全員が一斉に逃げ出して、航空隊はもぬけのからになるでしょう」

「そんなこと、ありえますか?」と古谷は木名方に尋ねた。

「十分に」

木名方は笑ってうなずいた。そして松田に同調しているのではない風に答えた。「誰も責任はとらない、それはありえますね」

介宏はふいに考えが変わった。今までは松田の話を座を盛り上げるために口から出任せを言っていると思って、半分は信じていなかった。しかし木名方がそう言ったので、松田の話を信じた。もしも松田の言うとおりだとしたら、海軍鹿屋航空基地はどうなるのだろう。鹿屋の町や村はどうなるのだろう。そして我々はどうなるのだろう。

「ぱっぱらぱあの後はどうなるのかな?」と介宏は尋ねた。

「自由気ままにやれますがな」と松田が言った。

「でも、その後にアメリカ軍がやってくるのだから、自由なんてないでしょうが」と介宏は言い返した。

「そりゃそうでっしゃろが、こないに軍国主義というもんにいたぶられても、庶民は自分なりに一日一日を生きておりますがな。アメちゃんが来てけつかるとも、庶民という奴は自分の底力で生きていくものやないけ、と、思いまっせ。おもしろおかしく、夢を抱いて」

「夢を抱いて?」

松田が言いそうなことではなかったので、介宏は思わずからかった。「あんたにも夢があるのか?」

「あります、あります」

松田はふいに雰囲気を変えて、小学生みたいに手を挙げた。「校長先生。敗戦後にどう生きるか、わてには二つの夢があります」

「敗戦後に?」

「今より先を見てのことですがな」

松田は顎の無精鬚をなでながらにたにた笑った。横目をきゅっと光らせて介宏を見た。唇を舌でなめ回した。

「その目付き、何ですか。私を見るのはよしてほしいな。気味悪い」と介宏は笑った。

「わてと校長先生はどうしてだか、よう馬が合いましてな」

松田は周りに聞かすため、首を振りながら話した。「校長先生と一緒にいるとでかい気分になってしもうて、これまでにやらかした武勇伝は一つや二つじゃありゃしまへん。そんなわけで、わては一つ、この夢に人生を賭けとうおます」

介宏は思わず身を引いた。古谷が介宏の背中をたたいた。そして松田を指さし、「それは何です?」と尋ねた。

「校長先生と組んで、戦後の大阪で漫才をはじめたらどうやろうかと……。わてがボケ役、校長先生がツッコミ役、これやと大受けしますやろ」

みんなが笑った。

「何をあほなことを」と介宏はわめいた。精杉の家で特攻隊員にそれを聞いたことがあった。「あんた、そんなことをあちこちで言い触らしているそうではないですか」

「夢は語るためにあるんでっせ」

松田がそう言うと、古谷がすかさず合いの手をいれた。

「松田さん。あんた、ド偉い人や。人を見る目がありますわ」

「ありゃ。お前まで俺をおちょくる気か」と介宏は古谷に言った。

「俺の見るところ、お前がボケで、松田さんがツッコミの方がよい気がするけどな」

「うるせぇ」と介宏は笑い出した。

「コンビの名前は『きてれつ特攻隊』というのどうですやろ」

松田は小皿を叩いて歌い出した。「一つ、きてれつ松田がホイ。二つ、きてれつ校長がホイ。三つ、きてれつ特攻隊がホイ」

みんなが大笑いした。

笑いすぎて涙をふきながら古谷が言った。「ほんまに、松田さん、きてれつな人や。さっき夢が二つあると言うておられたが、もう一つの夢も聞いてみたいものですね」

「ああ、よくぞ聞いてくださいましたな。話しますとも、話しますとも」

松田はにわかに座り直し、今度は真面目な顔で、子供のようにきらきらとした目で遠くを見た。「わては戦争が終わったら、岸和田に帰り、運送屋を始めることにしておるんですわ。その夢を実現するためには軍のトラックを自分の物にしなければなりませんな。トラックには予備のタイヤやガソリン、工具などを調達して積み込み、そして運送屋が必要とする机、椅子なども積み込み、さらにおふくろを喜ばすため、米をはじめ数々の食料とか缶詰とか、ありとあらゆる日用品を山のように積み込んで……。敗戦が宣告された途端、そのトラックで一目散に岸和田を目がけてとんずらする算段なんですわ。そうするには今のうちから周到に物品を調達しておかにゃいけまへんな。わては今、軍のいろんな物をがめつくがめって、ある一ヵ所に隠しておるんです」

「またまた、本当かい?」

介宏は笑った。松田の話はやはり信じられなかった。酔った勢いのホラ話に思えた。

松田は笑いもせずに言い返した。

「嘘でこんな話ができますかいな」

「軍にばれたら大変なことになるよ。物品を盗むなんて」

「校長先生。いいですか。戦争が終ってみんなが逃げ出すと、航空基地はもぬけのからになりますんやで。後は自由ですがな」

「自由とは何です?」

「もぬけのからになった航空基地には、食料や衣類やいろんな物品がわんさか格納されていますやろ。航空隊周辺の洞穴などにも……。これはもう軍のものではないわけです。軍は逃げ散ったのだから。誰でも自由に取っていいのでっせぇ。早いもの勝ちや。校長先生、そりゃ行かんにゃ。まぬるいことではいけませんで」

「それはアリ・ババみたいですな」

古谷が言った。「洞窟の前で『開け、ゴマ』と叫べば、扉が開き、中の物を取り放題にできるなんて」

「私にはできないよ。そんな盗賊まがいのことは」と介宏が言った。

「盗賊なんかやおまへん。校長先生、軍に畑や山を奪われたりしなはったでしょうが。奪い返せばいいのだっせ」

横から古谷が別の話を仕掛けてきた。本気なのか冗談なのか、松田をほめそやした。

「話はもとに帰って。松田さんの第二の夢のことですが。すごいな。今のうちから、戦争に負けた後、自分はどう暮らしていくのかという夢を抱いているなんて、松田さん、そんな人はざらにはいませんよ。すごいと思いますね」

「だからきてれつというわけですかい」

松田は鼻を鳴らした。「だけど、わてだけなものですか。戦争が終わったなら、こうしようああしようと、実は誰だって夢を抱いているのやありませんか。ここにいてはります皆さんにしても」

「そうですかね」

古谷は木名方を見た。座が賑わうように引き込んでいるところのようだった。「少尉は戦後に、夢を抱いていますか?」

「夢と言えるか分かりませんけどね」

木名方は意外に乗ってきた。ゆるやかな口調で言った。「アメリカに行きたいですね」。

介宏は驚いて木名方を見つめた。

思いがけない夢だった。けれど、あらためてよく考えると、木名方であればそんな夢を抱いて当然という気もした。そして木名方の状況を思い浮かべた。


毎日明けても暮れても、彼はアメリカの無線やラジオを聞いている。戦争の情報をキャッチするのが目的の任務なのだが、そうするなかでアメリカの戦争に対する論理も知ることになる。特攻隊をどう認識して、どう対抗する戦略戦術をとっているのか、また無差別な空襲を何故エスカレートさせているのか、等と……。その結果、日本全国が焦土と化していくことも詳細に知っている。

「ある日、私はふと思ったのです。もしかしたらアメリカにもここ苅茅みたいなビレッジがあるのではないか、と。……ここに暮らしていた人たちが、戦争に駆り出されてアメリカと戦っているように、そのビレッジの人たちも戦争に駆り出されて日本と戦っている。両方のビレッジの人が戦わねばならない理由は何一つないはずなのに……。苅茅だって空襲で大きな被害を受け、校長夫人も重傷をおいました。こういう事態を見ると、私は戦争が終わった後、日本を空襲した兵士のホームタウンを訪ね、その兵士に会ってみたいのです」

木名方は恥ずかしげにそう言って、口をつぐんだ。すると松田が言った。関西弁ではなかった。

「少尉がそんな思いを抱いているとは知りませんでした。しかし、自分もそう思ったことがあります。少尉の下にいた頃です。自分自身にはアメリカと戦わねばならぬ理由は何一つ見当たらないように、日本を襲うアメリカの軍人どもだってそうに違いない、と……。第一、ラジオなんかで聞くと、アメリカといえども庶民は庶民なりに暮らしておるではないですか。そこで少尉のように、アメリカに出かけてそれを確かめようとは考えがおよびませんでしたが」

松田は沢之瀬を指さし、威張りくさった調子で言った。「おい。お前も少尉の下で、アメリカの情報収集をやっておるわけやが、そんな風に思ったことがあるやろ」

「はい。自分も思いました」

沢之瀬はなに臆する風もなく、見ていて気持ち良いほど率直に答えた。「自分はいま、少尉から英語を教わっています。一生懸命に。そしていつもいつもラジオを聞いておりますと、何を言っているのかだんだん分かるようになりました。この前、音楽の番組で『草競馬』とか『オールドブラックジョー』とかを流していました。それを聞いて、懐かしいような気分になり、アメリカに行ってみたいと……。だから、いま少尉のお話を聞いて、自分も一緒に連れていってほしいと思いました」

木名方は沢之瀬に顔を向けないまま微笑した。沢之瀬は言った。「少尉、お願いします。行かれるときは連れていってください」

「行くか行かないか、まだ分からぬよ。今はまだ戦争のさなかだものな」

木名方は肩をすくめた。それから古谷を親しげに見た。煙草をくゆらせていた古谷は何度もうなずいた。

「少尉、私も連れていってください」と古谷は言った。

みんなが笑った。すると木名方は古谷に向かって人差し指を左右に振った。

「今度はあなたが語る番だ。あなたの夢を」

「そうきましたか」

古谷は木名方のコップにジョニ黒を注ぎ足してから腕を組んで頭を傾げた。「夢ですか」と深いため息をついた。目を閉じてしばらく黙っていた。しかし彼は話し出した。

「夢というほどのこともなく、他人に言えば笑われるに決まっていますから、誰にも言いはしませんが……。私は戦争が終わったら、大学に入り、平安時代や江戸時代のことを学んでみたい気がするのです」

介宏はそれを聞くと、反射的に思い出した。古谷からあのときに聞いたのだった。


いつだったか、彼は海応寺辰治にこんなことを教えてもらったという。

日本の平安時代には三百年ほど戦争がなかった。江戸時代には二百五十年以上もそうだった。ヨーロッパではは果てしもなく戦争が繰り広げられている。そのさなかの近世に哲学者のカントはどうして日本はそんなことができたのか、それを調べて『永遠平和論』を書いた。

「カントのように何かを書こうという気はありませんが、私は大学でそれを学びたいと思うのです」

「ほお」

木名方は肩の力を抜き、杯をおいて、まじまじと古谷を見つめた。「その話、もっと聞きたいですね」

「何という話ではありませんよ」

古谷は頭をかいた。それから急に介宏を見て言った。「今度はお前の番だ。お前の夢を語れ」

「いきなり、俺に振るなんて。お前、卑怯だぞ」

「人聞きの悪い言い方はよせ」

古谷は笑って松田を見て言った。「今度はこいつの番ですよな?」

「まあ。この場合、しんがりは校長先生ですわな。みんなを集めてくださった手前、校長先生にお願いしませんと、失礼というものですやろう」と松田が言った。

「やれやれ。困ったな」

介宏は笑うしかなかった。しかし笑って済ませられる雰囲気ではなかった。彼は困った。実際、夢なんて何もなかった。あえてあげるとしたら、敗戦後にも校長であり続けたいということだった。しかし戦争教育に現を抜かしてきたことを思えば、敗戦後にそれがかなうはずもないと恐れてしまう。そんなこと以外に、敗戦後のことを考えた例はなかった。「語るべきことが何もないのです」

介宏は額の汗を拭った。

すると木名方が知り尽くしているような口調で言った。

「校長先生は夢なんて語る必要はないではないですか。戦後がどうであろうが、ここの苅茅に戻ればいいのだから。ここでは夢など語らなくても、たしかな現実がありますものね」

「いや。苅茅なんて」

介宏は言葉が出てこなかった。心の中で自分の思いを確かめた。戦争が終わろうが終わるまいが、苅茅に戻ろうとは思っていなかった。現在は仕方なくちょこちょこ戻っているが、それはうっとうしくてたまらなかった。

木名方は介宏が黙っているので、その空白を埋めるかのように、自分の思いをぼつぼつと語った。

「私はちょっとばかりですが、ここに住んでみて、タイムカプセルのような空間だと感じているんです。例えば、ほら、権現山の神社で葬礼をされていましたが、何百年もそれが受け継がれているなんて、人間がこの世に存在できる意識のシステムを知る上で、素晴らしいことですよね。それからあのとき聞いた『逃げ水の七郎太』の伝説的な話にも心を奪われましたよ。一つの体制に呪縛されている事態から抜け出すことを、あれは教えさとして勇気づけている気がしますね。……そんなこともですが、この料理はどうですか。茢茅にあるもともとの自然の中で育った食材をそのまま活かして、それぞれに美味しく料理してある、ここには人間本来の豊かさがあると思うのです。大きな利益を奪い合う社会的なシステムとは関わりなく、つまり、戦争などとは関わりなく、こういう暮らしが守られていることは、人間の幸せにとって大きな救いだと感じるのです」

「そうですか」

介宏はそうとしか言えなかった。正直言って、木名方の話は分かるようで分からなかった。確かにそうだと思わせるけれど、それは苅茅と何の関わりもない外部から来て見た視点だった。ここで生まれ育った者の視点はこうではない。介宏は黙っていた。木名方とこんなことで論争したくなかった。

このときハマが皿を下げに現れたので、介宏は焼酎を持ってくるように命じた。ジョニ黒の瓶が三本とも空になりかけているのが、さっきから気になっていたからだ。ハマが焼酎の一升瓶をさげてきた。

「さあ。きましたぜ、きましたぜ。これからは焼酎でやりましょう。もう難しい話はやめて、焼酎でがんがん盛り上がりましょうや。さあさ、さあさ」と松田は叫び立てながらそれぞれに盃を配った。

ハマが焼酎を徳利に注ぎ、それに薬罐で沸かした湯を加えた。

「そうや。正式な焼酎の割り方の手順やな。六、四で割るというのもしっかり守っておる。うれしいな、ハマさん。世が許すなら、ハマさんを岸和田につれて戻りたいのや。ほんまやで。しかしハマさんがわてのおっ母さんより年上というのもな。まあまあ、許してや。ハマさん、わても常識人じゃやから、嫁に来たいだろうが、どうにもできんのや」

「戦争がいつ終わるか、めどもたちませんでしょう。その間に、松田さん、気持ちが変わったら、いつでもそう言うてください」とハマが笑った。

「遠慮はいらぬそうだ」と古谷が松田をからかった。

「校長先生」

松田が介宏の肩をたたいた。「こういうとき、相棒でしょうが、何か突っ込んでくださいよ」

「相棒じゃない」と介宏は手を振って言った。

「アイボー、アイボー」と松田が小躍りした。焼酎で乾杯をやりなおした。新たな薪をくべた焚き火のように、宴はまた勢いを増した。座が乱れてそれぞれが思い思いのところに移動して、相手構わず話を交えた。木名方が介宏の横に来た。盃をひざの前にころがし、飲むのを一休みする意思表示をして話しかけた。

「校長先生。ちょっと聞きたいことがあるのですが」

「はいはい。何でしょう」

「ここで今、聞くようなことではないのですが、裏庭に油桐がたくさん茂っていますね」

「油桐?」

あまりにも唐突な話だったので、介宏は木名方の顔を見た。木名方は宴の馬鹿騒ぎを完全に無視し、酔っぱらっている自分を脇において、真面目に真摯に話したがっていることを、介宏の目を見て伝えた。ふと不思議に、介宏は自分自身のまなざしで自分をながめられているような気がした。

「あれは何に活かしているのですか」と木名方が質問した。

「油桐なんて、薪ぐらいにしか活かしていませんよ。昔は下駄とか家財道具の材で買い手もあったように聞いていますけど」と介宏は答えた。

思い出してみると、介宏がキサと結婚するとき、本家の鉄太郎が小さな袋いっぱいの油桐の実を授けた。特にどう活かすとも聞かなかったので、介宏はその実を裏庭の端にばらまいた。なかば捨てたにも等しかった。ところが彼の知らないうちに、それは芽を出した。その成長は他の樹木より数倍も早く、たちまち数年で林になった。そしてまことにせわしく季節に対応するのだった。

冬に葉を振り落としていた林に、春には新芽が萌え、大きくて豊かなハート形の葉が茂ると、白い花が咲く。林を埋めつくすほど咲いて、それが散ると地面は雪が積もったように真っ白になる。それから林の木々はおびただしく黒い実をつけて、うんざりするほどたくさん地面に振り落とす。やがて秋には落葉して丸坊主になるのだが……。その間に、夏は林全体が吠えているように蝉が鳴き、夜も鳴き続ける。あるいは黒いアゲハ蝶が群れ飛んできて、林の葉むらに卵を産む。そして新しい蝶が飛び立っていく。

「あれがどうしたというのですか」

介宏は酔いがさめた気分で木名方に質問を返した。どうして木名方が油桐に興味を抱くのか分からなかった。その興味のもつ意味はたいしたものではないと思えたが。

「私は幼い頃から自ら望んで、夏休み冬休みは東京をひとり離れ、母の実家のある越前にでかけていました」

木名方は郷愁に顔を淡く染め、ごく穏やかに打ち解けた調子で話した。「祖父は古くからの商家でいろんな品を扱っていたようですが、私はひとつ記憶していることがあるのです」

その地の山間には広大な油桐の森林があった。見渡す限りに白い花が咲いている森林を見て、彼は祖父に尋ねた。あれは何なのか、と。……祖父はこう教えた。

木名方がそれを話し出したとき、介宏はメモをとろうと思った。しかし木名方とはメモをとらないというルールができていた。酔ってはいるがいつものように木名方の話を頭の中にメモした。そして木名方と別れてからそれを文字に移し替えた。

木名方の祖父の時代より前、日本海沿岸は北前船の寄港地として栄えていた。祖父の家ではその時代から油桐を焼いた炭を積み出していた。さらに炭だけでなく、油桐の実からしぼった油を灯火用として、あるいは番傘のはっ水加工用として、ほうぼうに売りさばいていた。それからもう一つ、炭は炭でも農具などの金属を磨くのに利用される研磨用の炭もあった。なかでも静岡県の駿河地方で焼く炭は、漆製品を磨くのになくてはならない特別なブランド品だった。つまり駿河地方の油桐がそのブランドを支えていた。

そこで越前では油桐を植え、駿河の職人を招き、独特の炭の焼き方を学んだ。そして駿河炭と同質の炭を焼けるようになった。祖父は商家を継いだ後、その炭を能登半島の輪島に運び、漆塗りの工房に売りまわっていた。

「こんなわけで、私の祖父は油桐をことのほか愛しく思っていました」

木名方は介宏の腕を軽く叩いた。「私はここ苅茅で油桐を見たとき、何か大切なものが息吹いているように思いましたよ。きっと苅茅でも油桐はさまざまに活かされて、人々の暮らしを支えてくれたのでしょう」

介宏は木名方に微笑んでみせた。

しかし自分で種をまいて林に育った油桐のことは何も知らなかった。もしかしたら苅茅の長い歳月の中で、油桐はさまざまに活かされていたのかも知れない。いや、活かされていたのであろう。俺にそれを教えた者は誰もいない。介宏は考えた。何故、誰もいないのか。いや、俺がそれを聞かなかっただけなのかも知れない。本家には実際、森林を管理する代々の樵集団がいたのである。聞く気があればいくらでも聞けたはずだ。油桐ひとつのことで、介宏は自分の人生が孤独に透けて見えた。

「木名方さんのお祖父さんとかは、いまもその地におられるのですか?」と介宏は尋ねた。

「この戦争で一家は離散し、それから越前も空襲を受けたようですからね」

木名方は静かに言った。「あの越前で油桐の森が見えていた、それは私にとって、帰っていきたい景色ですよ」

介宏は心が空虚になってしまった。俺と比べて木名方の人生は何と豊饒なのだろう、と思った。介宏は立ち上がった。窓辺に歩いて行き、外を眺めた。

星月夜の青白い空で、油桐の林がひっそりと静かに揺れていた。林を覆いつくすハート形の大きな葉が風に吹かれて、きらきらと光っていた。すると忘れていたでき事が、ひたひたと潮が満ちるように心の奥から広がってきた。あのとき、息子の宏之は何歳だったのだろう。十歳ぐらいだったと思う。夏休みに連れて戻ったときだった。裏庭の油桐でおびただしい蟬の群声が沸き上がり、そして黒く艶やかな羽を振って、大きい蝶々が群れ飛んでいた。「あれはどこから飛んでくるの?」。宏之は毎日、蝶々を追いかけた。一週間後、その観察日記には、苅茅の集落に蝶々の道ができていると書き込んであった。

ある日、介宏は息子に導かれて蝶々の道を見て歩いた。オヤッサアの屋敷にある楠の巨木やその背後にある楠林には、どこから飛んできたのか、さまざまな大型の黒い蝶々が群れ飛んでいた。そこから石段を下った先にある文代の家の屋敷には油桐の林があり、そして兄の惣一の家につながる道端にはカラタチの生け垣や茶畑があり、それから惣一の家の油桐の林や蜜柑の畑……。息子の話によると、蝶々はこの木々を伝って飛ぶのだという。途中でネズミモチの花に寄って蜜を吸う。特に惣一の家にはテルの植えたクサギなどの花々が咲き香っているので、蝶々は群がり、乱舞して蜜を吸っている。そして介宏の家を訪れ、油桐に戯れた後、西の方へと飛びさっていく。

「この蝶の道を飛ぶのは、大きい蝶で、図鑑で調べたら、ほら、いま飛んできたあれ、カラスアゲハだよ。次がアオスジアゲハ」

息子の説明を聞きながら、介宏はメモをとった。目の前の苅茅の丘の背後から積乱雲が湧き上がっていた。

遠い夏の日を思い出すと、自分の胸がどきんどきんと脈打つのが聞こえた。あれからたった十五、六年がたった後、息子は死ぬためにこの家に戻った。息を引き取るとき、おそらく息子は蝶々の道をさがしあてたあの夏の日を思い出したに違いない。

介宏はなおしばらく窓辺に佇んでいた。そして結局、自分もこの苅茅に戻ってくるのだろうと思った。

「校長先生。そんなところで何をしているのですか」と松田がわめいた。

振り向くと、まさに宴たけなわだった。そうだ、ここでこんなことができるのも、俺に苅茅という場があるからだ。当たり前のことなのに、その思いはとても新鮮で、目の前が明るくなった気がする。俺はこんな風に生きていて、苅茅は俺に生きる場を与えてくれている。そうも思った。

ハマが若鶏の丸焼きを大皿に持ってきた。その配膳を沢之瀬が手伝った。それを食べながら焼酎を飲み、松田が岸和田の名物、山車（だんじり）舞の歌をうたった。座を一挙に賑わせて、松田はわめいた。

「まあ、とにかく、戦争に負けたにしても、我々には帰るところがありますんや。それだけでも幸せというもんですやろ。わては岸和田へ。校長先生は苅茅へ。古谷校長は鹿児島市へ。そして木名方少尉は東京へ。……おい、こら。お前はどこだ」

松田が沢之瀬を指さした。

「はい。自分は土佐の高知であります」と沢之瀬が答えた。

「よし。そこならそこでよい。そこに帰るのだな」

「はい。そうであります」

「よし。みなさん、そんなわけで、帰るべき故郷に乾杯や。みんなで祝いましょうぜ」

松田は木名方を見て言った。「少尉、ここはひとつ、乾杯の音頭をお願いします」

「分かった。……では、みなさん、帰るべき故郷に乾杯！」と木名方は盃をあげた。

介宏は乾杯の盃をあげる木名方を見て、彼には帰るべき故郷があるのだろうか、という疑問がふと湧いた。東京が大空襲を受けたとき、彼にその惨状を聞いた。そこで彼の家族や邸宅は無事だったのかと尋ねた。「分からない」と彼は答えた。その後、東京はさらに幾度も空襲を受け、ナパーム弾で火炎地獄と化した。介宏はその都度、家族や邸宅は無事だったのかと尋ねた。彼は「分からない」と答えつづけた。介宏はそれがずっと気になっていた。今もそれについて彼は何も言わなかった。

8

介宏が海応寺夫妻と鹿児島市を訪れたのは、長い歳月が過ぎたのちまで「鹿児島大空襲」と語り継がれることになる、アメリカ軍のＢ29が投下したナパーム弾で市街地のほとんどが炎に包まれて一面の焼け野原になった日の、三日後であった。

湾の連絡船でボサド桟橋に着くと、その先はすべてが消え失せていた。ここまでやられたのか。思わずうめいた。波止場に並ぶ朝市の建物が跡形もなく焼け落ち、港につながれていた、朝市と湾岸集落を往還するポンポン蒸気船や伝馬船、家船などがアメンボの集合死体のように波に揺すられていた。煉瓦づくりの倉庫群はこっぱみじんに破壊され、からくも焼け残っている倉庫は真っ黒に煤けて、まるで辺りを幽霊がさまよっているみたいだった。息子の宏之が入隊するとき、あるいは文代の夫の遺骨をとりに来たとき、他にも諸々の用事でボサド桟橋に降り立ったが、それらの時々の記憶が白々と、目の前の惨状と重なって見えた。

　桟橋から真っ直ぐに中心街に延びている広馬場という名の大通りは、江戸時代から廻船問屋などが軒を連ねる由緒深い商人街で、今日でもいろいろな大小の店舗や住居などが密集していたのだが、空襲を受けた今、ことごとく建物が消え失せ、焼けた形跡すらも見当たらないほど焼きつくされている。あちらでもこちらでもまだ煙が薄くたな引き、鼻をつく臭いがしている。

　介宏は広馬場に思い出があった。その街に古谷真行の実家があったからだ。師範学校の学生時代、古谷の実家を何度も訪ねた。田舎育ちの介宏には都会の裕福な老舗は未知の世界であった。胸がどきどきするほどの興奮と覚醒感を誘われた。しかし現況を見てそんな思い出は一瞬で吹きとばされた。古谷もこの街で焼き殺されたとしか思えなかった。

　この街がＢ29に襲われた前日、古谷は家庭の事情という理由で特別休暇をとり、鹿児島市の実家に帰っていたのだ。まるで死ぬためにそうしたかのように。

「古谷君のことも心配だが、ここは後回しにしよう」

海応寺が言った。「まず上町に行き、貴子さんの安否を確認すべきだ」

介宏はもちろん、そうする気でいた。そして千代を含む三人で上町をめざした。

上町には貴子の実家があり、未亡人になった貴子は二人の子供とそこで暮らしていたのである。新聞やラジオはこぞって、上町界隈も空襲で壊滅したと報道した。貴子たちは無事だったのか、何もわからなかった。介宏は海応寺夫妻と連絡を取り合い、息せき切った思いで湾を渡ってきたのだった。ボサド桟橋から上町へ向かうには、湾岸を迂回せねばならなかった。市街地の国道を通ったほうが早いのだが、至る所に時限爆弾が数多く投下されているという。市街地に入るのを禁ずる看板が何本も立っていた。国鉄の引き込み線のある港湾施設の一帯も破壊しつくされており、その脇の湾岸道路は瓦礫で埋まっていた。そこを乗り越えて三十分ほど進んで行くと、やがて稲荷川の河口が横たわっていた。こんなところに来たことは一度もなかった。川に沿って狭い道を歩き続けると、電柱が焼け棒杭のように傾き、電線がずたずたに切れて垂れ下がっていた。あっと息がとまった。川に馬が荷馬車もろともころがっていた。馬は焼けただれ、腹が裂けて内臓が飛び散り、上空に突き出した長い顔の先端でかみ締めた歯がむき出しになっていた。荷馬車の車輪が積んでいた家具や衣類などに半ば埋まり、そこに上流から押し流されてくるゴミが溜まっていた。

さらに上流の住宅街だった地帯は全体がひとつの荒れ野になっていた。焼けくずのなかに泥沼が広がっていた。地下の水道管が破裂して水が噴き出しているのだ。その泥沼に人の片脚が真っ黒になってころがっていた。衣服が焼けて裸になった人がうつ伏せていた。頭から肩に血が暗くかたまり、身体は棒のように硬直している。目をそらしても至る所が死体ばかりだった。腕のない死体、頭のない死体、腸がざくろのようにはみ出している死体、どの死体も手で触れると崩れ去るほどに焼け焦げている。介宏は炭の塊と化していた正太の死体を思い出した。目の前のおびただしい死体は男か女か、老人か子供かも判別できなかった。人間の焼けた臭いが充満していた。焼け残りの火熱がまだ残っていて、目鼻を強く刺激し、息がつまった。

死体が立ち上がって衣類を着たかのように、人々が一帯をさまよっていた。家族の遺体を捜しまわっている人たちだった。自宅のあった場所を掘り起こし、遺体を見つけ出そうとしている人たちもいた。どの人も無残に火傷して、また負傷していた。

稲荷川は市街地と吉野台地をつなぐ広い通りに架かる橋のところで、ゴミを渦に巻き込んで大きくよどんでいた。そこにもおびただしい焼死体が浮いていた。多くの人が川に降り、その死体の群れを棒でつついたりして、顔を確認していた。家族の遺体と分かり、泣き叫ぶ人たちもいた。稲荷川の岸辺を離れて焼け野原に進んで行くと、稲荷川に流れ込む蓋のない大きな排水溝にも、途方もない数の死体が積み重なっていた。炎に襲われて逃げ遅れた人たちが、水の中に飛び込んだのであろうか。

「どうしろと言うのよ。こんなことになって。どうしろと……」と千代が我慢し切れなくなり、崩れ落ちるようにしゃがんだ。海応寺は腰をかがめて千代の肩を抱いた。介宏は傍らに佇み、目まいがするのをしきりにこらえた。

このとき、自警団という腕章をつけた中年の男が通りがかった。軍隊風の服装で腰に木刀をさしていた。見るからにひどく興奮して、目に焦点がなく赤く血走っていた。男はわめいた。聞いていようがいまいが、相手構わずにただわめいた。「こんな残酷なことがあるか。B29が爆弾を投下すると、ざーざーと雨音のような音がした。それは油を振りまいていたのだ。それも普通の油ではない。ねばねばしていて、建物だろうが何だろうが、人間にさえ付着する。そしてたちまち油に火がついた。燃えないものはなかった。しかも普通の火熱ではない。凄まじい高温で燃えやがる。石橋でさえ燃えた。人間もみんな燃えた。町中が火炎地獄になった」

「それこそがナパームだ」と介宏は言った。東京大空襲があったとき、介宏は木名方にナパームのことを詳しく教えてもらった。それを今、思い出した。

「何と言った？」

男は介宏を睨めつけた。「いま何とか言っただろうが」

「ナパームだ、その油は」と介宏は言った。

「馬鹿ふともん」

男はいきなり介宏に木刀を振り下ろした。介宏は額を押さえ、次の一撃を避けるために跳びすさった。男は木刀を大上段に振りかぶり、近づいてきた。「この時勢に、敵性語を使うとは何事か。お前はスパイだろうが。アメリカの戦果を諜報しておるのだな。許さぬぞ」

「待ちなさい」

海応寺が男の前に立ちふさがった。長身の海応寺は男を見下ろした。そして介宏を指さして言った。「この人をスパイというなら、あんたも敵性語ではなく、間諜と言うべきだぞ。いいか、この人は鹿屋国民学校の校長先生だ。見たまえ、首から下げている名札を」

実際、介宏はそうしていた。「戦」という字の下に自分の肩書きと名前、そして血液型を記した札を首から下げていた。男はそれを見ようともせず、海応寺に食ってかかった。

「やい。お前は何だ、この戦時下に羽織袴でいるとは、何ちゅうことだ」

「わしは見てのとおり、八卦見でな。あんたの今の顔を見ると、『吉』と出ているぞ。気持ちを落ち着かせ、『凶』に転じないようにしないとな」

男はにやりと笑い、ふいに木刀を担いで走り去った。

介宏は額に手をあてた。大きな瘤ができていた。この場では痛いと愚痴る気にならなかった。千代はずっとその場にうつむいたまましゃがんでいた。海応寺が背後から抱き起こすようにして立ち上がらせた。

貴子の実家は少し行った先にあった。石垣は焼けて黒ずみ、門は焼けた跡だけがあり、庭園の樹木は炭になって散らばり、あの豪壮な邸宅は跡形もなく、ただ燃えかすが盛り上がっていた。池の錦鯉はすべてが黒くなり、腹を上に浮いていた。

「もうこの世の終わりよ」と千代が小さく叫んだ。

海応寺は焼け跡を見つめながら石垣に囲まれた中を時間をかけて歩きまわった。介宏は後をついてまわった。何も言わずに歩きまわるとき、介宏は海応寺夫妻に同行してこの屋敷を訪れた日のことを思い出した。貴子の母の京人形のような顔や凛とした挙措が心によみがえると、おのずから貴子のことが次々と押し寄せてきた。垂水町で宏之と貴子、そして孫も一緒に、海潟温泉に歩いて出かけた日のことが、泣きたい思いと一緒に永遠に失われた絶望感として襲いかかった。

貴子は屋敷の端で鶏を飼っていたのらしい。そこは炎のまわりが薄かったのか、鶏小屋はそうと思わせるかたちをとどめていた。しかし全体は燃えて崩れ落ち、数羽の鶏が焼け死んでいた。そこから桜島山が見えた。建物や樹木などがとりはらわれて、桜島山は何遮るものもなくすぐそこに見えた。彫り込んだような陰影をつくる巨大な山容は悠然として、人間のでき事とは何の関わりも感じさせなかった。山裾でギラギラと一面に銀白色の光が揺れていた。さざ波が寄せているところだった。

「屋敷は見るかげもないが、何か鎮まっているな」

海応寺が言った。「怨念のようなものはたちのぼっていない気がする」。それから千代のところに戻り、「貴子さんはここにいなかったのではないか」と千代に言った。

千代は一人で屋敷の跡を歩きまわり、家屋の焼け跡などを丹念に目で点検した後、「そうかも知れませんね」と海応寺に言った。それから夫妻は池のほとりの庭石に腰を下ろし、静かに話し合いだした。介宏は離れた場所で夫妻を眺めていた。

「介宏さん」

海応寺が呼んだ。介宏が傍らに行くと、おもむろに言った。「あなたは現職で、明日から学校に勤務せねばならないが、わしらは自由がきく。つまり女房と湯之尾に行くことにしたんだ」

「貴ちゃんはきっと母親のいる湯之尾にいるはずです。それを確かめないと、何のために出てきたのか分かりませんものね」と千代が言った。

「汽車は走らないだろうが、何かの手蔓があるはずだ。とにかく遠いからね、湯之尾は。今日中には着けるように、早々と出かけることにしたいのだよ」

海応寺は言った。「そんなわけで申しわけないが、古谷君のところには、あんた一人で行ってくれないか」

「分かりました。貴子の無事を確かめてくださるように、私も切に頼みます」と介宏は頭を下げた。

「無事ですよ。ええ、無事ですとも。無事だと分かったら、すぐ連絡しますからね」と千代が言った。

介宏は目を閉じて微笑した。貴子の次男は神がかっていて、垂水丸が沈没することを告げるように泣き叫んで、貴子と兄の命を救ったというでき事を思い出した。今回もきっとB29に襲われるのを予知して、何かの手段で貴子に避難するように告げたのに違いない。そんな想念が湧いて来ると、介宏は間違いなく貴子たちは無事なのだと信じた。

海応寺夫妻と別れ、介宏は広馬場をめざして歩いた。不発弾の落ちているところに綱が張ってあった。西郷隆盛の銅像は無事でいつもどおりに像は桜島山を見据えていた。それが立つ築山の下で、死体を焼いている人たちがいた。生臭い風が黒煙を吹き上げ、銅像はたな引く煙でかすんだ。さらに誰もいない黒褐色の荒れ野を進んで行くと、かねてはちんちんと鐘の音を響かせて走っていた路面電車が、脱線して横転し、焼け焦げていた。その横を、人の焼死体をこともなげに山積みしたトラックが、覆いもかけず、何十台も次々と走り過ぎた。

大きな寺も残骸もなく焼失していた。寺を破門されて門前にうずくまり、毎日仏を拝んでいた老僧の月輝はどうしたのだろうか。介宏はふと、月輝が炎に襲われて死ぬ情景を空想した。具体的な人が具体的に死んでいく情景は、介宏の意識を揺さぶった。B29がナパーム弾をばらまく下で、人がどんな目にあっているのか、あらためてそれを鮮明に意識した。頭の中はちりぢりに引き千切られ、自分がムンクの絵のように叫んでいる気がした。

広馬場にたどりついた。

四日前まで、ここには味噌醤油の工場があり、陶器店があり、ガラス店があり、米問屋があり、もやし屋があり、薬局があり、印鑑店があり、鰹節の卸屋があり、肥料などをいれる資材袋をつくる工場があり、鉄工所があり、黒糖問屋があり、襖屋があり、下駄屋があり、軍刀屋があり、そして銭湯もあり、民家が密集し、人々が暮らしていた。

介宏が最後に広馬場を訪れたのは、五年ほど前で、まだ校長ではなかったが鹿屋国民学校の教諭をしており、そして古谷は西原国民学校の教諭だった。介宏は古谷を誘って、映画を観に行った。広馬場のすぐ近くに天文館という名の県内随一の繁華街があり、そこに映画館がいくつも並んでいる。介宏は、広馬場の小料理屋で古谷と一杯飲んだりして家に泊めてもらい、翌日映画を観にでかけた。それは鹿屋海軍航空基地から出撃した爆撃機の群れが、中国の重慶を空襲した際の記録映画だった。爆撃機が襲うと街の建物群は爆破され、炎が噴き上がり、人々が逃げ惑う。その様子を観て、介宏は拍手した。日本は強い。我が地元から出撃した爆撃機が、日本に歴史的な勝利をもたらしているのだ。まさに血湧き肉躍る感動をおぼえた。記録映画では勝利を喜ぶ国民の提灯行列が各都市で繰り広げられていた。

介宏は顔を紅潮させて「さっそく学校朝礼でこの興奮と感動を伝えねばならない」と大声でまくしたてた。

ところが古谷はひどく怯えたまなざしで「苅茅よ、頭を冷やせ」と突き放すように嘲笑した。介宏はむかっとなり、古谷を罵った。いつもは何にも動ぜずにしらけきっているはずの古谷が、どうしてそんな風に怖がっているのかが分からず、介宏は天文館の人群れのなかで古谷を「非国民」とあげつらった。そしてその場で別れたのだった。けれどいつの間にかまた仲直りして、今日まで親しくしてきたのだが……。いま、広馬場を歩きながらあのときのことを思い出すと、自分が愚かだったことが身に染みて分かった。地元から出撃した爆撃機が重慶を襲ったとき、中国の人々がどんな目にあったのか、それは広馬場の現況と重なって見えた。映画を観たとき、古谷がどうしてあんな風に怯えたのか。五年も過ぎてそのわけを知るはめになり、介宏は思わずぞっとなった。古谷はあのとき、広馬場が同じことになると予感していたのではないかと思えた。

古谷はどこでどのように死んだのだろう。それを知らねばならなかった。

介宏は荒れ果てた広馬場を行ったり来たりして、古谷の実家のあった場所を見つけようとしたが、どこなのかどうしても分からなかった。広馬場も至る所で死体が目についた。そして生き残った人たちがさまよい、またあちこちに群がっていた。介宏はその人たちに古谷のことを尋ねた。

「古谷さんの家は家族全員が犠牲になられた風です」

火傷だらけで死んだような赤ん坊を抱いた婦人が教えてくれた。「でも、真行さんは無事だったと聞いています。きっと原良町の工場にいるのかも知れませんね」

「あいつは無事だったんですか」

介宏は目の前が明るくなった。

原良町の工場なら介宏は知っていた。

古谷の実家は明治以前から広馬場で京都の友禅染めや奄美大島の紬などを販売する老舗だった。彼の祖父の代に洋装店も同時に営むようになり、それとは別に祖父と父が力を合わせて原良町に縫製工場を建て、徐々に規模を拡大し、五百人の女工が働く規模に発展させた。けれど最近、その工場は軍に接収され、飛行機部品を製造する軍需工場となり、ほとんどの女工がそちらに配置された。わずかに残された一棟の縫製工場で、古谷の父は軍服などの製造を手がけていた。

市街地を縁どる甲突川の外側に原良町がある。師範学校のとき、介宏は古谷に連れられてその工場を見に行った。当時は一面に水田が広がっており、稲の熟れた匂いのする風の中に赤とんぼが群れ飛んでいて、黄金色の稲穂の中に浮かぶ工場はまさに発展途上だった。新しく二棟の建物を建築中で、大勢の大工が働いていた。けれど古谷はそれに興味がある風ではなく、「ふん、何やっているんだ」と冷笑した。介宏はそんな古谷の態度を、介宏に対して自分の裕福さを見せびらかしていると思わせないようにしているのだろうと思った。

しかし後日、古谷の別な面を知った。彼は古代ギリシャのキニク学派に憧れて、「幸福は自分を解放して、無欲に、自然な生き方をすることにある」という思想に感化されていた。彼は介宏にそんなことを詳しく語りはしなかったが、裕福な実家を離れた彼と長い間つき合ってきて、いつの間にかそれを知ったのだった。

その工場にたどりついた。B29はその工場が郊外にあるため、ナパーム弾までは浴びせなかったのらしい。けれど工場は半壊していた。燃え残った縫製棟と女工たちの寮は一部を開放し、野戦病院のようになっていた。火傷したり負傷したりした人々とその付添の人たちであふれ返り、騒然としていた。介宏は看護婦の一人に古谷はいないかと尋ねた。すぐにその看護婦が別な看護婦を呼んできた。彼女は二十代で背が高く、女工の作業服で白地に赤十字の腕章を巻いていた。髪を馬の尻尾のように結び、白い鉢巻きから前髪がたれている。遠くを見るようなまなざしで介宏を見て、「古谷さんなら奥に寝ています」と早口で言った。

患者がごろごろと転がされている縫製棟の一番奥がカーテンで仕切られており、そこにベッドが一つ置かれ、顔も全身も白い包帯で巻かれた男が仰向けになっていた。

「おい、古谷か」と介宏は叫んだ。

それは古谷だった。すぐに身を起こそうとしたが、そうできなかった。介宏は古谷の顔を覗き込んだ。古谷は目でうなずいた。声は出さなかった。介宏は息が止まりそうだった。

「左半身と顔も半分、火傷しているんです」と看護婦が言った。

古谷は師範学校のときテニス部の主将だった。高等女学校の生徒とペアを組んで全国大会にも出場した。半パンツにスニーカー、星が流れるユニフォーム姿の彼は、ジャガーのように精悍なパワーに満ちていた。

「そんな奴がこんなことになろうとは」。介宏は無残な思いになった。

「窓を閉めてくれ」と古谷が切れ切れの小さな声で言った。窓は閉まっていた。

「火傷が痛いのは、窓から風が吹き込んでいるからと思っているのです」

看護婦が言った。「死にたくなるほど痛いのでしょう」

介宏はどうすることもできなかった。古谷の傍らに腰かけている以外には何もできず、ここを立ち去ることすらできなかった。介宏は看護婦に頼み、鹿屋国民学校に電報を打ってもらった。「明日は欠勤する。西原国民学校の古谷校長を見舞うため」と。

その日は夜っぴて古谷のそばにいることにした。古谷はお粥しか食べられなかった。看護婦がスプーンで少しずつそれを古谷の喉に流し込んだ。その後、看護婦は介宏にお握りと沢庵を持ってきてくれた。介宏がそれを食べていると、看護婦は消毒液と包帯を持ってきて、介宏の額の傷を手当てしてくれた。先ほど焼け野が原で自警団という腕章をつけた男に木刀で殴られた、その時の瘤(こぶ)に血がこびりついていたという。介宏は痛さをずっと意識せずにいた。

「かなり大きな傷ですよ」と看護婦は言った。介宏は額に一本の鉢巻きのように白い包帯を巻いてもらった。にわかに傷が疼き出した。古谷のベッドの傍らで介宏は看護婦と並んで椅子に掛け、長い時間を過ごした。介宏は彼女と話をしないという理由はなかった。

彼女は青柳チサコという名だった。

「私はもともと縫製工場の従業員でしたから、古谷さんが社長の御曹司だということはよく知っていたのです」

青柳は声をひそめて話した。「それですから自分で進んで専属の看護婦になりました」

「ありがたいな。私からもお礼を言わせてください」と介宏は頭を下げた。それから自分が国民学校の校長だと告げて、古谷との関係を手短に説明した。すると青柳はすっかり安心した風に、自分のことをあれこれと話した。

それを介宏はメモした。

彼女は縫製工場の従業員だったのだが、軍に工場が接収されると軍需工場で働くことになった。各部門ごとにカーテンでしっかりと区切られた作業場では、横の作業場の様子は何も分からなかった。彼女たちはハート形やS字形の鉄板をヤスリで磨くのだが、それが何のために使われるのかは秘密とされていた。口外を恐れるためか、外出も規制されていた。

去る三月には「一億戦闘配置につけ」という檄が飛ばされ、彼女たちは挺身隊に編入された。鹿児島市のとなりの谷山町には、五千人あまりの男女が働く大規模な軍需工場があり、そこも飛行機のそれぞれの部品を製造しているようだった。彼女たちはそちらの工場を支援することになり、今はジュラルミンを二枚貼り合わせるためハンマーで叩く作業を一日中つづけている。原良の寮から軍のトラックで送り迎えしてもらい、毎日谷山の工場に通う。

「私の後輩に当たる県立第二高等女学校の三年生百人が、挺身隊員として工場で働いています。『まだ足りない。もっと急いで造れ』と尻を叩かれながら……」

青柳は唇に人差し指をあてて言った。「でも、私たちを含めたド素人がにわか仕立てで製造したものが、実際の戦場で役に立つのでしょうか」

「うん。その部品を寄せ集めて飛行機をつくっても、ガソリンがなくて飛べないという風に言われているしね」と介宏は応じた。

青柳はなおも話したがっている風だったが、しばらくして軍医が現れた。

「容態はどうかね」と年老いた軍医が無表情に質問した。「よくありません」と青柳は背筋を伸ばして答えた。軍医は施す薬もなく、痛みをやわらげるため古谷の腕にヒロポンを注射した。

B29に襲われた日から丸三日、青柳は古谷に付き添っていたというので、介宏は青柳に勧めた。「自分が付き添うので、君はやすみたまえ」と。

青柳が遠慮がちに去ると、介宏は古谷と二人きりになった。ヒロポンが効いたのか古谷の苦痛にゆがんでいた顔がいくぶん和やかになった。介宏は初めて古谷に向かい合った気になった。

「おい、古谷。戦争があろうが、どんなことがあろうが、俺たちは俺たちだぜ」と介宏は古谷の手を握って言った。

「ああ」

古谷は唇を動かした。「こんなとき、笑わせるなよ」

断続的に、声にならない声で、古谷は何かを語ろうとした。しきりに語りたがった。渾身の力を振り絞っているように、眠っては目を覚まし、苦痛にうめいたりしながら、古谷は介宏に伝えようとしつづけた。介宏はメモをとった。

夜が明けようというのに、古谷はなおも話した。介宏はすべてをメモした。そしてメモの前後を入れ替え、つなぎなおし、全体の話とした。

古谷はこう話した。


偶然のいたずらか、俺は叔父が帰ってくるというので、学校を休み、実家に戻った。叔父は軍の特殊な任務で中国戦線に派遣されていたのだが、その任務を解かれ、九州帝国大学の生物学部の教授に復帰した。それを機会に叔父は五年ぶりに実家に帰り、両親とともに兄弟姉妹、そしてその家族を招いて夕食会を開いた。俺も招かれて久しぶりに叔父と会い、ゆかいなひとときを過ごした。

夕食会の後、父を中心に叔父と俺は酒を飲んだ。叔父がその席で俺に中国土産をくれた。象牙の印鑑で俺の名が象形文字で見事に彫られていた。俺は一生使える宝物をもらった気がした。子供のように胸が弾んだ。

十一時頃に床についた。梅雨時の蒸し暑い夜で、窓をあけて寝た。うつらうつらしていると、母が揺り起こして、「空襲よ。逃げるよ、早く早く」と叫んだ。俺はいったん起きたが、目が覚め切らずに、ちょっとまた寝てしまった。突然、窓の外が昼間より明るくなり、ザーザーという雨音のような音が迫ってきた一瞬、雷が落ちたと思える轟音とともに、家の屋根が吹きとんだ。日本家屋は木と紙でできている。たちまち火がついた。

広馬場には大通りに面して、二つの大きな防空壕ができていた。地域民が総出で掘ったのだった。父母や叔父、親戚の者たちはすでに防空壕に駆け込んでいた。みんなが俺を呼んでいた。俺も壕に駆け込もうとしたが、ふと、叔父にもらった印鑑を忘れてきたことに気づいた。それを取りに家に引き返した。家は燃えていたが、枕許に置いていた印鑑を入れた黒檀の箱はまだ無事だった。俺はそれを確保できた。さらに純金の懐中時計も探し出した。そして再び外に飛び出した。

すでにあちこちの建物は炎を噴きあげており、大通りを炎が津波のように突っ走っていた。熱風が吹きつけて、走るに走れなかった。防空壕に逃げ込もうとしても、扉が閉まっていた。分厚い木製の扉の縁を鉄でかためてある。びくともしない堅牢な扉だった。逃げ遅れた人々が扉を叩いて、わめいていた。「中に入れろ」、「見殺しにするな」。幼児たちを連れた婦人が、「助けてください。子供たちだけでも。お願いです」と泣き叫んだ。しかし扉は開かなかった。爆撃と火炎の轟音で壕の中には人の叫びは届かないのだろう。俺は数人の男たちと扉を押しあけようと踏んばった。扉は内部から閂がかけてあるらしい。どうにもならなかった。

振り向いて見た。おびただしい火の手は湾から吹く風に煽られ、一つにまとまり、火災旋風と呼んでいいほどの激しい風を巻き起こしていた。広い通りを炎は龍の群れのように吠えて、空に駆け上がりながら疾走した。まき散らされたナパームをたどって、炎は地面を滑るような勢いで広がっていく。青白く光り、扉の前にも接近してきた。男はゲートルから女はモンペの裾から火がつき、あっという間に全身を下から上に燃え上がらせた。火だるまになった男が走り出した。数メートルも走らぬうちに転倒し、もはや人の形はなく、そこは炎だけになった。

「ここは危ない。逃げるぞ」

男が叫んだ。誰か分からなかったが、その男の後を追って、俺も走り出した。

川が燃えていた。川面は油の膜が張り、絶え間なく炎が走り、そのなかで「助けてくれ」とわめく声がした。どこをどう通ったのか、防空特別地帯にたどりついた。空襲による延焼を防ぐため、その地帯はすべての建物があらかじめ撤去されていた。住んでいた人や店を営んでいた人たちは、そのときに強制的に追い出されたのだ。何もないので炎が接近する可能性はなかった。しかし爆撃される恐れがある。

炎が噴きあがる上空に、赤々と照り映えたＢ29の編隊が信じられぬほどの巨大な姿を現した。俺は石垣の陰に身を潜ませた。しばらくして顔を上げると、新たな方向で炎がひらめき昇った。デパートも燃えていた。けれどコンクリートの建物なので崩壊はしておらず、窓という窓から炎が噴き出していた。それは幻想のようだった。

やがてＢ29の群れは去り、街が焼きつくされると、新しい朝が来た。桜島山の姿が朝焼けの空に浮き上がった。自分が火傷しているのには気づいていたが、不思議に痛いという感覚はなかった。俺は立ち上がり、父母たちのいる防空壕をめざして走った。防空壕の扉はまだ閉まっていた。すでに空襲は終わり、夜が明けているのに、なかの人たちはどうしているのだろう。不吉な予感が心をよぎった。木製の分厚い扉は表面が焼けて薄い煙がくすぶっていた。俺はひとりで扉を開けようとしたが、どうにもならなかった。そこに警防団の腕章を巻いた男が通りがかった。男は柄の長いやっとこを担いでいた。そいつを扉の端に差し込んで、男は力任せに扉をこじ開けてくれた。

俺は壕の中を見た。朝日の射すなかにぎっしりと立ったままに数十人が群がっていた。どの顔も蒼白だった。呼吸をしている者はいなかった。炎が燃え盛るとき酸素を吸収するので、壕の中は酸欠状態に陥ったのだろう。両親も叔父も家族たちも……。七人が死んでいた。母を抱きしめると、まだ身体は温かかった。

「俺は一人で七人を弔わねばならなかった」

古谷は言った。「しかしそれができなかった。その場で気を失ったのだ。七人の遺体はどうなったのか……。俺は弔いができなかったんだよ」

介宏は夕刻まで古谷のそばにいた。古谷は精根が尽き果てて眠りづづけた。

介宏は小雨の降るなかを病院から去った。青柳チサコが病院の玄関まで見送ってくれて、「あの人には私がずっと付き添います」と言った。「何かあったら連絡してほしい」。介宏は青柳の肩をたたいた。

それからこの世とは思えぬ景色の旧市街地を横切り、ボサド桟橋まで歩いた。

★

鹿屋国民学校の校長官舎で介宏は海応寺夫妻を迎えた。

「貴ちゃんは無事でした」

千代が満面の笑みを浮かべて言った。「湯之尾の母親のところに出かけていたというのです。二人の息子も元気でした。母親は息子三郎の看病をしているのですが、サナトリウム近くに農家の離れを借りていて、貴ちゃん親子はそこで過ごしていたのです。私が上町の状況を話したら、それはもちろんショックだった風ですが、母親が毅然として『愚かな戦争のなせることだから』と表立って動揺した様子は見せず、貴ちゃんは貴ちゃんであんな性格だから、『みんな無事だったのだから、まあ、よかったと思わないとね』と笑っていました」

「苅茅さん、あんたの言うとおりだった」

海応寺が言った。「やはり貴子さんの次男は予知能力があるらしい。今回の大空襲の以前に鹿児島市は四回ほど空襲されていて、次男はその空襲の前になるといつもと違って異常にむずかったりしたらしいが、今回の大空襲前には数日も泣きわめくので、貴子さんは不安になり、湯之尾に避難する気になったというのだよ」

介宏はその孫を思い出した。後頭部が突き出していて、先端に小さな瘤があった。孫を抱いたとき、自分と同じだと気づいた。瞬きをせず、瞳を動かさず、深く柔らかいまなざしをしている。病弱に思えるぐらいにかぼそい孫は、抱いていてもふと消えてしまいそうだった。しかし俺の命をつないでくれると感じさせた。

「私も湯之尾に行けたらよかったのだが」と介宏は言った。

「苅茅校長が来れなかったわけは、私が重々に伝えました」

千代が言った。「古谷さんの様子を見に行かねばならなかったと説明したら、貴ちゃんは自分の結婚披露宴のとき、古谷さんが来てくれたことを思い出し、涙を流しましたよ」

「古谷君はどうだった?」と海応寺が質問した。

「生きてはいました」

介宏はそれだけ言って後は黙っていた。古谷のことは何も語りたくなかった。

梅雨のじめじめした日が続く六月の終わり近くに、青柳チサコから電話があった。珍しく通じた電話で、彼女はいきなり、古谷が自死しようとしたことを告げた。

「ヒロポンのせいかひどい錯乱状態になることがあり、昨夜、裏の倉庫で首を吊っていたそうですが、偶然に発見した人がいて、一命はとりとめました」

介宏はすべてを投げ捨て、古谷の許に走った。古谷はいつものベッドに横たわっていた。介宏を見ると眩しそうに目を細め、唇の端をつりあげてどうしようもない風の薄い笑みを浮かべた。古谷が一度も見せたことのない、自嘲がそこに滲んだ。

「しっかりしろ」と介宏は怒鳴った。

「何とか自分で動けるようになった」と古谷が言った。

「動けるようになったら死のうとしたのか」

介宏は言った。「どうして生きようと思わぬのか」

古谷は黙りこくった。

それから長い時間が過ぎた後、しぼりだすように掠れた声を発した。

「親父は家業を継いでくれと俺に頼み続けた。俺はそれに逆らい、田舎教員になった。こうしてみると、俺が家業を継いでいても何にもならなかったわけだ。ことごとく失う宿命だった。ましてこんなザマで教職に戻れはしない。俺はどう生きたらいいというのだよ」

「何と答えりゃいいんだ」

介宏は古谷の手を握った。「俺に言えるのは、俺はいつもお前といっしょにいるということだけだ」

「この前もそう言ったな」

「そう言ったら、お前、こんなときに笑わすなよ、と返したじゃないか」

古谷は薄く微笑んだ。見開いた目に瞼がかぶさってきた。そのまま目を閉じて再び開こうとしなかった。介宏がどう話しかけようと返事をしなかった。古谷の胸がゆっくりと大きくふくらんだり、しぼんだりしていた。

「校長先生がそばにいらっしゃるので、すっかり安心したのでしょう。こんな風にぐっすり眠るのは初めてですよ」と青柳が言った。

介宏の気持ちは千々に乱れていた。

青柳と言葉で示し合わせたのではないが、ごく自然に二人は病院の外に出た。人の出入りが激しくて、病院の中と変わらないほどざわついていた。二人は玄関脇の蘇鉄に向かって並んで佇んだ。それは話すためだった。

「遺書はありましたか」

「いいえ」

青柳は小さく頭を左右に振った。左手の指先で右のまぶたを押さえてうなだれ、まるで独り言のように話した。「あの人は、両親や姉妹や叔父さんなど、七人の遺体がどうなっているのか、それが心配で、心配で……。心配でたまらなくて、いつもいつも、心配していたのです。だから、私、広馬場に出かけたんです。一面の焼け野が原で、遺体なんてどこにもありませんでした。掘っ立て小屋に住んでいる人に聞いても、あの人の家族の遺体のことは知りませんでした。ある人が『引き取り手のいない遺体は軍がトラックに積んでどこかに運んでいった』と言いました。私はそれを聞いて、ぞっとなったんです。おそらくあの人の家族の遺体は……。私は、それを、あの人に言えませんでした。とても、言えなかったんです。でも、あの人に見つめられたら、真っ青になり、ぶるぶる震えて、思わず悲鳴をあげてしまって……。それでも黙っていたのですけど……」。青柳はしゃがみ込んで泣き出した。

介宏は何も言えなかった。あいつが死のうとしたはずだ。その思いは心を切りつけた。あいつをどう励ませばいいのだろう。介宏は上空に向けて顔を突き出していた。青空を見えなくしている暗い雲の影がかき消えるように潤んだ。このとき、工場敷地の瓦礫の間をぬって、看護兵たちが担架に横たわる負傷兵を運んできた。介宏と青柳はその行く手をはばまないように玄関脇を離れた。

また言葉で示し合わせたのではないが、二人はいっしょに古谷のもとに戻った。古谷はぐっすり眠っていた。彼女が介宏に椅子を勧め、自分はベッドの向こう側の椅子に腰かけた。二人はベッドの左右から古谷の寝顔を見ていた。すると彼女はこのときを待っていたかのように、古谷の枕許に置いてあるいくつかの品の中から、黒いビロードの布にくるまれた何かをとり出した。それを介宏に差し出した。

介宏が布を開くと、金色の懐中時計が現れた。瞬時に貴子を思い出した。

「その前の日に、私は預かりました。これを苅茅に渡してくれ、と」

そうか。形見にする気だったのだな。介宏はそう思った。しかし古谷が生きているので、それを受け取ることはできなかった。再びその布でくるみ、介宏は彼女に返した。彼女は古谷の枕許に置いた。

介宏は自分がそこでどんな表情をしたのか分からなかった。彼女は立ち上がり、そっとどこかに去った。古谷と二人きりにしてくれたのだろう。けれど何もすることがなかった。いろいろな思い出が浮かんでは消える中で、介宏は古谷が目をさますのを待っていた。長い時間が過ぎると、西空の雲が切れたらしく、陽光が窓ガラスを通して部屋に差し込んで来た。古谷の顔にそれがかからないように、介宏は立ち上がり、窓辺のカーテンをしめた。それが合図のように彼女が戻ってきた。

「まだ眠っているんだ」と介宏は言った。

「最終の船に間に合いますか?」

彼女が尋ねたので、介宏はこのまま引き上げることにした。「おい、古谷」と声をかけたが、目をさまさなかった。

介宏が病院を去るとき、彼女はこの前のように玄関まで見送ってくれた。

「今回のことは許してください」

彼女は頭を下げた。「私が目を離していたので、自死騒ぎが起きましたが、これからはそんなことがないように気をつけます」

「古谷は幸せな奴だ。あなたのような人がいてくれて」

介宏は古谷の若い頃を思い出した。

★

古谷のことは一刻も忘れられなかった。

しかし戦局は激動していた。

見えん婆さんの家で、介宏たちが敗戦後の夢を語り合ったのは、六月二日のことで、鹿児島市がアメリカ軍の大空襲を受けたのより十五日前だった。

その十五日間に沖縄での戦争は最終段階を迎えた。介宏たちが見えん婆さんの家で夢を語り合った翌日、鹿屋海軍航空基地から菊水九号作戦という名目で、特攻隊が出撃した。それは四日間にわたり連続した。しかしこれという戦果をあげられなかった。

菊水九号作戦が終わった四日後の六月十一日、沖縄本島の海軍主力部隊は全滅した。ただし司令官の牛島満中将が自決する六月二十三日まで、戦争は終わらなかった。

沖縄での戦争に島民は根こそぎまきこまれた。

介宏はその状況を木名方に聞いた。「アメリカ軍の無線を傍受していると、沖縄はこの世ではありえない地獄と化しているというのです」

その場に居合わせた沢之瀬が珍しく口を挟んだ。語らずにおれない思いをふつふつとさせていた。「昼間、アメリカのラジオを聞いていましたら、ある大学の歴史学者がこう言っていました。英和辞典を繙き、メモを取りました。……『沖縄は古来、海外諸国との貿易で成り立っていた国なので、各国と友好な関係を結ぶ必要があり、武器を放棄して礼を守ることを国是としていた。ナポレオンは戦争をしない島があると聞いて、ひどく驚いたという』……そんな内容でした」

「よく訳せたな」と木名方が言った。

一方、木名方は沖縄戦のことを続けて語った。「アメリカ軍は洞窟に立てこもる兵や島民を殺す作戦として、ナパームの火炎放射器をピンポイントで洞窟に噴射しつづけています。これは味方にとってもっとも安全であり、敵をことごとく一瞬で丸焼けにできる点では一番効率的だというのです」。木名方がそれを繰り返し語るのは、ことによるとナパームの恐ろしさを介宏に強く印象づけようとしているところだったのかも知れない。

軍人ではない自分たちに与えられた㋞兵器で、戦闘訓練を受けるたびに、介宏はいつもナパームの火炎放射器を思い出した。ソ兵器は野犬を退治するのには役立ったが、実際の戦争で役立つはずはない。

アメリカとの戦争に勝てる見込みが何もないことは、もうはっきりしていた。

沖縄で海軍の主力部隊が全滅した十六日後に、鹿児島市がアメリカ軍の大空襲を受け、さらにこの日を端緒として全国の地方都市がことごとく空襲を受けだした。

鹿児島大空襲から四日後、海軍は菊水十号作戦として鹿屋航空基地から、すでに海軍の主力部隊が全滅している沖縄へ、神風特攻隊を出撃させた。六機の一式陸攻機が、例の「桜花」を搭載していた。しかし何の戦果もなかった。四機が撃ち落とされ、残りの二機はエンジン不調などで引き返してきた。

ここで特攻は終わった。


神雷部隊は愛媛県の松山基地に、桜花隊は石川県の小松基地に撤退した。これにともない特攻隊司令の岡林大佐なども異動令で鹿屋を去った。

「わては異動しませんで。むろん、そうするように命令されましたが……」

松田は言った。「わては赤痢だから人に伝染させたくないと嘘つきましてな。証拠に牛の糞を自分の尻にぬりたくり、上の奴らに見せたんですわ。ぴっち糞の臭いやつを」

鹿屋基地に残り、敗戦後に岸和田にトラックで持って帰る物品を、せっせと基地のなかでかっぱらっているという。

介宏は精杉医師のもとに出かけた。

「特攻は終わったそうです」と耳打ちをした。精杉は患者を置き去りにして、院長室で介宏に向き合った。精杉の顔は血の気を失い、唇の端が痙攣した。「たった四ヵ月でこの体たらくか」と精杉はうそぶいた。

半月も前から、医師の家に下宿する特攻隊員はいなくなっていた。みんな出撃したのだ。このため精杉は特攻隊の情報を入手する方法をすべて失っていた。

「こうなるのだったら、彼らは何のために死なねばならなかったのだ」

精杉の家には特攻隊員にもらった戦闘機の写真や部屋に残されたロマン・ロランの全集など、数多くの遺品があった。それらの物以上に彼ら一人一人の面影が、精杉の心に切なく残っていた。

「せめて彼らが下宿してくれたことが、今となれば彼らに対するわしの弔いになる」と精杉は語った。

鹿屋基地から特攻隊が去ると、町に噂が流れた。「海軍は鹿屋基地そのものを捨てるつもりだ」。そんな噂だった。

特攻隊の本拠地のあった野里をはじめ、周辺の苅茅など各地に数限りない壕が掘られ、そこには海軍のさまざまな機材、道具などが置かれている。噂によると、軍はそれらの機材や道具などを運びだし、野里駅からの引き込み線がある基地内の林の中に集め、夜ごとに列車でどこかに送りだしているという。

噂は事実だった。

鹿屋駅の助役、前田壱二郎が教えてくれた。「鹿屋基地から我が国鉄は軍の機材や道具を運んでいます。蒸気機関車C型で十五トン貨車を八両から十両も牽引し、志布志駅や都城駅を経由して大分の宇佐基地まで走るのです。一夜で一往復して、それが連夜のことです」

一般の想像を絶する物量が運ばれている、それは基地を撤退させているのだ。間違いない。……介宏はそう考えた。

いつものように松田と「蘇芳」で飲んだ。奥の小部屋で特別な料理と焼酎を楽しみながら、松田は笑い続けた。

「撤退して当然だっせ。司令長官の砂垣というおっさんは、もう司令長官なんかできはしませんのや。尻から出た虫みたいに言うもんやないかもしれんが、現実を見なはれ、特攻隊を出撃させようにもまともな飛行機などあらしまへん。まともな特攻隊員などもおらしまへん。そないことになってしもうたんは、おっさん自身のせいやでぇ。野中隊長が命をかけて訴えたことを無視しくさって……。特攻隊の中には『砂垣が野中部隊をなぶり殺しにした』という怒りや恨みがいつまでも残っており、いつだったか、出撃した奴らが参謀などのいる指揮所を機銃掃射して飛び去りやがったりしましてな、見送った隊員たちは表向きは悪たれ口をたたきつつも、裏ではそりゃあ拍手喝采しておったんでっせ。それにもう一つ、偵察隊の『彩雲』を率いる江川大佐は、彩雲を特攻機に使うことを拒否し、あのおっさんを黙らせたということでしたな。そんなこんなで、つまるところ砂垣というおっさんの権威なんてもうあきまへん、地に落ちておったわけですがな」

介宏はメモをとり、そして質問した。

「そうだからって、どうして基地を捨てなければならないのだろう」

「分かり切ったことですやろ、そんなこと。沖縄で負けてしもうて、次は大隅半島にアメちゃんが攻めてくるのは間違いない。そないなことで砂垣のおっさんは、びびっておるんや」

「アメリカ軍が攻めてくるのに、撤退するとはな」

「手は打つそうですがな」

松田はにやにやした。「アメリカ軍に使わせないため、鹿屋航空基地をぶっ壊せ、と言いさらしとるのやで」

「ちょっと待って」

介宏は仰天して尋ねた。「撤退する前に鹿屋航空基地を破壊する?」

「そうなんですわ。基地全体をぶっ壊して逃げるということでんがな。そうしないとアメリカ軍は鹿屋からB29などを飛ばして、日本中を空襲することになると。……これ、本気やど」

介宏は思い出した。あの台地に掩体壕を造成していた何千人という中学生や朝鮮人たちを。そして今もタッバン山の奥で中学生や朝鮮人たちは、まだ必死に壕掘りなどを進めている。「基地をぶっ壊すのなら、今の作業を中止させるべきだ」と介宏は言った。松田はまた大笑いして「それを中止させる命令を誰も出せないのですやろ。とにかく秘密のうちに撤退することだけで、他には気が回らないというわけですがな」

そんな時期にも、砂垣中将は精杉眼科医院に通っていた。すると、医者が治療を拒否したという噂が町に流れた。

介宏が精杉に会いに行くと「あいつは専用車の米国製ビュイックで来たので、わしは門前払いをくらわせてやった」。力士が土俵で塩をまく前のように肩をいからせ、精杉は両腕を広げて言った。

次の夜も松田と「蘇芳」で飲んだ。

「今日はおもしろいことがあったので、それを話したくて来ましたんや」

松田は飲みながら舌なめずりをした。「アメちゃんがですよ、こともあろうに宇佐航空基地を空襲したんですわ。それはもうむちゃくちゃに。……で、砂垣のおっさんな、胃袋が口の外に飛び出すぐらい驚いて、それでも平静をよそおってのたまわったそうですがな。『宇佐はやめて奈良の基地に移ろう』と。……そこで奈良の航空基地の状況を調べるように命じられた蝦名という大佐は、あまりのアホさに力がぬけて、それを漫才もどきにわてらにまで知らせてきたんですわ」

「もうこうなったら宇佐も奈良もない。逃げ場はどこにもないとなれば、司令はどうするのだろうね」

「そりゃあ、アメちゃんは砂垣のおっさんだけは許さないでっしゃろ。何しろアメちゃんに特攻させた主はこいつなんだから、と。……その一方で海軍の偉いさんかて、特攻を命じたのは自分だとは言いはしない。全部が全部、砂垣のおっさんの責任と言いさらすに決まっておるがな」

「辛い立場だな」

「そやそや。辛いも辛い、辛いところだす」

「結局、どうするのだろうね」

「そんなこと、分かりきっておりますやろ。どこにも安住の地はないとなれば、自分で最後に特攻するしかないじゃおまへんか。アメちゃんの艦隊をめざして。うまくゆけばちょっとした語り草になりますやろが。途中でアメちゃんの名もない兵士に撃ち落とされた日にゃ、あわれどいうより、この戦争の実態を表す結末としか言いようがないですわな」

介宏はメモ帳を鉛筆でたたいた。

「松田さん、うまいこと言うじゃないか。戦争の実態を表す結末だなんて、松田さんが言うようなことじゃないな」

「いや。だからね、教養は隠そうとしても、やはりにじみ出てしまうので、大学教授とかの鼻をへしおったりするんですわ」と松田は咳払いした。

「先生。ではもう一つ教えていただきたいのですが……」

「何なりと申せ」

「司令の結末はそうであるとしましても、日本全体の結末はどうなるのでしょうか？」

「うん。それはなかなか良い質問だね。さっそく答えてあげよう。かいつまんで言えば、わたしもよく分からぬのだよ」

「ありゃ。ご謙遜を。……そこを何とかお願いできませんでしょうか」

「要するにだな。天皇がアメリカに負けたと言えば、もう、それで軍人の責任がなくなる。

国民は軍人をあげつらうことをしない。あとは一億総懺悔で、アメリカ様を崇め敬うほうにもっていけば、何とかすべてがすむという結末だよ」

「失礼ですが、先生、世の中、そんなに単純なものでしょうか?」

「世の中を複雑に考えると判断を間違える」

松田は節をつけて言った。「浪花節だよ、ニッポンは」

このときくすくす笑う声がした。振り向くと女将がいた。新しい料理を届けに来ていたのだった。

「あんた、そこにいたのか」と介宏が言った。

「お声を掛けたのですが、お二人盛り上がっておられましたので……」

女将は笑いをこらえて「お店のお客様の特攻隊員から、お二人が漫才コンビを組まれるという噂は聞いておりましたけれど、まさかと思っていたのでした。でも、なかなか堂に入っておられて。噂は本当だったのですね」と言った。

「本当なものか」と介宏は赤面して言った。

「本当なんですよね?」

女将がいたずらっぽく片目をつむって松田に訊いた。

「はい。浪花節は得意ではありませんが」

松田は立ち上がり、直立不動で答えた。

★

木名方も異動させられる可能性が高かった。ほぼ百パーセントそうなるだろうと、介宏は思っていた。松田も「そうに間違いない」と言った。そしてしばらくたって、木名方は異動の内示を受けた。彼についている沢之瀬をはじめ他の通信隊員も一緒だという。

急きょ、送別会を見えん婆さんの家で開いた。松田も顔を出した。

「自分自身としては鹿屋にいたいのは山々ですが、軍人であれば命令に逆らえません。わずか四ヵ月でしたが、ここに住まわせてもらったのは、自分の生涯の糧になるでしょう」

と木名方がしみじみと言った。

「少尉がここに住まわないとなると、わてはもう苅茅に来る機会はないかも知れませんな」

松田が言った。「で、さっき、ちょっと文代さんの家も見に行きましたのや。忘れられぬでき事がありましたからな。しかし文代さんのカザ嗅ぎに来たと疑われるとまずいおますやろ、外からちらっと見て帰ってきたんですわ」

「なかに入ればよかったのに。文代も喜んだはずです」と介宏は言った。

「文代さん、あれから元気しておますか?」

松田が尋ねると、横で焼酎の燗をつけていたハマが答えた。「元気ですよ。今は毎日、おテル姉さんのところで、蜜蜂の飼い方を教わっていますよ」

「ほう。それはうらやましいですな」と木名方が言った。

介宏も文代がそんなことをしているとは知らなかった。

「あとで文代さんは顔を見せると思いますよ」とハマが言った。

「おう。来はりますか。そやそや。文代さんの前でじゃらじゃらしたところを見せてはあかんしな。もっとしっかりしとかんとな。まあ、そないことやったら、ここは一つ、あらかじめ気分をひきしめるべく、飲んでおくべきだっせ」

松田は焼酎をぐいぐい飲んだ。

それにしても送別会だというのに、食卓には何の料理も並んでいなかった。介宏はそれが不満で、ハマに苛々しながら「どうしたんだ。いつものようにできないのか」と言った。

「いいえ。ここではちょっと飲んでいただくだけです」

ハマが思わせぶりに言った。「これから隣の家に移ってください」

介宏は何の意味か分からなかった。みんなで兄の家に移動した。井戸の脇の東屋にゴザが敷いてあり、座卓が並んでいた。アセチレンランプに煌々と照らされて、座卓には数々の料理を盛った皿が並んでいた。

「私の主催する木名方少尉の送別会です」

テルがよく響く声で挨拶した。いつになくテルは着飾っており、真ん丸い顔にあふれるほどの笑みを浮かべていた。介宏はテルの背後に妻のキサが立っているのを見た。一瞬、目が飛び出してしまうぐらいに驚いた。キサは今まで一度も見たことがないほど髪をきっちり整え、新しい浴衣を着ていた。単なる浴衣姿ではなく、袋帯を締め、金色の帯留を結んでいた。薄く化粧しているのか、顔が艶やかだった。

テルはキサを振り向いて言った。

「木名方少尉のおかげで、私の妹は軍医に手術してもらって命拾いしました。これ、このとおり元気になりました。そのお礼をかねて、ささやかな宴ではありますが、どうぞゆっくりお過ごしください」

なんだ。そういうことだったのか。介宏は笑い出した。

松田が焼酎の一升瓶を両手で頭上に持ち上げて叫んだ。「よか晩じゃなあ」。みんなが焼酎で盃を満たし、乾杯をした。テルもキサもまず一杯を飲んだ。旬の田舎料理に箸をつけた。

「木名方少尉。この前約束しましたとおり、今夜は若夏の蕎麦を召し上がってください」

テルがそう言うと、家のなかから十名あまりの女たちが現れた。介宏の知っている苅茅の女たちだった。三味線太鼓を持っているのは、知らない女たちだった。どこかの芸達者を招いたのだろう。三味線を抱き直して女が口上を述べた。

「東西東西。ただ今より地元名物『蕎麦うち踊り』をご披露もうしあげます」

途端ににぎやかになった。三味線を弾き、太鼓を打ち鳴らし、女たちがいっせいに歌いだした。テルがそれに合わせて大きな円卓の上で蕎麦を打ち始めた。その傍らにキサとハマがひかえて、リズミカルに跳ねながら、手舞い足舞いした。介宏はキサが踊っているのを見ると、妙に気恥ずかしくて目を逸らさずにはおれなかった。アセチレンランプの明かりの中で蝶々や蜻蛉が群れ集まって舞っている。

テルは蕎麦を打ち、そして切り、それから東屋の脇のかまどで沸騰している大鍋にいれて、すくいとり、それぞれの丼に盛った。一連の作業に合わせて三味線や太鼓とともに女たちが歌い続け、苅茅の女たちがテルの近くまで寄ったり離れたりして踊り続けた。これは苅茅の伝統芸能なのだが、オヤッサアの鉄太郎の前でしか披露してはいけない不文律があった。数十年前からこれをテルが取り仕切っていたのだが、鉄太郎が逝いた今、ともかく妹を救うために手配してくれた木名方へのせめてものお礼として、テルはこれを披露しているのだった。

「こんな美味い蕎麦は食ったことがない」

松田が丼の蕎麦を口にかきこみながら、立ち上がって叫んだ。「これは素晴らしい」と木名方も言った。ああ、美味しいな、と介宏も思った。

三味線と太鼓のリズムが変わり、女たちは別の歌をうたい、そして踊りだした。いつの間にか集落の者たちが見物にぞくぞくと集まってきた。子供をつれた女たちが歌や踊りの輪に加わった。何かの夜祭りという感じになった。するとハマがテルに耳打ちをした。テルが大きくうなずき、手を高く挙げてひらひらと振った。手招きしているところだった。

門の外で鉦をたたく新たな音が聞こえだした。

「今夜は特別に朝鮮の人たちも来てくれることになりました」とテルが言った。

鉦を叩きながらぼろぼろの服の老人が現れた。介宏は一度会ったことのある老人だった。

円形の鉦は人の顔よりも大きく、赤銅色に輝いており、老人はその裏の紐を左手でつかみ、丸い突起が先端にある金属の棒を右手に持って、歩調に合わせて打ち鳴らしていた。老人ゆえに腰が極端に曲がっているので、歩いている印象は鉦に引きずられているみたいだった。その後に五人の若くはない男たちが汚れた姿を見せた。彼らは横一列に並んで立った。老人のたたく鉦の音色が変わった。高く低く、遠く近く、山びこのように響いた。男たちがうたいはじめた。「アリラン」という歌だった。自分で作ったと思える竹の横笛を吹く男もいた。その調べがもの悲しかった。

介宏たちの背後で朝鮮人たちに合わせてうたう女がいた。あ、ハマがうたっているな。介宏は振り返らなくてもそれと分かった。

「アリラン」には別の歌もあって、朝鮮人たちはそれもうたった。

痩せて小柄な男が前に立ってうたった。顔は汚れているが歌の句切れで目もとに人懐こい笑みを浮かべ、言葉は分からないが聞かせどころは大きく何度もうなずきながら手を胸にあてたり、指先を見つめながら前に差し伸べたりした。高く声をあげるときは顔を横に向け、身体を傾け、全身を波打たせ、大気を飲み込むように口を大きくあけた。首に太い縦筋が浮き上がった。空にひらめき昇るように伸びやかな声で、少しも手を抜かず、ただひたすら生真面目にうたった。「全力投球だ」と沢之瀬がつぶやいた。

「何か懐かしいようで、心にしみますな」

松田が言った。「はじめ朝鮮人を呼んだと聞いて、どうして朝鮮人をと、むかつくような気がしましたんやが。こらあ、聞いてみるもんでんな」

介宏も松田と同じ気持ちだった。集落の者たちもきっとそうだろうと思えた。

「静かに」と木名方が唇に人差し指をあてた。

歌が終わった。歌をうたった男は深々と頭を下げた。普通の五倍も長く頭をあげなかった。テルが朝鮮人たちに蕎麦を振る舞った。朝鮮人たちは手を合わせてテルを拝み、丼をおし頂いて蕎麦をすすり食った。松田が焼酎瓶を引っ提げていき、一人一人に盃をつかませて、焼酎を注いだ。「乾杯」と松田が叫んだ。朝鮮人たちは一斉に飲み干して、盃を頭の上で逆さに振った。全部飲み干したと示しているところのようだった。松田が大笑いしてそれを真似た。それを遠巻きにしている集落の者たちが笑いこけた。

朝鮮人たちはもう一曲歌った。リズムの良い曲で、歌う男が手拍子をとるようにという仕種をした。見物人たちが手拍子をとり、身体を右に左に揺らしだした。それは古い歌らしかった。歌の途中で「おいやりあ」というかけ声をあげて、見物人たちにもそのかけ声をあげるように手を差し伸べてうながした。見物人たちも「おいやりや」と声をそろえて叫んだ。「えい、えい、えい、やー、おいやりや」。聞いていると舟歌なのではないかと思えた。艪を漕いでいるところではないだろうか。歌が終わると歌った男は笑顔になった。笑顔になろうと意識して笑顔になったのではなさそうだった。歌をおえたときの自然なそのままの顔がとろけるような笑顔になっている。すると見物していた人たちの手拍子はあたたかい拍手に変わり、歓声が沸き上がった。老人が拍手にあわせて鉦をたたいた。よろけながらも精一杯の思いを込めている風に、あらん限りの力をこめていた。竹笛を吹いた男が何かを叫んだ。朝鮮人たちは鉦の音に合わせて、一斉に何かを叫んだ。何と言っているのか分からなかった。松田がその口真似をして叫んだ。

「平和と言っているのよ、きっと」とテルが言った。介宏もそうに違いないと思った。

朝鮮人たちが去ると、また三味線や太鼓にあわせて地元の女たちが歌い踊り始めた。この調子だと夜を徹して続きそうだった。いよいよ夜祭りでっせぇ、と松田が奇声をあげた。このとき、笛の音が響いた。ピリピリ、ピリー。祭りのにぎわいをつんざくようなその音とともに、制服の警官が飛び出してきた。

「燈火規制のさなか、この騒ぎは何事だ」と警官が怒鳴った。「やめ、やめ、やめろ」

次の一瞬、松田が躍り上がった。かまどで燃えている丸太を掴むと、警官に向かって投げつけた。もう一本の燃え盛る丸太を振りかぶり、警官の前に進んで行き、「じゃかましい。何さらしけつかるんじゃい、おんどれ。けったくそわるい。わいは神雷部隊の松田隊長や。警察署長に問い合わせやがれ。松田隊長と言えば、無罪放免じゃわい。おぼえてけっかれ。あほんだら。やい、やい。その面はなんや。文句あるんか。おらおら、かかってこんかい」。松田は燃え盛る丸太で警官を殴り飛ばした。みんなが固唾をのんでしーんとなってしまった。

警官がよろよろと立ち上がると、松田は鳩尾に膝蹴りをくらわせて、再び警官を仰向けに転がした。介宏は大変なことになると思った。警官を半殺しにする恐れがあった。介宏があわてふためいていると、このとき、松田のそばに駆け寄った幼児がいた。「うわーい、うわーい」と叫びながら跳びはねている。ややっ、あれは鉄也ではないか。介宏は思わずそのほうに走っていこうとした。すると木名方が介宏の腕をつかんで引き止めた。そして木名方はゆっくりと松田のもとに歩いてゆき、松田の肩をつかんで振り向かせ、その頬に平手打ちをかました。松田は瞬時に直立不動の姿勢をとった。

騒ぎは鎮まった。警官はびっこをひいて逃げ去った。

「鉄也。駄目じゃないの。おとなしくしていないと」

そう大声で言いながら、文代が赤ん坊の和子を抱いて小走りに現れた。松田は文代に気づくと、頭をかかえこんでしゃがんだ。

翌日、木名方たちは掩体壕に匿われていた二機の一式陸攻機に分乗し、夜雨の中を宇佐航空基地に去った。

★

タッバン山の壕を拠点に通信部隊を率いていた中尉の寺本丈次が鹿屋国民学校を訪れ、介宏に異動する旨を伝えた。

「校長先生にはいろいろとご高配たまわり、痛み入ります。自分の思いを言うべきではありませんが、ここで引き上げねばならぬのは断腸の思いであります」

海軍の正式の教育を受けた生粋の軍人として、寺本はいつも折り目正しく毅然としていたが、今日は心痛にたえている気配を隠せない状態に見えた。おそらく軍はこのような別ていた。
それの挨拶などをするように定めてはいないのだろうが、寺本は少し軍からはぐれてしまっていた。

「タッバン山はどうなりますか?」と介宏は尋ねた。

「通信機器をはじめ軍の物はすべて持ち出しました。しかし壕の奥に鉄製のベッドなどを残しておきましたので、よかったら使ってください」

介宏は黙っていた。そんな物は使い道がなかった。そして壕はそのままで残り、埋め戻す作業はこちらでしなければならないのか、と思った。タッバン山の幾つかの壕ばかりでなく、台地の畑に築かれた数多くの掩体壕もそのまま放置され、あとはこちらで撤去作業をして畑に戻さねばならないのだ。軍は途方もない人数の中学生や朝鮮人などを使ってそれを造成したが、元に戻すのは個々の所有者がなさねばならない。一体、わが家ではそれをどうすればできるだろう。介宏は口には出さなかったが、頭の中ではそれをしきりに考えた。

「では、失礼します」

寺本は軍靴のかかとをカチッと響かせ、挙手の敬礼をした。

「気の利いた対応もできなくて、申しわけありませんでした」と介宏は丁重に頭をさげた。去り行く寺本の背中に、もう一声掛けた。「中尉殿、お元気で」。何か寺本がかわいそうだった。

（この頃、寺本の上司だった古村正実少佐も異動令を受け、鹿屋を去った。それから一ヵ月も立たないとき、人類初の原子爆弾が広島に投下された。古村少佐は広島の軍司令部に出かけており、被曝した。間もなく後遺症で逝いた）

砂垣中将は鹿屋をいつ去るのか、介宏は気になった。松田もそれをはっきり知らなかった。市民もみんな気にしていた。

こんなことがあったという噂が広がった。

シラス台地に染み込んだ雨水が何百年もかけて地下を流れ、鹿屋市街地の一角にこんこんと湧いている。その泉はかなり広い池をつくっており、ほとりに水泉閣という名の料亭がある。半島でもっとも大きく古い伝統を誇るそこの二階には、砂垣中将の特別な専用部屋があった。

「水泉閣で中将が別れの宴を開き、永野田市長を招待したところ、市長は理由も述べずに出席しなかった」という噂だった。

「航空隊が撤退することに、市長は抗議しているところだ」と人々はうなずきあった。

砂垣中将が鹿屋を去る日が来た。けれど台風が襲来したので出発は日延べされた。台風が対馬海峡に抜けても、天候は荒れていた。宇佐航空基地に飛行機で行くのはとりやめて、雨の中を陸路でひとまず錦江湾奥に向かった。松田の情報によると、中将はその日、日当山温泉の大正館で休んだという。

「まったく温泉旅行の気分で鹿屋を撤退したわけや」と松田は言った。

海軍が去ると、大隅半島ではにわかに陸軍が大写しになった。

もともと海軍でも陸軍でも、アメリカ軍が本土に上陸する地は大隅半島と認識されていた。このため陸軍は大隅半島の曾於郡松山村に一個師団の司令部をおき、志布志湾岸など大隅半島の広範な各海岸にトーチカや高射砲陣地などの構築をすすめていた。

沖縄が陥落し、いよいよアメリカ軍が本土を襲ってくる、とりわけ鹿屋の特攻隊基地を奪取するため、大隅半島に進撃する可能性が強まった。しかしこういう状況下に海軍が鹿屋から撤退したのだ。陸軍は独自の戦略を立て直さねばならなかった。

この時期、政府が「義勇兵役法」を施行した。男は十五歳から六十歳、女は十七歳から四十歳、この年齢のすべての国民を義勇兵として動員するというのであった。

陸軍はこれを受けて戦略を練った。そしてこの法にもとづき、大隅半島ではアメリカ軍を迎え撃つために、住民を義勇兵に駆り出す作戦を打ち出した。学校の生徒もその対象となった。

「義勇兵役法」に関する説明会が、地元の教育庁支所で開かれた。中学校、女学校、青年学校など各学校の校長クラスが召集された。国民学校の生徒は対象外のはずだが、介宏たち国民学校の校長も等しく召集された。県より派遣された教育庁の幹部が概要を述べた。

介宏はメモ帳をとりだした。

「沖縄が陥落した現在、日本はアメリカ軍と本土決戦を行わねばならない。この難局を打開するためには、一億人の国民が玉砕する覚悟をもってあたるべきだ。老若男女を問わず、すべてが義勇兵となり、アメリカ軍の上陸を食い止めねばならない。とりわけ重視しなければならぬのは、大隅半島に上陸する恐れが強いということである。したがって日本全体のために、わが大隅の者たちは真っ先に命を賭して戦わねばならない。つまりアメリカ軍が艦隊で接近し、そして戦車群を出撃させるときに、これを迎え撃つ戦法は一つだ。

一人一人が爆弾を背負って、敵の戦車に体当たりするのだ」

教育庁の幹部は拳骨を振りかざして声を張り上げた。「各学校ともその訓練を開始せねばならない。どのような訓練を行うべきか、陸軍より高官が来ておられるので、以下、その講義を行うことにする」

陸軍の高官は胸に勲章を飾り、腰にサーベルを吊っていた。その講義たるやしごく分かりやすいものだった。早い話が五キロないし十キロの爆薬を入れた箱を背負い、アメリカ軍の戦車の下に飛び込めというのである。そのとき戦車は走っているので、飛び込むタイミングを間違えてはならない。学校で行う訓練はそのタイミングを覚えさせることだった。もちろん戦車の下に飛び込んだとき、点火装置を引いて爆発させねばならない。飛び込んだ者は百パーセント爆死するのである。

介宏はわが耳をふさぎたかった。メモをとっていた手を止めて、自分が先陣を切る気持ちはないが、あえて手を挙げてしまった。そして質問した。

「国民学校でも訓練すべきでしょうか?」

「国民学校でも訓練はできる。鍛練育成のためなら何ら問題はあるまい」

陸軍の高官は威圧的に答えた。介宏はこれを個人的な見解として受け止めた。しかしそれ以上は質問できなかった。

　会が終わった後、各校長たちは離れがたく、庁舎の外でひそひそと語り合った。「生徒にそんなことはさせられない」。「今度は生徒たちを特攻隊にするつもりだ」。誰かがシーッシーッと声で制した。みんなが黙り込んだ。

　翌日、陸軍が鹿屋中学校でその訓練の見本を示すというので、介宏たち各校の校長などが再び召集された。中学生たちが爆弾入りと見立てた箱を担いで蛸壺（一人用の塹壕）から飛び出し、走ってくる戦車の下に飛び込むことを想定した訓練を見学した。戦車の代わりに竹で作った輪を棒で押しながら陸軍の兵士が走ってくる。「一、二、三、今だ」。教官の兵士が叫ぶと、中学生が飛び出し、竹の輪の下に踊り込む。「このタイミングを忘れるな」。教官は何度も何度も中学生にそれをくり返させた。二十組が交代で行うので、広い運動場はその訓練で埋めつくされていた。介宏は心の中で、こんなことは生徒にさせたくない、と思っていた。しかし陸軍の高官が言うように、幼児であろうと女子であろうと、それなりの大きさの爆弾を抱くことはできるし、走ることも、飛び込むこともできる。そうできるようにするのが教育であり、訓練なのであろう。校長室の壁にはいまだに「滅私奉公」や「尽忠報国」の貼り紙がしてある。介宏はそれを見ても、やはりこの訓練を免れたいと思った。

鹿屋中学校の左右の校門には、在郷軍人会がつくったという藁人形が立っていた。中学生たちはそこを通るときは必ず竹槍をおし頂き、藁人形を裂帛の気合とともに突かねばならない。藁人形は星条旗を手に持っており、身体はあまりにも力任せに数限りない回数で突かれているので、ぼろぼろに崩れ落ちかけていた。

実は同様の藁人形が介宏の学校の校門にも立っていた。やはり在郷軍人会が設置したのだが、介宏はそれとなく生徒たちが他の門から出入りするように仕向けていた。その分、藁人形が無傷というわけにもいかず、自分をはじめ教職員が朝晩に交代で藁人形を突くことにしていた。介宏はアメリカ兵に見立てた藁人形を竹槍で突くとき、木名方に教えてもらったアメリカ軍のナパーム火炎放射器を思い出した。

★

突然、校長室にどやどやと踏み込んできた屈強な男五名が特高と名乗ったとき、ついに来たか、と思った。いつかこのときが来るという予感を抱いていた。

おそらく罪状は「義勇兵役法」違反であろう。生徒を戦車の前に飛び込ませる訓練を拒否しているわけではないが、実行するのをためらっていた。各国民学校の校長も同じだった。お互いに申し合わせたのではなく、それとなく様子をうかがってそんな流れができていた。そして彼は一人浮き上がらないように周到に気をつけていた。

しかし特高に踏み込まれ、身柄を拘束された。理由は一つしかない。他の校長へのみせしめなのだ。彼はそう理解した。手錠をかけられたりはしなかったが、教職員たちの見ている前を、彼は引き立てられて学校を後にした。おそらく教職員たちも、これはみせしめのためだ、と理解していたに違いない。

鹿屋警察署の留置所に押し込められ、取調室に移されて詰問された。それは奇妙な取調べだった。「義勇兵役法」のことは何一つ問題にされなかった。これが取調室の極意なのかも知れない。冒頭に決めつけられたのは、息子夫婦のことだった。「お前の息子は波野国民学校で女房と一緒に配属軍人にたてついたそうだな」と言われた。もう何年か前のことで、俺は直接それを見たわけではないし、何よりも息子はすでに死んでいる。いまさらそんなことで俺を調べようとはどういうことだ。取調官は分厚い調書をめくり直して「その女房は陸軍の機密文書を盗んだ疑いもある」と言った。

「嘘だ。それは」と介宏は言い返した。貴子がそんなことをしたなんて、百パーセントありえない。これは何の取調べだ。介宏は腹がたったが、不安も大きくなった。

介宏はここでメモをとりたかった。しかしメモ帳をとりだすと、奪われるのが分かっていた。メモはあきらめた。

「お前は陸軍に恨みがあるのか」と取調官が言った。あるはずがなかった。わけの分からない取調べが長時間におよび、留置所で一泊した。窓のない狭い部屋は蒸し暑く、それに毛布には蚤が巣くっていた。気持ちがもんもんとしていて、一睡もできなかった。夜が明けて、運ばれてきた麦かすの粥と具のない汁を喉に流し込んだ。食べたくはなかったが腹がすいていた。昨夜は同じものを食べなかった。今日の取調べは結局、「義勇兵役法」違反という罪状になるのだろうと思った。しかし鍵をはずしに来た監視官が「二人とも放免だ」と言った。

「二人?」と介宏は聞き返した。もう一人いるとしたら、誰なんだ。どこかの校長だろうけど、皆目見当がつかなかった。

警察署長室に連れていかれた。署長を市民は陰で「髭どん」と呼んでいる。その存在のすべてと言えるほどに立派な鼻髭をはやしているからだ。このとき彼は煙草をくわえ、大きな机の向こうにゆったりと脚を組んでいた。介宏は署長と初対面というわけではなかった。けれど特に話をした例はない。顔をお互いに知っている程度だった。署長は警官にとりまかれている介宏を一瞥し、立たせたままで、髭の下の口を開いた。しばらく声を出さなかった。髭の陰に言葉の先端が飲み込まれてよく聞こえなかった。ひどい吃音なのだった。ともかく署長はこんなようなことを言った。

「これは陸軍に委託された取調べだったが、校長、あんたら二人を釈放しろと、市長がやいのやいのと言うてくるものだから、こっちは陸軍の意向も確かめねばならず、まあ、手間どったんだ。そのうち市長が、二人を釈放しないのであれば、わしは切腹すると言い出したんだ」。署長は言い終わって大きく息をついだ。

市長が切腹する。それほどのことを市長に言わせる相手は、俺ではなく、もう一人の人物に違いない。

「もう一人は誰です?」と介宏は尋ねた。

「いま、留置所から出てくる。俺は会う気はないから、あんたは玄関で会えばいい」

署長室を出て、玄関に行った。そして警官たちがみんな去ったので、介宏はそこに佇んでいた。すると奥から一人の男が現れた。

「西園さん」

介宏は棒立ちになった。信じられなかった。どうして西園が……。言葉を失った。

「これはこれは。すみません。迷惑をかけましたね」

西園はいつもの冷徹な表情で言った。「苅茅先輩にとばっちりが及んでいることを、取調官から聞かされて。それが一番辛かったですよ」

「一体全体、どういうことです?」

二人は警察署を出て国道脇の商店街を歩いた。西園が経緯を話した。

介宏はさっそくメモをとった。


アメリカ軍の艦隊が志布志湾に襲来すると、海兵隊が大隅半島に上陸する。それを防ぐ手立てとして、肝属川を氾濫させるという作戦を、陸軍がたてた。

肝属川の河口近くの下流域にある波野国民学校をはじめ一帯を水没させる作戦なのだ。西園の尽力で神武天皇の船出の地という石碑が建った柏原などは、集落ごと湾に押し流される恐れがある。

このため西園は地元を代表して陸軍に問い合わせたのだった。肝属川のどこをどのようにせきとめて、どの地域に氾濫させるのか、その場合、住民はどうなるのか、などと。

返答はなく、西園は拘束された。

そのとき身辺捜査がなされた。昔からの名簿帳の一番先に介宏の名前と住所等が記載されていた。介宏は西園の同志とみなされた。

「いやいや。そういうことでしたか」

介宏はメモをとりながら深いため息をついた。自分が拘束された理由が分かった。取調官が「陸軍に恨みを抱いていないか」としつこく尋問したのはそのためだったのか。

「息子夫婦のことをやいのやいのと尋問されましたよ」と介宏は言った。

「私との関係を問題にしたのでしょう」

「その中で一つだけ、解せないことがあったのです」

介宏は身を乗り出した。「貴子が陸軍の機密文書を盗んだというのです」

「それは波野でのでき事です」

西園が説明した。「貴子さんは近くの陸軍輜重隊に頼まれて、タイピングの仕事をしていました。書類を家に持ち帰って、これが軍の機密保持に触れて問題になったのです」

「そうでしたか。貴子が何も言わなかったので、私は知りませんでした」

「いや。貴子さんもそれは知らなかったはずです。仕事を頼んだ隊長は貴子さんに罪が及ばないように、全責任を負って処罰されました。営倉にぶち込まれ、軍法会議にかけられ、どこかの戦線に飛ばされたということです」

介宏はじっと考えて、その状況を推察した。

「それで貴子は波野におれなくなったのですね?」と確かめた。

西園は黙ってうなずいた。介宏は目を閉じた。今まで謎として残されていた垂水への移動の理由がいま解けた。すると西園にここでも宏之と貴子が途方もなくお世話になったことを、まるで平手打ちのように知った。

介宏が頭を下げると、「まともに暮らすには辛い世の中ですな」と西園はぽつりと言った。

それから二人で話したのは、陸軍が川を氾濫させるという作戦のことだった。

「非難しているのではなく、詳細を知りたかったのです」と西園は言った。

「いや。それは無謀な作戦ですよ」と介宏は言った。

二人で歩いていくと、国道は弧を描くように曲がって、右手の町並みが切れると、大きく蛇行する川が見えた。川に沿って細い枝道がある。二人は枝道に入り、歩きながら川を眺めた。川で子供たちが遊んでいた。国民学校に上がる前の年頃で、一人が水面に頭を出している岩の列を、けんけんをして渡っていた。危ないな、と思っていると、案の定、その子は足をすべらせ川に落ちた。けれどそこは浅瀬で、落ちた子が立ち上がると水は膝ほどもなかった。子供たちはわあわあ笑っていた。介宏はそれを立ち止まって見ていた。西園も立ち止まっていたが、それを見てはいなかった。どこを見ているのか、眼鏡のレンズの奥の眼差しが自分の胸のうちに向けられているようだった。介宏はひそかに西園の横顔を見ていた。

「洪水が何だ。たとえ災害を受けても、国家のための犠牲だと、そういう崇高な精神をもてぬのか。日本民族の精神を誇りとできんのか。……そう言われた」。西園は介宏に聞こえる声でつぶやいた。けれど介宏に言ったところではなかった。自分がそんなことを言ったという意識もない風だった。胸のうちをその言葉が一方的に横切ったところだった。

介宏が歩き出すと、西園もついてきた。繁華街の真ん中に橋が架かっており、向こう岸の左手に市役所が見えた。

「市長のことを聞きましたか?」と介宏は尋ねた。

「聞きました」

二人ともそれ以上は何も言わなかった。しかし初めから同じ思いを抱いていたのだ。釈放に力を尽くしてくれた市長に、お礼を言わねばならないと決めていた。追想すると、西園は市長の生まれ育った永野田を神話の里に仕立てあげたのだった。市長は喜び、石碑を建てて祝賀会を開いた。介宏も一連のでき事に関わった。こんな縁で二人は一緒に市長と繋がっていた。

市長は二人を市長室に迎え入れた。

「過分のご高配、痛み入ります」と西園が市長にお礼を言った。

「馬鹿な輩だな、あいつらときたら」

市長は苦笑した。素振りは平静を装っているが、二人の取調べに対する怒りを抑えるのにあらん限りの努力をしているように見えた。介宏の心に市長に対する今までと違う感情が突き上げてきた。あらためてもう一度、市長に頭を下げた。

「西園さん。あんたはどうしてあれを知ったのだ?」と市長が尋ねた。

あれとは、肝属川を氾濫させてアメリカ軍の上陸を防ごうという、陸軍のたてた戦術のことである。

「誰なのか、名を名乗らない男が電話をかけてきて、そう教えてくれたのです」

西園がそう説明すると、市長は髪をなでながら「意図的に漏らしたのだな」と言った。

「陸軍には反対派がいるのですか?」と西園が静かに訊いた。


特攻隊が鹿屋航空基地から撤退するとなったとき、アメリカ軍に立ち向かうにはどうすべきか、海軍と陸軍は合同で作戦会議を開いた。このとき、海軍は基地をぶち壊しておくと発言し、陸軍は肝属川を氾濫させると発言した(結局、両方とも現実的な動きにならなかったのだが)……。市長はその会議のことを知っていた。


「会議に出た者たちの中には、冷めた頭の奴もいたんだよ」と市長は言った。

それを反対派というべきなのか、介宏はメモをとりながら考えた。

市長はふいに立ち上がり、自分の執務机に行き、引き出しから書類を取り出した。それを中央の丸テーブルの上に置いた。

「陸軍のある人物がひそかに持ってきたんだ。まあ、これを見てくれ」

市長が手招きしたので、二人はそこに行った。そして三人が頭を突き合わせてその書類を覗き込んだ。

それは大隅半島の地図だった。地図は三つの色に塗り分けられていた。市長は頬の内側をしゃぶっているような低い声で話した。

介宏はメモ帳をとりだした。

「アメリカ軍を迎え撃つための、これは陸軍の作戦図だがね。この青い色の志布志湾沿岸はアメリカ軍との戦闘区域で、ここには義勇兵という名の住民を配置する。次の後方の黄色く塗った内陸部に住民と兵士を配置し、それよりはるか後方の赤い色の高隈山に陸軍の本隊が陣を構えるというのだ」

介宏と西園は思わず顔を見合わせた。介宏は何も言えなかった。西園も押し黙った。

市長は毅然としていることを見せるために必要な量の空気をくり返し吸い込み、自分に巣食っていた幻覚をかなぐり捨てていることを自ら確かめているかのように言った。

「これが現実なんだ」

そう一言もらした後、地図を頭上に広げ、両腕を力いっぱいに左右に振った。地図は音を立てて引き裂かれた。市長はそれを丸めてゴミ箱に投げ捨てた。そして横を向いていた。どうしようもなくうつすらと、どこか途方に暮れているような感じが、落ちくぼんだ頬に染み出していた。介宏はそれを見逃さなかった。

「情けなくてな」と市長は言った。


これより十日後、市長は在郷軍人の会合に呼ばれた。これからどうなるのか在郷軍人たちは不安にかられ、その拠り所を市長に求めたのだった。

そのときの噂がすぐに介宏のもとにも伝わってきた。

その会議は大人数だったという。

「わしは海軍を信じ切っていた。しかし当てにならぬことが分かった。陸軍も自ら戦う気骨がない」

市長は在郷軍人たちが存在する意味を見失って自暴自棄にならないように、注意深く、しかも声を張り上げて話した。「こうなったら自分たちで立ち上がるしかない。わしはもう老いさらばえておるが、渾身の力を振り絞り、裸ひとつでも敵に立ち向かうつもりだ。諸君、迷わなくてもよい。わしについて来てくれ」

このとき、会場にいた憲兵が立ち上がって怒鳴った。「陸・海軍に対する今の言いぐさは何だ。非国民め。撤回しろ」。憲兵は拳銃を頭上にあげて、市長を睨み据え、小走りに市長に接近した。

「撃つなら撃て。わしを殺してみろ。鹿屋市民が黙っていないぞ。市民が軍に反乱していいのか」

市長は胸を張った。「お前たちは国民に対しては威張り散らし、わが身かわいさに、国民を追い詰めて苦しめておるが、アメリカ軍に対してはどうだ。尻尾を巻いて逃げ去るくせに」

在郷軍人たちが「帰れ、帰れ」と叫んだ。憲兵はうなだれた。そして外に飛び出すと拳銃を空に向けて撃った。その轟音よりも凄まじい声でおめきわめきながら走り去った。

★

町の噂で「蘇芳」の女将がいなくなったことを知った。

介宏は夜を待ってその店に出かけた。

暖簾はなく、店の灯は消されていた。裏に回ると店主がひとり、番台に腰かけていた。吊り下げた一個の裸電球にうっすらと照らされて、店主はまるで電灯の影のようだった。

そこは風は通るが、生暖かく、とても蒸し暑かった。

「もうだめです」

店主は団扇で蚊を力なく追い払いながら消えいるように言った。「上得意の特攻隊員たちが来店しなくなり、店は閑古鳥が鳴くようになりました。銀行から資金を借りて店を改装したりしたのが裏目に出て、まったく資金がまわらなくなったのです」

「たった数ヵ月でそうなったのか」

「あと二年半、特攻隊がいてくれたら、何とか切り抜けられたのですが、こうなったら夜逃げしかありません」

介宏は黙り込んだ。何と言いようもなかった。この町ではこの店のような状況が数多く生じていた。介宏は空を見上げた。梅雨が明ける前の雲が速い速度で流れており、その切れ目から銀河が見えた。そこには喜びも悲しみもなかった。

「女将はどうしたんだ?」

介宏は語りかけた。「夫婦で頑張れば浮かぶ瀬もあるだろう」

「いや。もうだめです」

どうしようもない理由が他にもあるという。特攻隊員たちの来なくなった店に、出撃して死んだはずの特攻隊員が姿を見せるようになった。店主にそれは見えないのだが、女将にははっきり見えて、「あの人が来ている、この人が来ている」と震えながら言い続けた。それが幾晩も幾晩も続き、ついに女将はいなくなった。

店主がそう話すとき、一個の裸電球が風に揺れて、ぼーっと灯ったり消えたりした。そこに青白い影をおびた特攻隊員が立っていた。介宏はぞっとなった。

「京都に帰ったのかも知れません」。店主の目から涙の白い玉が次々と転がり落ちた。

市街地のあちこちで特攻隊員の幽霊が出るという噂が広がった。特攻隊員が下宿していた家々に彼らが戻ってくるというのだった。

「そうだろう。鹿屋は幽霊の街になって当然だ」

精杉医師は思いを抑えて言った。「これは集団ヒステリーなのだろうが、誰もが彼らの死を悼んでいるのだよ」

蘇芳の店主は間もなく、この街からいなくなった。

最後に会った夜、こう言った。「次はアメリカ軍人を相手にスナックをやります。銀行がそう勧めるので、どこかで英語を習って、また戻りますよ」

（敗戦後に店主は戻った。「あの時、私はこう言うべきだった。アイシャルリターンと」……。巻き舌で言った。そしてスナックを開業したが、もう介宏は行かなかった）

蘇芳が閉店したので松田と会える場所がなくなった。

梅雨は明け、真夏になっていた。

学校は本来なら夏休みなのに、介宏は「月月火水木金金」で勤務していた。しかし正直に言えば、大いに手を抜いていた。そしてその理由を夏のせいにしていた。

陽光はシンバルの音のようにこなごなに砕けて垂直に降りそそぎ、沸き立つ積乱雲がたえられぬほどまぶしかった。暑気が上昇する昼間は何をしても半分眠っているような状態だった。夕暮れになると全身がめざめて心がひとりでにうきうきとなる。年をとっていても若い頃と変わらなかった。それでも戦局だけは気になった。新聞が戦争を煽り立てるので、いっそう不安で、憂鬱になるばかりだった。夏の夕風はそれすらも吹き払ってくれた。

夕風の立つ頃、松田がやってきた。

行く先がないので、川沿いの屋台村に行った。あれほど賑わっていたのに、ここも今は閑散としていた。客はまばらで、広々とした薄暗い野外席に「愛国行進曲」がやたらに大きく鳴り響いていた。

「あっという間に廃墟やな」と松田が言った。

「ここの客は特攻隊員よりも地方人が多かったんだ。何しろ海軍工廠にだって一万人くらいが働いていたんだからな」

「いまさら飛行機なんか造ったって何にもなりゃしまへんしな」

「特攻隊によるにわか景気をあてにして、外から進出して店を構えた連中も多かったんだが、たった五ヵ月でみんなぽしゃったのさ」

「庶民というのは、いつもそんなものや」

焼き鳥に食らいついて松田はよく飲み、介宏に盃をさかんに勧めた。川風が吹いてくると、涼やかで気持ちが良かった。焼酎銘柄の模様を浮き上がらせた提灯が揺れている。ときどき蚊に刺されるので、蚊を平手で叩きながら話をした。

「今日は久しぶりに校長先生の苅茅に行き、奥さんとハマさんに会いましたんや。それからおテル姉や文代さんにも」

松田は手を擦り合わせた。「お世話になったから、食料の缶詰とかカンパンとか、ぎょうさん届けさしてもらいましたわ」

「それはありがたいが、どうしてです?」

「お別れの挨拶でんがな。わては近々とんずらこくことに決めましたんや」

それはもう何度となく、松田に聞かされている。耳にタコができるぐらいだった。いつかは必ずそうするはずだと信じてはいたが、実際はいつのことか、疑っていた。

「あんた、まだ早いのではないの。今だと脱走兵として処罰されるだろうに」

「わてかて、天皇がアメリカに降参と言うてからにする算段でしたんやが、最近な、今でもかまへん、という気になりましたんや。わてがとんずらしたかて、本気で追跡する力なんか海軍にはあらしませんがな。わては軍からかっぱらった物品をトラックに積めるだけ積んで岸和田に走り、それから積み残した分を二、三回取りに舞い戻りまっさ。航空基地近くの海岸に隠しておりますさかいに」

松田は溌剌として語った。「だいたいね、天皇が降参と宣告するのは、いつのことやら、目処もつきまへんで。取り巻きの連中は戦争に負けるのは分かり切っておるけど、わが身のことばかり心配しており、対外的にはやたら勇ましいことを豪語して、その実どうやってうまく責任をすり抜けるかそればっかりやがな。まともな視野の判断はできん。取り巻きがそうであれば天皇かて昼行灯や。ずるずる時は過ぎ、状況は悪くなるばかりやで……。わては待っちゃおれん。誰はばからず決行するで」

介宏は、間違いなく松田はここで決行する、と理解した。これが別れの夜なのだ。そう分かると、介宏もじゃかすか飲んだ。お互いに盃をやりとりして、一升瓶を三本も空にした。介宏はこめかみがひどく熱かった。

「戦争に負けて国家が滅びるというときに、あんたばっかしは前途洋々というわけだな」

と介宏は松田をからかった。

「国家が滅びようというのに？……いやいや。そうそう、そうなんですがな」

松田は続けざまにぐいぐい飲んだ。「その国家とは何ですか。誰がつくったのですやろか。わては無学の徒ですさかいな、初めのうちはヒコクミンとかバイコクドとか聞けば、わけが分からんままに、詐欺か人殺し以上の極悪人と思うておりましたが、特攻隊のあの仕事に就いたことで、国家という奴の裏の裏まで見通せるようになりましたのや。こいつは汚ねぇ。まやかしの仕組みや。きれいごと言われて、真に受けてついていけば、人を殺すために自分も死ねと、自分で自分を殺すところまで引っ張ってゆく。褒めたたえられて、庶民はちり紙みてぇに使い捨てられる。な、こんな仕組みの外に逃げ出さないと、ほんま、自分なんておりはせんですがな。そんでもってからに、わては逃げますんや」

それも松田に何度も聞かされた話だったが、介宏は今夜、何かどっしりした真実を感じた。

「よし。松田、逃げろ」

「逃げまっせぇ」

「成功を祈る」

介宏は焼酎をがぶがぶと松田のコップに注いだ。自分のコップにもそうした。顔を見合わせてお互いにコップを頭上にあげた。

「校長先生はわての同志や」と松田が言った。

「そんなことはどうでもいい」と介宏は言い返した。

「お互いに企んだわけでもないのに、いつの間にかいろんなことがありましたな。こういう縁があることが同志なんですわ」と松田が言った。

同志とは、過去のことより今後のことのほうが意味の比重は大きいはずである。そういう理由で、俺はあんたの同志にはなれない、と介宏は言った。松田は腹をかかえて大笑いした。

「それやそれ。最高の餞の言葉や」

このとき、航空基地を飛び立つ飛行機の音が聞こえた。それは二人のいる街の上空に現れた。ぴかぴかと幾つかのライトを点滅させながら黒い影となり、かなたの暗い山並みの向こうに消えた。

「航空基地にはまだ飛行機がいるんだね？」と介宏は尋ねた。

「わてと関係はない。あれは偵察機だ。『彩雲』でっせぇ」

「まだ偵察機を出動させるのかい？」

「戦争は終わってはいませんよって、敵の動きを確認する必要がありますのや」

松田は他人事みたいに言った。「彩雲も百十数機おったのに、アメちゃんにやられっぱなしで、今は五、六機そこそこという体たらくや。偵察隊員は何百人死んだことやら」

「それは特攻隊とは違うのかい？」

「だから彩雲という偵察機だって」

「細君が何だというのかい？」

「彩雲は特攻機と違って、出撃しても誰もほめたりおだてたりしない、死んでも軍神あつかいにもされない。哀れな奴らですぜ」

「この時期になって、まだ飛ばしているのかい？」

「だからまだ戦争は終わっていないのや」

「まだまだ飛ばしているのかい？」

「こら。校長、同じこと言うちゃあきまへんがな」

「誰が同じことを言うとるんだ」

「コウチョウ、コウチョウ。絶好調！」

二人ともぐでんぐでんになっていた。

どこでどうしてどうなったのか、介宏は目が覚めたとき、トラックの助手席に寝ていた。隣の運転席には松田が寝ている。まだ夜が明けていなかった。トラックは川のほとりに停めてあった。窓越しにうつろな目で眺める空に夏の星座が広がっていた。星は舞うように揺れ動いていた。介宏は目をこすった。よく見ると、星空で蛍が群れ飛んでいるところだった。

トラックを降りると、水の匂いがして、瀬音が聞こえた。川風に乗って蛍の群れは空いっぱいに渦を巻いていた。青く金色に点滅する光の渦だった。

「おい。松田さん、見ろよ」。介宏はトラックの運転席の窓を叩いた。何度も力任せに叩いた。

松田は大あくびをしながら外に出てきた。よろけながら介宏の肩につかまった。まだ半分は眠っていた。「ほら。蛍だよ。蛍、蛍」と介宏は言った。「小便、小便」と松田が言った。「そんなことはどうでもしろ」。介宏は松田を突き放した。松田はよろよろしながら川岸に行った。濡れた岸辺で松田は足を滑らせた。「危ない」と介宏は叫んだ。けれど松田は踏み止まった。それから体勢を整えて、ズボンの前に両手をまわした。

「おい。校長先生、息子が縮こまって出てきまへんで」と松田が言った。

「知ったことか」と介宏が言った。

松田は川の流れに向かって「それ、撃て」とわめいた。放物線を描き小便が放たれた。介宏は顔をそむけ、蛍の群れを仰いだ。あらためて、すごい光の祭典だと思った。

このとき、ドボン！という音が聞こえた。振り向くと、松田が川に落ちていた。暗く流れる川の中で、松田は手足をばたつかせていた。介宏は岸辺に走った。一瞬、身体が宙に浮いた。足が滑ったのだ。介宏は岸辺の草をつかんだ。川に転がり落ちるのを必死にこらえた。「おい。気をつけろ」と松田が介宏に叫んだ。川に落ちて松田は一瞬で酔いが醒めたのだろう。流れの中で首だけ出し、ゆっくりと岸辺に泳いできた。さすが海軍だ。水には慣れていた。次の瞬間、松田はほぉっと吠えるようにわめいた。「こりゃ、何だ」。蛍に気づいたのだった。岸辺にあがり、ずぶ濡れの頭を左右にぶるっと振りながらも、上空をずっと見上げていた。蛍は天の川いっぱいに乱舞していた。

「特攻隊の奴等が戻ってきているんや。わてが去るのを見送りに来てくれたんやで」。松田は大きく手を振った。

翌日、松田は本当に鹿屋から出ていった。

恐ろしい夢を見た。松田が去った後、夜は何なすこともなく官舎で過ごし、早い時刻に就寝するためか、夜明けに眠りが浅くなり、しばしば夢を見た。長雨が続き、その夜には遠雷の音が聞こえていた。俺は目を覚ましてはいなかったが、不吉な前兆に背筋がぞくぞくした。降りしぶく雨を稲光が斬り裂いたとき、青白い闇に男が浮き上がった。浴衣一枚に褌姿で、物干し竿のような長刀を抜き身で肩に担ぎ、その反対の腕に何かをぶら下げていた。あ、俺は一瞬、息が止まった。それは血の滴る生首だった。松田だ。松田の生首じゃないか。

「見ろ。こいつを。ちゃんちゃら浮かれて騒いでよ。他の奴らのせいにすれば、てめえは許されると勘違いしてやがったんじゃ。それで逃げおおせようなんて、ふざけんじゃねぇぜよ。やいやい。俺たちゃ取り残されて行き場がねぇんだ。どこまで追いかけりゃいいというんじゃい」。男は生首を突き出して吠えた。

俺は落雷のような怒声で目が覚めた。全身は汗びっしょりで身動きできなかった。違う違う、俺は違う。お前たちの特攻隊には何の関係もない、と声をからしてわめいた。すると目の前に自分が墨書した「滅私奉公」「尽忠報国」という文字があらわれた。

★

やがて七月が終わろうとする日に、市長から呼び出しがかかった。介宏は自転車で川のほとりの町並みをぬって市役所に走った。

「これは極秘だが」

市長は二人きりの場で訊いた。「介宏校長よ。君は英語がどれほどできる?」

「英語ですか?」

ほとんど自信がなかった。

「誰か知らないか?」

介宏は答えに詰まった。木名方であればぺらぺらなのだが、軍人であり、しかも鹿屋にはもういない。古谷真行なら師範学校時代、英語を個人的に外人の牧師に学んでいた。相当なレベルだと思う。仕方なく介宏は古谷の名前をあげ、「西原国民学校の校長なのですが、ただしこの前の鹿児島大空襲で大火傷をしまして、入院しているところです」と言った。

「そうか。誰もいないとなれば、介宏校長、君がやるしかないな」

「私が?」

何をするのか介宏はちょっと身構える気持ちになった。本当に自信がなかった。敵性語とされている英語を使った例がまったくなかったからだ。

「極秘なんだよ。だからだ。君に頼みたいのは」

市長は介宏の腕をつかみ、耳に口を寄せて、息を吹き込むような小声で説明した。

介宏はすばやくメモ帳をとりだした。


アメリカ軍はオリンピック作戦という名称で、日本に上陸する作戦を展開している。最も可能性があるのは大隅半島で、志布志湾あるいは錦江湾から上陸し、海軍鹿屋航空基地を制覇して駐屯することを目論んでいる。

それなのに、一方の鹿屋航空基地は上から下まで逃げ去って誰もいない。いまはまだ偵察部隊や残務処理をしている部隊がいるにはいるが、これとていざ敗戦となれば尻に帆をかけて逃げるだろう。

アメリカ軍に無抵抗で基地をあけわたすにしても、こんな状態はあまりにも無責任すぎる。まるでけんかに負けたガキも同然のありさまだ。

本来なら全部隊が勢揃いしてアメリカ軍に降伏したことを告げるべきなのだ。

そうしなければ、アメリカ軍としては、ここは土人の島で、まともな国家も社会もない、という風にとらえるに違いない。


「わしは市長だから海軍の基地でアメリカ軍を迎えるわけにいかない。だから志布志湾ないし錦江湾の渚に立ち、アメリカ軍を迎えることにしたのだが、それではちょっと軽く見られるかも知れぬ。どうすべきか、いま熟慮しているところじゃ」

市長はおもむろに説明した。「誰に言われたわけではないが、わしは日本人の奇偉を示すためにそうせねばならぬのだ」

そのときのために市長は通訳を頼んでいた。アメリカのカリフォルニア大学に留学した経歴を持つ二階堂渉という青年だった。介宏の役割は二階堂の秘書というか、その仕事をさまざまに段取り、記録することだという。介宏は、それを了承した。

「よし。そんなら顔合わせをしよう」と市長が言った。

二日後の夜、介宏は市役所の奥まった貴賓室で市長に二階堂を紹介された。思っていたよりも小柄で、華やかさやスタンドプレーとは縁のない朴訥な人物に見えた。髪は時節柄とても短く刈り込んでおり、国民服を着ていたが、ただ一つ葉巻をくわえていることがアメリカ帰りであることを思わせた。

初対面の挨拶はまったく大げさではなかった。素っ気ないぐらい淡々としていた。けれど嫌な気分にはさせなかった。

「アメリカ軍はこの頃、やたらに攻撃はしないだろう。どう思う?」と市長が二階堂に尋ねた。

「日本軍が完全に無抵抗なら、攻撃する理由はないですからね」

二階堂は声も大きくはなかった。少し地元の訛りがあった。

貴賓室には水泉閣に届けさせた重箱が三つと少しの日本酒が準備されていた。しかし極秘の打ち合わせなので、市長は二階堂と介宏の他は入室を禁じ、自ら賄いをした。介宏はそれを手伝った。二階堂は葉巻を燻らせて話をした。

「アメリカ軍は艦船からジープや戦車を上陸させるために、まず道を造るでしょう。日本なら数十人で、スコップや鍬などを使って一週間も二週間もかかるところを、アメリカは一人で、一、二時間でしあげますよ。ブルドーザーというのがありますから。それを見ただけで、日本が負けた訳を誰もがまざまざと知ることになりますね」と二階堂がこともなげに言った。

「日本はアメリカに占領された後、どうなるのだろう。考えてみると、日本は朝鮮という国家を消滅させて支配し、あるいは満洲に国家をつくって支配したわけだが、アメリカはどうすると思うかね?」と市長が尋ねた。

「ま、私には分かりませんが。あえて申し上げると、アメリカは日本に傀儡政権をつくるでしょうが、なんにせよともかく、アメリカと同じ民主主義の国にするでしょう。そうすることで共通の意識、さらに共通の市場をつくりだし、アメリカが安定した利益追求をできるようにするわけです」

「なるほど。日本は外国を支配するのに天皇制を持ち込んだが、アメリカは民主主義を持ち込むというわけか。しかし民主主義とは何なんだ?」

市長は介宏を振り向いて、「民主主義って分かるか?」と訊いた。

「いえ。分かりません」と介宏は答えた。

アメリカに占領されたとしたら、自分もだが、学校の生徒もそれを教え込まされるのだと思った。今の軍国主義のように、それ以外のものには何の価値もないという風に。そしてふと思った。日本の社会は根本的に変貌し、学校も変わるだろうし、とりわけ苅茅という古い共同体はたちまち解体されてしまうだろう、と。

「占領体制はいつまで続くと思うか?」と市長がまた質問した。

「アメリカが弱体化し、著しく衰退するまでは続くわけで、それは百年かどうかも分かりません。この間に日本がうまく立ち直り、独自性を追求するとしても、それは許さないでしょう。アメリカにとって不都合な政治家が日本に現れたら、たくみな罠を仕掛けて失脚させるでしょう」

二階堂がそう言ったとき、何故なのかふと、彼自身の将来のでき事が暗示的に語られているように想えた。何の手がかりもない馬鹿げた心の作動だったが、とにかく介宏はそうした想いを抱いたのだった。

このとき二階堂が介宏に葉巻をさしだした。介宏がそれを受け取り、口にくわえると、二階堂がライターで火をつけてくれた。独特の匂いと強いニコチンの刺激で、思わず咳が出た。「わしもそれには馴染めんな」と市長が言った。

二階堂は別に気にも留めず、葉巻を燻らせながら料理を食べて、「日本はアメリカに首根っこを押さえられて、あれこれと貪られるでしょうが、とりわけ、アメリカは不況に陥ると軍事面を膨張させるので、日本はやたらに軍事面では同盟国ということで、アメリカの言いなりに武器を買わされるでしょう。それも未来永劫。アメリカがパンクするときまで。これこそが敗戦国の哀れさというやつですね」と言った。

さして深刻さは感じられない言い方だった。介宏はまたも息がむせた。それは葉巻のせいばかりではなかった。

重箱の料理を食べ終わり、酒を飲み終わると、アメリカ軍を迎える際に想定されることがらを話し合った。主に市長が二階堂に相談した。しかし二階堂はもちろんそんなことを体験しているわけではない。結局は市長がすべてを構想し、二階堂にその線で通訳を頼むことになった。介宏は何も口を挟まなかった。「アメリカ軍は上陸する前に、真っ先に先遣隊を送り込むに違いない。それをどううまく引き込むかが勝負どころだな」

市長は言った。「二階堂君。君が海岸で先遣隊を迎えて、『市長が司令官と会うことにしている』と伝えてくれ。そして次に司令官が上陸するとき、意表を突いて驚かそうというわけではないが、着物姿の女性が花束でも贈ったらどうだろう。わしは本町の旧家の屋敷を借りて、待っている。ちょっとした宴を開いて司令官を迎えたい」

「分かりました。私が司令官を案内します」

これで何とかアメリカ軍を迎える手順ができた。介宏はこの際、二階堂に随行することになった。すべてをメモし、写真も撮らねばならないのだった。

すると、突如、市長がはらはらと涙を流した。

「わしは残念だ。慚愧懺悔に堪えない」

市長はむせび泣いた。「事ここに至っても、政府や軍部は戦争をつづけておる。敗戦の責任をとるのを恐れているからだ。ここ鹿屋航空基地にしても、市民を守る意識などあるものか。本来の軍隊ならばアメリカ軍を無抵抗で迎えるにしても、全軍の将兵が整然とした規律を守って迎えるべきだ。ガキのけんかじゃあるまいし。逃げ失せてすませるなんて……。潔く降伏して、責任をとるべきではないか。どうして日本はこんなことになったんだ」

介宏はふと見えん婆さんの家で、松田や木名方、そして古谷も交えて夕食会を楽しんだひとときを思い出した。そのとき、松田が口から出任せのように「軍は最後の責任はとらない」と言った。すると古谷が木名方に「そうなのか?」と訊いた。木名方は「それはそうです。責任はとらないでしょう」と答えた。介宏はそれを聞いたとき、思いもしていなかった驚くべき事柄を、何も疑わず、ごく自然に信じることになったのだった。いま市長が語るそのことを、まるで自分の奥深い琴線に触れる無垢な高鳴りのように聞いていた。

市長は涙を掌でぬぐい、威厳を取り戻すためのように、いったん言葉を区切り、深い息のこもった声で語り継いだ。

「考えてもみてくれ。政府や軍が戦争を終えられぬ状態の今、このわしらがすべての後始末の準備をしている、そのことを……。わしはアメリカ軍の第一陣の前に立ち、降伏の意思表示をする決心をした。それが辛いと言っているのではない。日本がこんな無責任な、卑劣極まることでよいのか、それを思うと辛いのだよ」

二階堂は頭をたれ、目を閉じてそれを聞いていた。葉巻を唇から離していた。市長が話し終えると、二階堂はしばらく沈黙し、それから吸いかけの葉巻の先端を切り落とし、残りをケースにおさめた。そのケースを胸ポケットに差し込み、深くため息をついた。

介宏はずっと二階堂を見ていた。泣いている市長から視線を外して二階堂は言った。

「政府や軍部も愚かですが、国民が愚かでなかったら、こんなことは許しはしないでしょう」

二階堂は今までと変わらない口調でぼそぼそと言った。「島国だから海外のことを知らないというか、とかくメダカは群れたがるというか、万世一系なんて馬鹿げたでたらめを神聖なことと信じて、熱狂するなんて、はたから見ていると愚の骨頂ですよ。愚かな国民だから政府や軍部はそれでよかったわけです」

「それは実に耳の痛い話だ。わしも愚かだった。愚かだったのだ」

市長は新たな涙を拳骨でぬぐった。唇をゆがめて歯ぎしりをした。「しかし今、最後の最後に目が覚めた。この日本の無様な事態を許してはいけない。くり返させないようにすべきだ。決してくり返してはいけない。次の世代でくり返さないようにしないといけない。そうしないといけないのだ。こんな愚かなことをくり返すべきではない」

打ち合わせを終えて、市役所の裏口から三人一緒に外に出た。銀河が大空を横切る下に、市役所の建物を中心に燈の消えた街が広がっている。岸辺の柳並木が風に揺れ、風は酔い心地の肌に涼しかった。

「街がこんな風に全壊全焼していないのは、アメリカはここを進駐軍のために使うつもりで、空襲を考慮したのでしょう」と二階堂が言った。

「あとは市民の問題だね」

市長はいつもの市長に戻っていた。「よし。市民が予期不安に陥らないように、暮らしていくのに支障をきたさぬように。……わしとしてはアメリカに毅然と接せねばならぬわけだな」

この時点でも戦争がいつ終わるのか、まったく分からなかった。しかしその日は近いと、市長の動きを見て確信できた。


（アメリカの進駐軍が鹿屋に現れたのは九月三、四日であった。

それを市長が迎えた展開は、想定していたのとは大きく違った）

介宏が市長や二階堂と会ったのは、鹿児島大空襲から一ヵ月あまり後だった。この間、介宏は週に二日、西原国民学校に出かけなくてはならなかった。古谷の校長としての仕事

をカバーするように、兼務を命じられたのだ。それというのも古谷が短期間に回復し、復職するとみられていたからである。古谷の症状を知っている介宏は、それは難しいと思っていたが、もしかしたら短期間ですむのではないかという、その期待は捨てるわけにいかなかった。

二校を掌握するのはハードだった。

自分の学校の例にならって、古谷の学校のカリキュラムを点検したり、教職会議や全校朝礼、軍事教練などにも校長代理として顔を出したりした。それから校長室で古谷の使用していた執務机に向かい、古谷が記述していた書類をチェックし、新しい課題処理につなげなくてはならなかった。

介宏が指示すると「古谷校長はそうされていませんでした」と教頭はしばしば口を挟んだ。自分に固守する気もなく、「そうか。それならそれでよかろう」と介宏は答えた。このためここの学校でも「よかろう校長」と陰で呼ばれた。

古谷の仕事はきちんとしていた。書類を見るとよく分かる。教職員たちもよくまとまっている。介宏はあらためて古谷を見直した。ある日、もう一ヵ月も錠が下ろしたままの校長官舎を検分した。古谷は独身で、ここに一人で住んでいた。介宏は何度も訪ねて、ウイスキーを飲み交わしたりしていた。とても見慣れた部屋だったが、主のいなくなったそこを開けてみると、ひどく違った印象を受けた。思いの外、部屋はきれいに片付けられており、しかも最低限の家具や調度品しか置いてなかった。あの無駄をそぎ落としたような古谷の性格がよく表れていた。

部屋の奥に襖で遮られた物置き場があった。襖をあけると上の段に布団が重ねてあり、下の段にギターが一本寝かせてあった。それからギターよりも奥に何か見た目には分からない書類のような束が隠されていた。

それを引き出してみた。すべてが手紙だった。差出人は女性の名前で、介宏の面識はない女性である。手紙の数は数千にも及びそうで、全部が同じ名前だった。封筒に貼られた切手と投函日付の刻印を確かめると、時間がかかったが、およそ七年に渡り、毎日欠かさずに送り届けられていたことが分かった。しかし全部の手紙が封を切られていなかった。日付の順に束ねられたそれは、すでに色あせているが、青い紐で縛ってあった。

介宏は古谷のことを思った。手紙の束の前に正座し、しばらく動けなかった。そこにあるのは人が生きる悲しさだった。

古谷を久しく見舞っていない。近々どうしても出かけようと心をさだめた。

9

敗戦後に読んだ記録によると、介宏が古谷あての手紙の束を見つけ出したその日に、アメリカとイギリス、中華民国が日本への降伏要求の最終宣言をしたというのだった。日本はこれを受け入れるか受け入れないかで大混乱に陥り、結局、そのまま戦争をつづけた。

その日より十一日後、広島に原爆が投下され、翌々日の八月八日にはソ連が日本に宣戦布告し、さらに同月九日には長崎に原爆が投下された。

こういうことは国民にはほとんど知らされなかった。振り返ってみると、古谷が介宏に会うために鹿屋を訪れたのは、日本がこういう状態のさなかだった。

介宏が病院に見舞いに行くことを連絡すると、古谷はかたくなに断り、自分のほうから鹿屋に出かけると主張した。そうするために看護婦の青山チサコが付き添っていくと申し出たが、古谷はそれを断って一人で来た。

鹿児島市のボサド桟橋から垂水汽船で垂水港に渡るのではなく、古谷は便数の少ない九州商船で古江港に渡ってきた。介宏は自転車で古江港に行き、古谷が到着するのを待った。乗船客は少なく、十人あまりが下船した。古谷は一番最後に姿を現した。白いハンチングを目深にかぶり、薄青い縦縞の開襟シャツを着ていて、右腕は袖をまくりあげているが、左腕は暑い日なのにまくっていなかった。近づいてくると顔の左半分は火傷で赤紫にただれていた。眉はちりぢりにゆがみ、あの端正な顔立ちは忍べなかった。

「痛むのか?」と介宏は尋ねた。

「痛みは薄れたが、体半分が全部こうなんだ」

古谷は腫れ上がった唇を動かして言った。介宏はどう言うべきか戸惑いながら慰みの言葉を言おうとした。古谷が頭を左右に振った。介宏は頭を上下に振った。二人はもうそれを話すことはなかった。

「学校に寄るのだろう?」と介宏は念のために訊いた。

「いや。お前に会うために来たんだ」

古谷がすげなく言った。介宏はまた黙り込んだ。

日ざしが強いので、二人は待合所の庇の下に佇んだ。沖をめざして客船が桟橋を離れていくのが見えた。今しがた古谷が乗ってきた客船が対岸の薩摩半島南端の指宿温泉郷に向かっているところだった。夏の陽が銀白色に反射する海に客船はV字の真っ白い水脈を描いて遠ざかっていく。それを二人は見るともなく見ていた。お互いに相手が話すのを待っているわけではなかったが、二人とも黙り込んでいた。しかし寄り添うすべが分からずに孤絶しあっている心持ちではなかった。突如、古谷がひどく咳いた。彼はポケットから取り出したちり紙の中に痰を吐いた。

「苅茅よ。俺は思うんだ。どっちみちこんな身体になってしまうのだったら、世の中に抵抗すればよかった、戦えばよかった、と。……たとえ酷い拷問にかけられたとしても」

介宏は黙っていた。心の中にふと月輝という老僧がやってきた。月輝は拷問で歩けなくされていた。介宏と出会ったとき、「あなたは学校の先生ですか」と呼びかけてきた。それからこんな話をした。「自分は出征する門徒に対し、戦場では真っ先に逃げ隠れし、敵を殺さず、自らも生き延びて、必ず帰ってこい、と教えている」。……月輝はおおっぴらにそう教え続けたので、官憲にいくども捕らえられ、拷問されたのだ。

介宏はそれを聞いたとき、自分は生徒に何を教えているか、と自問した。すると自分が墨書した「滅私奉公」や「尽忠報国」という文字がありありと目の前に浮き上がってきた。いま古谷は「拷問を受ける生き方をすべきだった」と述懐した。それは介宏が抱いてい古谷の人物像を見直させた。古谷は「滅私奉公」や「尽忠報国」などとは決して口にしなかったし、まして文字に書いて校長室に貼り出すようなことはしなかった。

「そうだ。古谷、お前と俺は同じ教育者だったが、お前は違っていたな。時勢に流されるを嫌って、いつどんなときも自分の立場を崩さなかった。今となれば思う。立派だった、と」

「立派なものか。全部が全部、ただのポーズで終わっていた。だから天が罰したのさ」

「お前が罰せられたのなら、俺はもっとひどい天罰をくらうはずだ」

「生き延びた者がそんなことを言って、どうするんだよ」

介宏は再び黙り込んだ。安易に作った話ではなくて、真意を話したのに、古谷には何の慰めにもならなかったらしい。あとは心が空洞になり、ただ黙っていた。古谷も黙っていた。二人とも錦江湾をずっと眺めていた。いよいよ陽光が眩しさを強め、湾のさざ波が目を射るほどにきらめいた。濃い潮の薫りが胸を満たした。

このとき、一羽の鳶が鋭く鳴き、魚市場と船着き場の間の埠頭を低空飛行でさっと横切り、陸揚げ作業中の魚をつかんで上空にひらめき昇った。上空にはおびただしい鳶がそれぞれに輪を描いて飛翔していた。

近くの魚市場で鐘の音が聞こえ出した。手に持って振れば音が出るのだろう。魚を競るために男が独特の節でがなりはじめた。

「苅茅、俺たちと関係なく、みんな生きているのだね」

「そうだな」

介宏は顔をあげた。いつまでもここでこうしているわけにはいかなかった。「そこらを歩いてみるかい？」

「うん」と古谷は笑顔になった。

介宏は自転車を押して、その横を古谷が歩いた。港町の通りで女の子たちがゴム跳びをして遊んでいた。介宏はちらっと古谷を見た。古谷は女の子たちに自分の顔が見えないようにするため横を向いたりはしなかった。二人が黙ったまま通りを歩いていると、国道につながる緩やかな坂道を向こうから自転車にまたがった女が走ってきた。目の前にきて、女はブレーキをかけて介宏の前に停まった。姉さん被りにしていた手拭いをはずし、陽にやけた顔に白い入れ歯をむき出しにして笑った。

「校長先生。こんなところで何ごとですか」

女は男のような声をしていた。まるっきりの方言でこう言った。「あたいはいま苅茅から戻るところです。先生の奥さんやハマさんに今日もたくさん買ってもらいもした」

「やあ。あんたか」

介宏は女を知っていた。ここの市場で仕入れた魚介類を自転車に積んで、八キロも離れている苅茅一帯を売り回るのだった。介宏の家はずっと昔からの馴染みなので、女は誰にも断らず、台所に上がって魚をさばいたり、貝の砂抜きをしたりする。料理のできる一つ手前まで準備して帰るのだが、その支払いは月末にまとめて受け取ることにしていた。キサを手術する軍医にカンパチを一匹、生きたまま届けてくれたのもこの女だった。八方破れというほど朗らかなのだが、今日は偉い女だと思わせた。古谷の顔に気づかぬ真似をしていた。

「あばらやですが、うちでお茶でも飲んでください」と女が言った。

「いや。ありがたいけど」

介宏はどこに行く当てもなかった。しかし女の自転車を見て、ふとひらめいた。古谷とサイクリングをしようと思った。

「すまないが、この自転車を貸してくれないか」と介宏は頼んだ。

「何ですか。このがたがたの重輪車を。魚の臭いにまみれていますよ。どうするというとですか」

「私が乗るんだ」

女は大笑いした。それは普通の自転車ではない。車体が極端なほど頑丈で、タイヤが太く、ハンドルは横に張り出し、後ろの大きな荷台には魚を入れる木箱を山のように積み上げ、錆びた車体のいたるところに銀色の鱗が張り付いている。

介宏は借りられるつもりで古谷を振り返り、「お前は俺の自転車に乗りなよ。俺はこれに乗る」と言った。

「いや。俺がこれに乗ろう」と古谷が言った。

二人で言い合うと、「こんなのには二度と乗れもさんでな」と女がまた大笑いした。貸すのを嫌がっているのではなかった。

介宏は女の了承を得たので、荷台に積んであった魚入れの木箱を道端におろした。そして、それを縛っていたロープを木箱のそばに置こうとしたら、「それは持って行こう」と古谷が言った。

「ロープをどうするんだ」と介宏は尋ねた。古谷は返事をしなかった。介宏はほとんど気に留めなかった。ロープは荷台に巻きつけた。すると古谷は奪うようにして、強引に女の自転車にまたがった。結局、介宏は自分の自転車に乗ることになった。

「どこへ行きゃっと?」と女が訊いた。

「その辺りを走るだけだよ」

「戻ってきやったらお茶を飲んでくいやんせ」

女が近くの家を指さし、そう言ったとき、介宏はまたこの女は偉いと思った。それから二人並んで自転車を走らせた。

この港町から国道は急な坂になり、幾度も蛇行する。そして市街地に至るのだが、介宏はそちらには行かなかった。この町から始まる湾岸の県道へ古谷を導いた。

町を出るともう家一軒なくて、人影も見当たらず、往還する車両もなかった。左手には高さ数十メートルの白い砂の崖が続いている。何万年か前に火山が大爆発して降り積もった灰でできた地形だった。右手には噴火口の跡といわれる錦江湾が広がっている。渚の岩場にはアコウの巨木が繁っていた。空気中から養分を取るこの木は、巨大な根が幾本も地上に立ち上がり、木の本体と絡みあっている。枝も横に広がり、全体がどっしりと腰を据えているように見える。葉むらが鏡のように光っていた。暦の上では秋なのだが、日ざしは焼けつくように肌を刺した。しかし湿気がない季節なので、押しかぶさるような暑さではなかった。

「おい。大丈夫か」

介宏は古谷に声をかけた。

古谷は懸命にペダルを漕いでいた。道路が舗装されていないので、タイヤが地面に食い込んでいるような音をたてていた。ハンドルを切るのにも力が入っていた。

「笑い事じゃないぜ」と古谷は言って笑った。

「代わろうか」

「いや。バカをやっているようで憂さ晴らしになる」

二人は笑った。そんなにおかしいことでもないのに、この自転車のおかげで二人はよく笑った。

「疲れないか?」

「そうでもないさ」と古谷は笑った。

師範学校で古谷はテニス部の主将だった。教職についてもスポーツを楽しんでいた。身体は丈夫だと介宏は知っていた。しかし空襲で半身に火傷を負って以降、ずっと寝ていたのである。火傷で体力も極度に衰えているのではないかと思える。その上、外出するのは今日が初めてだった。古谷はそれを言わなかったし、それを感じさせないようにしていた。

「いい風が吹いてくるね」と古谷が言った。

「できたての南風だよ」

ずっと向こうの岬のほうから曲がりくねった県道を三輪自動車がこっちに走ってくるのが見えた。その背後に空高く砂ぼこりが噴き上がっていた。

「ひゃあ。やられるぞ」と介宏が言った。

「来るぞ」と古谷も言った。

三輪自動車が現れて、二人が道路の端によけると、凄まじい砂ぼこりが三輪自動車を追いかけてきて、二人を襲った。目を閉じて息を止め、頭を振った。砂ぼこりが消え去るのにしばらく時間がかかった。

帽子や服に積もった砂を叩き落としながら「いつだったたか、お前の家に行くとき、こんなことがあったな」と古谷が言った。二人は大笑いした。あれは松田の運転するトラックの荷台に、古谷と二人で乗っているときだった。

「もう車は来ないでほしいな」

「まったくだ」と介宏は笑った。

湾から吹いてくる風が一段と清々しく思えた。

湾と岸とが大きく弧を描く場所に来ると、どこよりも眺望がよくなり、湾の向こうの薩摩半島の南端近くに富士山の形の開聞岳が見えた。そのすぐ横から水平線がひろがり、そして反対側、こちらの大隅半島最南端の佐多岬が見えている。「パノラミックだな」と古谷が言った。景色の中に一隻の船も見当たらなかった。岸辺に人家もない。南西方向を中心に百八十度、まったく人の気配がなく、湾が広がっているばかりだった。なんて平和な景色なんだ、と介宏は思った。

「水平線があんなにはっきり見える」

古谷は自転車を降り、水平線を追いかけているように海岸に近づいた。二つの半島の間に、一本の横線がくっきりと浮き上がっている。海も空も磨きあげたように青く、幼い頃の忘れられない憧れのように雲が白く輝いて渦巻くように流れていた。

古谷は一人離れて佇み、水平線を眺めていた。その後ろ姿の印象が前と違った。寂しげで、ひとりぽっちに堪えているようだった。介宏は古谷を邪魔しないように声もかけず、そのままにしておいた。
そして自分も水平線を眺めていると、こちらの方には急に現実が迫ってきた。いつもいつもこの水平線の向こうからアメリカ軍のグラマンやＢ29が鷹の群れのように襲ってきていたのだ。しかしこの数日、アメリカ軍はすっかり鳴りをひそめている。何故なのか、それが不気味に思えた。

（この日からたった一ヵ月後、二人が今いるまさにこの海岸に、アメリカ軍の第一陣が上陸した。現在、海岸の一隅に『進駐軍、上陸の地』という石碑が建っている）

介宏は今、古谷と二人、その浜に長い時間佇み、大空の下に広がる湾と二つの半島と、そして水平線のおりなす景色を眺めて過ごした。人のなすことのすべてがそこにはなかった。
風に吹かれてまた自転車を走らせた。弓なりになった海岸をふちどる県道を走っていくと、空襲で痛めつけられた町が待っていた。全体が壊滅しているのではなく、密集する古い民家などの半分以上が残っており、人々が暮らしていた。湾に突き出した岬のような山をとりまいて町が形成され、右側に漁港があり、そこに川が流れ込んでいる。からくも河口のほとりに食堂があった。

「腹が減ったな」と介宏が言った。

暖簾をくぐって店に入り、水を飲み、うどんを食べた。店の婆さんが古谷の顔を見て、「空襲のためや?」と尋ねた。「そうだよ」と古谷が答えた。お互いになんでもない風にあっさりと語り合った。

「ここも空襲を受けもしたと」

婆さんは話し出した。「錦江湾の上空に侵入してきた敵機は、右に進路をかえて、この町を越えていき、海軍の航空基地を爆撃するとです。三月の本格的な空襲のとき、とばっちりでこの町もたくさんの家がやられもした」

婆さんの言葉は方言だった。それが肩ひじはらせずに気分を和らげた。

食堂から外に出た。婆さんは追いかけてきた。「火傷に効くからつけてみやんせ」。青い棒状の植物をさしだした。「アロエござんど。うちは何鉢も植えているから」

「うん」。古谷はちょっとうなずき、それを受け取るとショルダーバッグにいれた。

「佐多岬に行きやっとな?」

婆さんはそう尋ねて自分で返事した。「だったら、この国道をただ進んでいけば、本土最南端ござんど」

「いや。航空基地を見にいくんだ」

古谷ははっきりと言った。「航空基地はあの丘を越えた先なのかい?」

そうだと介宏は知っていた。古谷は航空基地を見たくなったらしい。それもいいと思った。

「あれは霧島が丘と呼ばれちょいもす」

婆さんが答えた。「あのいただきまで行くと、航空基地は目の下に見えもんどんから、航空基地近くまで行くのなら、霧島が丘の経由ではとても遠回りにござんど。国鉄の線路敷きを歩きやんせ」

「汽車は通らないのかい?」と介宏は尋ねた。

「通りもはん。空襲にそなえて久しく走っておりもはんど」と婆さんは答えた。あいかわらずすべてを方言で話した。

「今度が見納めかも知れない。そこを通ることにするか」と古谷が介宏に言った。

国鉄の線路脇には保線作業員たちの通路ができていた。自転車を押して歩くのにはかなり狭かったが、無理をしてそこを通った。三十分ほど歩き続けた。霧島が丘の林のかなたからおびただしいツクツクボウシの鳴く声が聞こえた。それは寂しくて懐かしい思いをいざなった。

左右が草藪の崖になった場所を抜けると、道は平坦になり、前方が開けた。すぐそこに思いがけない情景が出現した。燃えた残がいが山積みされていた。「野里駅」と書いた看板が焼け残り、放り出されていた。二人は立ち止まり、その無残な景色を見た。辺りには誰もいなかった。

「あの日、ここが燃えていたな」と古谷がつぶやいた。

「そうだったな」

介宏はふと「来なければよかった」という思いにとらわれた。正太がここで焼き殺され、炭のかたまりみたいになっていたさまが、撮影時のフラッシュのように目の前で光った。あのときは衝撃を鎮められなかった。ようやく忘れてもまた蘇った。あいつは俺が死なせたようなものだと思うと息が詰まった。

正太が焼き殺されて半月ほどたったある日、いたたまれずに古谷のところに出かけた。介宏はいま、それを思い出した。正太のことを古谷に語った。どんな風に死んでいたか、と。

「人は誰でも死ななくてはならない。彼はお前のせいで死んだのでもなければ、アメリカに殺されたのでもない。ただ一つの宿命に名指しされただけだ」と古谷は言った。

介宏はあのとき、それを真理だと信じた。そして正太が生きていたことも死んだことも空教のなかにおさめた。そして心の平静を取り返した。

ところが古谷のほうは後日、あのときの正太と同じ宿命に名指しされた。アメリカ軍のナパーム弾にやられたのだ。けれど古谷の場合は死に至らなかったので、同じ宿命とならなかった。

「死んだ奴は幸せだ」

古谷は脇を向いて言った。「俺は救われたかった」。それ以上は言わなかった。しかし沈黙によってこう語っていた。「死んでいたら救われたのに。こんな辛い思いをするために生きているなんて」

介宏はぐっと唇を噛んだ。何も言えなかった。黙っていることで古谷への思いを深いところでつなげようとした。つながっているのかは分からなかった。

ここを離れたかった。介宏は自転車にまたがり、古谷を振り向き、「先のほうに行こうか」と言った。

二人は自転車を並べて走った。思い返すまでもなく、この道は二人で何度か通ったことがあった。野里国民学校に出かけるためだった。何か思い出を話そうとしたとき、介宏ははっと気づいた。行く手の道沿いに大きな椎の木が見えた。またしても来るべきではなかったと思った。

「あのとき、正太はあの木に登っていたのだったな」と古谷が言った。

木に近づくと、おびただしい蝉の鳴き声が聞こえた。ここはツクツクボウシではなかった。クマゼミかアブラゼミであろう。その声は荒々しく力がみなぎり、夏はまだ陰りを見せていなかった。風道のなかで木の葉むらが白く裏返り、きらきらと陽光を弾き飛ばしていた。

正太のことを思い出したくなくて、介宏は自転車を停めずに走り抜けた。しばらく走って振り返ると、古谷は木の下で自転車を停めて、両足を地面につき、木を見上げていた。「どうした?」と介宏は声をかけた。

古谷は振り向きもせず、じっと木を見上げていた。しばらく介宏は待っていた。それから自転車の向きを反転させ、古谷のいる木の下に引き返した。

介宏は古谷の顔を見た。赤紫に縮れ、蚯蚓(みみず)の群れがひしめいているような顔は、血の気がひいていた。木漏れ日を浴びて木を見上げているが、眼差しは人のそれとは思えないほど透明に澄んでいて、遠いかなたの彼自身の内面がすけているかのようだった。介宏はまた声をかけた。しかし古谷は介宏を無視しているというより、切断された先にある、永久の空虚な静かさの中にとりこまれていた。一瞬、介宏はぞっとなった。古谷の乗っている自転車の荷台には、太いロープが巻きつけてある。古谷はロープをかける木の枝をさがしているところなのだ。介宏はそう感じた。

「おい。古谷。俺がここにいるのだぞ」

介宏は怒鳴った。

古谷の自転車のハンドルを掴んで揺すった。あまりに強く揺すったので、古谷はバランスを崩し、自転車ごと倒れた。そのまま起き上がらなかった。介宏は古谷を見下ろし、何もせずに佇んでいた。

そのとき、その場で、一日か、一週間か、一ヵ月か、一年か、あるいは何十年か、すべての時間が輪郭を失い、果てしないほどの静寂のままに過ぎていった。椎の大木で蝉の群れがしきりに鳴いていた。その鳴き声が再び聞こえ出した。介宏は古谷を抱き起こした。古谷は身体を起こした。火傷のない顔が見えた。古谷は薄い笑みを浮かべていた。二人は正面から目を合わせた。今度は顔半分が火傷でただれているのが見えた。二人はそのまま目を合わせていた。

椎の大木の根元に二人で腰を下ろした。蝉が鳴き、木漏れ日が二人の周辺で揺れている。長い間、二人は沈黙していた。古谷の吸ったり吐いたりする息づかいが、介宏に伝わってきた。古谷は微笑を浮かべて言った。

「人は死ぬとこの世から消え去る。生まれてくる前もこの世にいなかったのだ。死ぬために生まれてくる。そのあわいのこの世に存在しているような気がするが、実は存在なんてしていないのだよ。存在することに意味などあるはずがない」

「そんなことがあるものか」

それを否定したいと介宏は考えた。しかし古谷に対抗できるほどの言葉が出てこなかった。

二人の見ている方向に、航空基地が広がっていた。滑走路や工廠、格納庫、管制塔、兵舎、司令館などの巨大だった建物群は、形を残さないほどに破壊され、燃えつくされていた。けれどそこを見ている者の心には、特攻隊が出撃したという記憶が残っていた。

「おそらく特攻隊員たちもそうだっただろう。あらかじめこの世に存在していないという思いを抱いて、出撃したに違いない」と古谷が言った。

「それは違う」

すかさず介宏はまた否定した。その後から理由を考えた。真っ先に息子の宏之が心に浮かんできた。

軍隊に入ると拳骨で殴られ、樫の丸太で尻を叩かれた。それを恐れて宏之は脱走し、捕まえられてなおいっそうの暴力制裁を受けた。

介宏は息子がそれに耐えられずに気が狂って戻ってきたとき、軍隊を恨んだ。しかし一方では校長という立場で軍隊を理解していた。軍隊は敵と戦い敵を殺さねばならない。勝利するためには指揮官の命令一下、兵士はどんなことがあろうとも絶対服従し、命がけで敵と戦わねばならないのだ。戦場でそうあるためには日常の訓練で教え込まねばならない。教え込む手段が暴力制裁である。兵士の一切の私情を剥奪するために、徹底的にこらしめる。そしてそれに耐え切ったとき、一人の兵士として認められるのだった。

「特攻隊員は絶対服従するように徹頭徹尾の訓練をうけていたから、何も逆らおうとせずに出撃したんだよ」と介宏は言った。

これで古谷の思いを一つ、打ち壊した気がした。しかしそうではなかった。

「けれどその先があるんだ」と古谷は言った。

「その先が?」

「暴力制裁をくらうのと、アメリカの爆撃をくらうのは、同じことではないか。自分の意志とは一切関係なく、一方的にくらうんだ。不条理きわまりないことだ。自分ではどうしようもないことに対し、果てしないほどの憤怒と憎悪を抱いたにしても、それは何にもならない。結局、人はどうであれ死ぬことになっている。他者に命令されようがされまいが、他者に殺されようが殺されまいが、誰もが死なねばならないのだ。死を目前にしたとき、人は存在していることをあきらめる。あきらめるという言葉は少し違うかも知れない。諦観というべきか、要するに存在していないということに同意するんだ」

介宏はそれを否定する力がない自分を、つくづく感じた。

「生きるって何なのだ」と介宏は言った。

「一瞬の幻影さ」

古谷は言った。「アメリカの爆撃で死なされた者も、死ぬ一瞬にもはや自分は存在していなかったことに気づき、俺みたいに生き残った者は、日々、自分が存在していないことを思うばかりなんだ」

生きるとはそんなむなしいことなのか。介宏は深く息を吸い込んだ。

二人は黙って木の下に腰を据えて、航空基地の遠景をただ眺めていた。一面に陽炎が燃えて風景がゆらゆらとかき消されていた。破壊され焼きつくされた基地の様子は本当に幻影そのものだった。しかし目をあげるとはるか遠くに高隈山が紫色の波のように夏空を横切っていた。高隈山の手前には苅茅の丘を左手の先頭として、幾つもの山が折り重なっている。それは人間の世界とは関わりなく、幻影のようではなかった。けれどその全景をひとしきり陽炎が揺らしていた。

「苅茅。見ろよ。陽炎が燃えている」

古谷はハンチングのひさしをあげ、強い陽光に目を細めて独り言のように言った。陽炎はそこにはっきりと見えているのに、実際はどこにもない。追いかけると遠ざかるばかりなのだ。古谷が言った。「陽炎はないのに、あるように見える。人が存在していることもこうだといえる」

介宏はまぶたの裏がちくちくするので額に小手をかざし、陽炎の台地を黙り込んで眺めた。するとふいに古谷が水平線を眺めていた後ろ姿が、せり上がるように心に蘇った。あのときは彼が水平線を眺めながら何を感じているのかは分からなかった。だが、いま考えてみると、水平線もそうなのだった。目にはっきりと見えるが、そこに行ってみるとそこにはない。ずっと沖に見えるので、さらに追いかけると、遠ざかっていくばかりで、決してたどり着けない。水平線なんて実際はないのだ。

介宏は夏の空を見上げた。この地球で、あるいはこの宇宙で、人は存在しないものを存在していると見る、そんなメカニズムの中に生きて存在していることになる。ということは、古谷が言うように、我々は存在しているように意識しているけれど、実はどこにも存在していないのかも知れない。

「俺は病院にころがされている中で、こんなことばかりを考えていた」

古谷は言った。「俺はこの世に存在しないと考えているのに、一方ではどうしてだか、荊茅、お前に会いたくてたまらなかった。で、お前のほうから会いに行くと連絡が来たので、俺はこうして自分で会いにきたんだ」

「ということは、お前にとって俺は存在しているということか」

「お前はいい。帰るところがあるから。俺にはない。家も屋敷も、両親も家族も、すべてを失った。今の俺はすべてが存在しなかったと思うほかはない。今後のことさえ存在はしていないのだと」

古谷はすべての希望が空になったように、それでも自分の兄弟を思いやるように、静かな小さい声で言った。「お前は俺とは違う。この陽炎の台地の向こうに茢茅がある。何百年も営々と存在し続ける集落でお前は生まれ育った。お前には帰るところがある。確かに存在できるよりどころがある。俺はそれを確かめたかったのだ」

「確かめたかった？」

「お前の人生を確かめたかったんだ」

介宏は背骨に電流が走ったような気がした。しかし表情は淡々としていた。そして心の奥にあるでき事が蘇った。息子の遺体を入れた棺桶を担いでいるとき、貴子が言った。「うちの人は幸せだったのですね。私は茢茅に来てよかった」と。

一瞬、介宏の心が開いた。樹下の夏風が吹き込んできた。その薫りとともに笑いさんざめく声が聞こえた。あの夜、見えん婆さんの家で、古谷を交え、松田と木名方と一緒に小宴を開いた。みんなが打ち解けて、信頼しあってそれぞれの夢を語ったのだった。

「お前にだって帰るところがあるじゃないか」

介宏は古谷に言った。「俺なんかよりずっと正当な帰るところが」

古谷は振り返って介宏を見た。初めて出会ったときのように眼差しが微笑していた。

「日本には数百年も戦争をしなかった時代があると、お前は言ったじゃないか。二度もそんな時代があると。こんな戦争にいたぶられても、さんざんな目にあっても、お前はしぶとく生き残ったんだ。今こそお前はそれを学ぶべきだろうが。お前の帰っていくところは、その夢じゃないのか」。

介宏はからかい半分の口調で言った。「俺はお前にそれを教わりたいんだ」

「こんなときに笑わせるなよ」

そう言って古谷は唇の端をつりあげた。声を出しては笑わなかった。その横顔が火傷で赤黒くただれていた。ゆっくりと顔を起こし、ハンチングをぬいで、顔の汗を拭い、陽炎の台地に強い視線をおくった。

介宏もそっちを見た。二人とも黙っていた。ただ陽炎が見えた。そして陽炎しか見えなかった。介宏は古谷をこれほど近いものに感じたことはなかった。陽炎を見ているままに言った。

「古谷。生きていかなくちゃ。なあ、生きていこうよ」

◉著者紹介

郷原茂樹（ごうはらしげき）

1943年8月、大隅半島に生まれる。
現在は鹿児島市と鹿屋市に居住し、創作活動を行う。
その全作品は大隅半島の『南風図書館』にて、展示販売している。
（詳細はホームページをご覧ください）

陽炎の台地で（下巻）

2023年6月30日　第一刷発行

著　者　　郷原茂樹
発行人　　黒木めぐみ
編集人　　吉国明彦
発行所　　南風図書館
〒893-0053 鹿屋市浜田町南風の丘 1-1
電話 0994-47-3008
e-mail info@minami-kaze.com
URL http://minamikaze-library.site

印刷・製本　　朝日印刷
・定価はカバーに表示しています。
・乱丁、落丁はお取り替えします
ISBN978-4-910796-13-0